아돌프
세실

Benjamin Constant, 1767–1830

뱅자맹 콩스탕 소설

아돌프
세실

이수진 옮김

므알

일러두기

· 이 책은 뱅자맹 콩스탕의 소설 2편 *Adolphe, Cécile* (Gallimard, 1958)을 옮긴 것이다.

· 주는 모두 옮긴이의 주이다.

차례

아돌프

제3판 서문   9

발행인의 말   13

1장   17

2장   26

3장   43

4장   55

5장   69

6장   84

7장   96

8장   110

9장   123

10장   131

발행인이 받은 편지   149

발행인의 답장   152

세실

첫 번째 시기   157

두 번째 시기   174

세 번째 시기   182

네 번째 시기   186

다섯 번째 시기   194

여섯 번째 시기   203

일곱 번째 시기   238

뱅자맹 콩스탕 연보   251

옮긴이의 말   256

편집 후기   260

아돌프

제3판 서문

지금부터 십 년도 더 전에 출간되었던 이 짧은 작품을 재판하기까지 아무런 망설임도 없었던 것은 아니다. 벨기에에서 작품을 불법 복제하려는 시도가 있었다는 걸 알지 못했더라면, 이 글을 덧붙일 생각도 하지 않았을 것이다. 독일에서 이미 만연했으며 프랑스에서 갓 등장하기 시작한 대부분의 불법 복제판이 그렇듯, 작가의 의도와는 전혀 상관없이 덕지덕지 살이 붙고 난잡해질 것이 우려되었기 때문이다. 이 작품은 본래, 작중 상황은 계속해서 같고, 작중 인물들을 단 두 사람으로 줄인 소설도 흥미로울 수 있다는 사실을 별장에 모인 두세 명의 친구들에게 보여줄 요량으로 쓰였던 것이다.

한 번 작업에 몰두하게 되자, 나는 머릿속에 떠오른 몇 가지 다른 생각들을 발전시켜보고자 했는데, 그것에 일종의 유익함이 있다고 여겼기 때문이다. 나는 메마른 마음을 가진 사람이 그러한 마음이 야기한 고통을 느끼는 불행을 그려보고자 했고, 실제보다 자신이 경박하거나 타락했다고 믿는 사람들이 가지는 허상을 그려보고자 했다. 고통이란 멀리서 보면 쉽게 그 사이를 지나갈 수 있는 구름처럼, 막연하고 어렴풋한 모습으로 여겨진다. 인간은 사회가 만들어낸 허가에 의해 격려된다. 하지만 사회란 원리 원칙의 부재를 규칙으로 메우고, 감정의 부재를 관습으로 메우며, 추문은 그것이 부도덕하기 때문이 아니라 성가시기 때문에 증오한다. 그리고 사회는 추문이 일어나지 않는 한, 꽤 많은 악을 수용한다. 사람들은 성찰 없이 형성된 관계는 아무런 고통 없이 깨진다고 믿는다. 하지만 그렇게 깨진 관계에서 초래되는 불안감, 배신당한 영혼이 느끼는 고통과 경악, 전적인 신뢰 이후에 찾아오며 다른 모든 이들과 세상 전체로까지 확장되는 불신, 어디로 위치시켜야 할지 모르는 억눌린 자존심을 보고 있노라면, 누군가를 사랑하는 사람의 고통스러워하는 마음에는 어딘지 모르게 성스러운 면이 있다고 여기게 된다. 그리고 함께 나누지 않으면서, 상대에게 느끼도록 만들기만 했다고 믿었던 애정의 뿌리가 얼마나 깊은지 발견하게 된다. 사람들이 나약함이라고 부르는 그것을 극복한다는 것은 자신 안의 모든 관대함을 파괴하고, 모든 신의를 깨트리고, 고결하고 선한 모든 것을 희생시킨다는 것이다. 자신의 영혼 일부를 상하게 하고, 연민에 맞서고, 나약함을 남용하고, 냉혹함이라는 평계로 도덕을 모욕함으로써 얻어낸 승리에 모르는 사람들과 친구들은 손뼉을 치며 환호해도, 그 사람은 이 슬픈 성공으로부터 수치심을 느끼거나 타락한 채, 자기 자신의 최고의 본성을 잃고 살아가게 된다.

바로 이것이 내가 『아돌프^{Adolphe}』를 통해 그려내고자 한 것이다. 내가 성공했는지는 모르겠지만, 내가 만난 대부분의 독자들이 자신도 주인공의 상황에 처했던 적이 있다고 내게 말해주었기 때문에 이 작품에 진실성이 있다고 믿는다. 그들이 스스로 초래한 고통으로부터 후회를 드러내는 것에서 뭔지 모를 자만심의 충족 같은 것을 엿볼 수 있었다. 그들은 아돌프와 마찬가지로, 자신이 품은 끈질긴 애정의 대상이자, 자신만을 향하는 거대한 사랑의 피해자로서 자기 자신을 묘사하는 것을 좋아했다. 나는 그들 대부분이 사실을 왜곡했다고 생각하며, 만약 그들의 허영심이 그들을 밀어붙이지 않았더라면 그들의 양심도 지금보다 거리낄 것이 없었을 것이다.

어찌 되었든 이제 『아돌프』와 관련한 모든 것은 내게 그다지 중요한 것이 아니게 되었다. 나는 이 소설에 아무런 중요성도 부여하지 않는다. 그리고 다시 한번 더 말하지만, 어쩌면 사람들은 이미 이 소설을 기억에서 지웠을 지도 모르는 일이지만, 내가 이 소설을 재출간하는 것은 제3판에 담긴 내용 이외의 다른 모든 내용은 내가 만들어 낸 것이 아니며, 나는 그것들과 무관하다는 입장을 혹시 라도 이 작품을 기억하는 이들에게 밝히기 위해서이다.

발행인의 말

　지금으로부터 수년 전 이탈리아를 여행했을 때의 일이다. 나는 네토강이 범람하는 바람에 칼라브리아 주의 작은 마을인 세렌지아의 여인숙에서 잠시 머물렀다. 당시 여인숙에는 같은 이유로 그곳에 묵게 된 이방인이 한 명 있었다. 그는 말수가 매우 적고 서글퍼 보이는 사내였다. 그는 여행에 차질이 빚어진 것에 대해서 조금도 초조해하지 않았다. 그곳에서는 그가 유일한 말 상대였기 때문에, 나는 그에게 그곳에 발이 묶인 것을 종종 불평하곤 했다. 그는 내게 이렇게 대답했다. "여기에 있든, 다른 곳에 가든 제겐 다 똑같습니다." 여인숙 주인은 이방인을 모시던 나폴리 출신의 하인과 몇 번 대화를 나눴는데, 그가 좀처럼 여행을 즐기는 것 같지 않다고 내게 말했다. 유적이나 관광지를 방문하거나, 건축물을 감상하지도, 사람을 만나는 일도 없다고 했다. 그는 그저 책을 많이 읽었다. 하지만 하루 종일 책만 읽지는 않았다. 저녁에는 언제나 홀로 산책했고, 낮에는 두 손에 얼굴을 괸 채로 내내 앉아 있기만 하는 모습도 쉽게 볼 수 있었다.

길이 복구되어 우리가 그곳을 떠날 수 있게 되었을 때, 이방인은 심하게 앓아누웠다. 나는 홀로 길을 떠날 수도 있었지만, 그것도 인연이기에 그곳에 조금 더 머물며 그를 간호해야겠다고 생각했다. 당시 세렌지아에는 외과 의사가 단 한 명뿐이어서, 효율성으로 보아 코센차에 사람을 보내 도움을 요청하는 편이 나을 것 같았다. 하지만 이방인은 내게 말했다. "그럴 필요 없습니다. 이곳의 의사면 충분합니다." 어쩌면 별생각 없었던 건지도 모르지만 어쨌든 그의 말이 옳았다. 그가 자리를 털고 일어났기 때문이다. "사실 이렇게 의술이 뛰어날 줄은 몰랐습니다." 이방인은 의사에게 농담 삼아 그렇게 말한 뒤 그를 돌려보냈고, 나의 간호에 고마움을 표하고 여인숙을 떠났다.

그로부터 수개월이 지난 어느 날, 나는 나폴리에서 세렌지아 여인숙 주인으로부터 편지 한 통을 받았다. 스트롱골리로 향하는 길 위에서 찾아냈다는 작은 상자와 함께였다. 그곳은 이방인과 내가 각자 길을 향해 갈라졌던 곳이었다. 여인숙 주인은 그것이 우리 둘 중 한 사람의 것이 확실하다고 생각하여 이것을 내게 보낸 것이었다. 상자 속에는 주소가 없거나, 주소와 서명이 지워진 오래된 편

14

지들이 가득 담겨 있었고, 한 여인의 초상화와 앞으로 우리가 읽을 일화, 혹은 이야기가 적힌 공책이 들어 있었다. 상자의 주인인 이방인이 내게 연락할 수단을 전혀 남기지 않았기 때문에, 나는 이것으로 뭘 어째야 할지도 모른 채 십 년을 보관해두고 있었다. 하루는 독일의 한 도시에서 우연히 몇몇 사람에게 그 이야기를 했고, 그중 한 사람이 내가 맡아두고 있는 글들을 자신에게 보내줄 것을 강력하게 청했다. 8일째 되던 날, 글들은 내가 이야기의 끝부분에 추가해둔 편지와 함께 돌아왔다. 내가 그것을 끝부분에 배치한 이유는 이야기를 모두 읽지 않고는 편지의 의미를 알 수 없다고 판단했기 때문이다.

그 편지를 읽은 나는 이 이야기가 책으로 출간이 되더라도 그 누구도 모욕하거나 평판을 해치는 일이 없으리라 확신하게 되었고, 출간을 결심하게 되었다. 나는 원본의 글자 하나도 손대지 않았고, 이름을 지우지도 않았다. 작품 속 지명과 인명은 원본 편지에서 지칭한 그대로다.

1장

스물두 살의 나는 괴팅겐대학에서 학업을 막 마친 뒤였다. ●●● 선제후選帝侯 궁정의 대신이었던 나의 아버지는 내가 유수의 유럽 국가를 두루 돌아보길 원했다. 후일 나를 곁으로 불러 당신이 관할하던 부서에 들이고, 언젠가 당신 뒤를 잇게 하려는 의도였다. 나는 꽤나 악착같이 학업에 정진했고, 매우 집중하기 어려운 환경에서도 함께 수학하던 동기들과 비교해 두각을 드러냈는데 그것이 아버지로 하여금 나에 대해 매우 허황된 기대를 품게 만들었던 것 같다.

그런 기대를 품은 아버지는 내가 실수를 많이 저질렀음에도 한없이 너그러웠다. 아버지는 내가 실수로 인해 고통받도록 내버려두지 않았다. 늘 나의 요구를 들어주었고, 때로는 요청하기도 전에 필요한 조치를 취해주었다.

불행히도 그런 아버지의 행동은 다정보다는 고귀함과 관대함에 가까웠다. 그런 아버지를 감사히 여기고 존경할 의무가 있다는 것은 마음 깊이 느꼈지만, 아버지와 나 사이에 신뢰감이 싹튼 적은 한 번도 없었다. 아버지의 태도에는 뭔지 모를 빈정거림이 있었고, 그것은 나의 신경을 거슬렀다. 그래서 나는 혼자만의 영역에 빠져들게 하고 주변의 모든 사물을 무시하게 만드는, 원초적이고 격렬한 감정에 몰두하기만 했다. 아버지는 초반에는 연민의 미소를 지었고, 서둘러 대화를 끝내버리곤 했는데, 그런 면에서 비판자이기보다는 냉혹하고 신랄한 관찰자처럼 느껴졌다. 열여덟 살이 될 때까지 아버지와 한 시간 이상 독대한 기억이 없었다. 아버지의 편지는 애정과 합리적이고 이성적인 조언이 가득했지만, 서로 대면하기만 하면 그 안에서 나도 설명할 길이 없는 어색함이 느껴졌는데 나는 그것이 못내 괴로웠다. 나는 늦은 나이가 될 때까지 아버지와 나를 따라다니던 내면적 고통의 이유가 수줍음 탓이라는 걸 알지 못했다. 그것은 우리 마음속에서 가장 심오한 감정들을 억눌렀고, 말을 꽁꽁 얼어붙게 만들었으며, 표현하려는 모든 것을 입안에서 변질시켜 모호한 단어나 신랄한 빈정거림으로 둔갑하게 했다. 마치 감정을 드러낼 줄을 몰라 슬픔을 느낄 때, 감정 그 자체에 화풀이라도 하듯 말이다. 나는 아버지가 아들인 내게조차 수줍었다는 사실을 알지 못했다. 겉으로는 냉담하기만 했던 아버지에게 애정 표현을 조금도 하지 못했는데, 아버지는 그것을 오랫동안 기대했었고, 눈물 젖은 눈으로 다른 이들에게 내가 당신을 사랑하지 않는다고 토로했다는 사실도 난 알지 못했다.

아버지와의 거북했던 관계는 내 성격 형성에 많은 영향을 끼쳤다. 나는 아버지만큼이나 내성적이었고, 어렸던 만큼 아버지보다 더욱 불안정했다. 나는 내가 느낀 모든 것들을 마음속에 담아두고, 혼자만의 계획을 세웠다. 계획을 실행할 때에도 오로지 나만을 믿었고, 타인의 의견이나 관심, 도움, 심지어 타인의 존재마저 불편함이나 방해처럼 여기는 데 익숙해졌다. 나는 내 관심사를 절대 밖으로 드러내지 않았고, 대화는 마지못해 꼭 필요할 때만 했으며, 그마저도 끊임없이 시시껄렁한 농담으로 일관하는 습관을 들였다. 그 편이 피로가 덜했고 진짜 생각을 숨길 수 있었다. 이로부터 생겨난 일종의 부자연스러운 태도는 오늘날에도 여전히 친구들의 빈축을 사고 있으며, 진지한 대화를 나누기 어렵게 만들고 있다. 그 결과로 나는 열렬한 자유를 꿈꿨고, 주변인들과의 관계를 못 견뎌하게 되었으며, 새로운 관계를 형성하는 것에 끔찍한 공포를 느끼게 되었다. 나는 혼자 있을 때에만 편안함을 느꼈고, 그러한 마음가짐은 오늘날까지 내게 영향을 미치고 있다. 가장 사소한 상황에서조차, 이를테면 둘 중 하나를 골라야 할 때에도 사람이 주위에 있으면 마음이 동요되었고, 자연스럽게 평온히 심사숙고를 하기 위해 자리를 벗어나야만 했다. 이러한 성격은 으레 이기주의적이지만, 나는 전혀 그렇지 않았다. 나는 오로지 내 문제에만 관심이 있었지만, 정작 나 자신을 들여다보지 않았다. 이때까지는 미처 깨닫지 못했지만, 내 마음속 깊은 곳에서는 감정이란 걸 필요로 하고 있었다. 하지만 그러한 욕구는 내 안에서 조금도 충족되지 못했고, 차례차례 모든 사물에 대한 호기심이 사라져갔다. 만사에 대한 무관심은 아주 어렸을 때 내게 커다란 충격을 주었던 죽음에 대한 생각으로 더욱 공고해졌다. 나는 사람들이 왜 그렇게 쉽게 죽음에 대한 생각을 회피하는지 이해할 수 없었다. 내가 열일곱 살 때 한 노부인의 죽음을 목격했다. 훌륭하고 독특한 재능을 가졌던 그녀는 내가 자질을 기를 수 있게 도와주었다. 그녀는 다른 이들과 마찬가지로 자신의 강한 정신력과 뛰어난 능력만을 믿고 잘 알지 못하는 사교계에 내던져졌고, 필연적이지만 낯선 사교계의 관습에 자기 자신을 굽히지 못했다. 그녀는 기대에 배반당하고, 젊음이 아무런 기쁨도 주지 못한 채 흘러가는 것을 보았고, 자신이 노화에 굴복할 새도 없이 정복당했음을 깨달았다. 그녀는 우리 영지와 이웃한 저택에 살았는데, 매사에 불만족했고 은둔하며 살았다. 가진 것이라곤 오직 그녀의 지성뿐이었으며, 모든 것을 머릿속으로 분석하곤 했다. 그녀와 나는 일 년 가까이 마르지 않는 대화를 나누며 삶의 모든 측면을 고찰했고, 항상 죽음을 모든 것의 종말이라 믿었다. 그녀와 죽음에 대해 많은 대화를 나눈 뒤, 죽음이 그녀를 무너뜨리는 것을 내 두 눈으로 목격하게 되었다.

이 사건으로 나는 운명에 대해 불확실한 생각을 갖게 되었고, 그 뒤로 죽음에 대한 어렴풋한 몽상이 나를 떠나지 않았다. 나는 삶의 덧없음을 떠올리게 하는 시들을 즐겨 읽었다. 어떤 목표도 노력할 만한 가치가 없다는 사실을 깨달았고, 이런 생각은 내가 나이를 먹어감에 따라 내 안에서 희미해졌는데, 그건 꽤 기이한 일이다. 어쩌면 기대라는 것에 어딘가 의심스러운 구석이 있기 때문이고, 인간의 생애에서 기대가 사라졌을 때, 그 생애라는 것이 더욱 혹독하지만 더욱 현실적인 양상을 띠기 때문일까? 마치 구름이 걷히고 났을 때 저 멀리 산꼭대기 바위의 모습이 선연하게 드러나는 것처럼, 모든 환상이 사라지고 나서야 삶이 더욱 현실적으로 보이기 때문인 것일까?

나는 괴팅겐을 떠나 D●●● 도시로 갔다. 그곳은 어느 대공의 영지였는데, 독일의 대다수 제후와 마찬가지로,

그는 좁은 지역을 평화롭게 다스리고 있었다. 대공은 그
곳에 정착하기 위해 온 교양 있는 사람들을 보호하고, 모
든 의견의 완전한 자유를 보장했다. 하지만 추종자들의
사교계에만 오랫동안 한정적으로 교류하다 보니, 대공의
주변에도 대부분 하찮고 보잘것없는 인물들만 모여들었
다. 그들은 단조로웠고 예법을 중시했다. 나는 무리를 침
범한 모든 이방인에게 자연스럽게 쏟아지는 관심 덕분
에 궁정에 받아들여졌다. 그러나 수개월 동안 그곳의 어
떤 것도 내 관심을 끌지 못했다. 나는 사람들의 호의에 감
사함을 느꼈지만, 그것을 마음껏 누리기에는 수줍음이 발
목을 잡았다. 목적 없는 소란함은 피곤했고, 무리에 동참
하는 것보다 고독이 차라리 나았다. 내가 딱히 누군가를
미워했던 건 아니다. 다만 나의 흥미를 끄는 사람이 없었
던 것뿐이다. 사람들은 무관심으로 인해 상처를 받고, 그
것을 악의나 거북함으로 받아들인다. 사람들은 자신이 누
군가에게 지루할 수 있다는 사실을 믿고 싶어 하지 않는
다. 한 번은 지루함을 참아보려 침묵 속으로 달아났더니,
사람들은 그것을 경멸로 받아들였다. 또 한 번은 침묵이
지겨워 몇몇 농담에 몸을 맡긴 적도 있었다. 그러나 한 번
시동이 걸린 번득임은 선을 넘었고, 나는 한 달 동안 지켜
봤던 그들의 우스꽝스러운 점들을 모두 단 하루 만에 말

로 쏟아냈다. 내 의지를 넘어선 갑작스러운 폭로로 듣는 사람들의 기분이 좋을 리가 없었다. 하지만 그건 사실 다 맞는 말이었다. 나는 느낀 바를 이야기할 필요가 있다고 생각했던 것이지, 그들과 신뢰를 쌓길 바랐던 것이 아니다. 과거, 처음으로 나를 성장시켜주었던 노부인과의 대화는 모든 원리 원칙이나 독단적인 논리에 대해 억누를 수 없는 반감을 품게 만들었다. 그렇게 해서, 이미 확립된 반박할 수 없는 원칙들을 도덕이나 관습, 혹은 종교와 같은 선상에 놓으며 자기만족에 빠져 이야기를 늘어놓는 시시한 사람을 보게 될 때마다 반박하지 않고는 배길 수 없게 된 것이다. 딱히 그것에 반대되는 의견을 가져서가 아니라, 그토록 확고하고 멍청한 신념을 참고 들어줄 수가 없었기 때문이다. 마치 어떤 본능이 제약이나 미묘한 차이도 존재하지 않는 일반적 명제를 의심하라고 내 귀에 속삭이는 듯했다. 어리석은 자들은 도덕을 쪼갤 수 없는 하나의 덩어리로 만들어 도덕이 그들의 행위에 간섭할 수 없게 만들고, 그로부터 자유로워지려고 한다.

이러한 행동 때문에 나는 얼마 안 가 경박하고 빈정거리며 심술궂다는 평판을 얻게 되었다. 내가 하는 신랄한 말들은 내 정신이 증오로 가득 찼기 때문이며, 내가 하는 농담들은 존중해야 할 모든 것들에 위해를 끼치는 행위로 평가되었다. 내가 조롱했던 사람들은 하나로 똘똘 뭉쳐 내가 원리 원칙을 의심한다고 비난했다. 본의 아니게 그들이 서로를 비웃도록 만들었던 탓이었다. 모두가 나와 반대편에 섰다. 사람들은 내가 그들의 우스꽝스러운 점들을 지적했던 것이 그들을 배신한 것이며, 그들이 비밀리에 털어놓았던 속내를 폭로한 것이라고 말했다. 그들은 내게 있는 그대로의 모습을 보여줌으로써, 나로부터 침묵할 것을 약속받았다고 믿었다고 말했다. 하지만 나는 그런 번거로운 약속을 할 생각은 추호도 없었다. 그들은 제멋대로 구는 걸 즐겼고, 나는 그것을 관찰하고 묘사하는 걸 즐겼을 뿐이었다. 그리고 그들이 배신행위라고 부른 것은 내게는 그저 악의 없는 공평한 처사처럼 보였다.

여기서 변명할 생각은 없다. 멋모르는 사람이나 가지는 경박하고 안일한 습관은 벗어던진 지 오래다. 내가 말하고자 하는 것은 사교계를 떠난 나나 다른 이들에게나 마찬가지로, 인간의 욕심, 가식, 자만심, 두려움처럼 인간이라는 족속에 익숙해지는 데는 시간이 걸린다는 사실이다. 사교계는 이토록 인위적이고 가공된 세계이다. 그것을 처음 목격한 젊은이가 놀란다면, 그것은 그의 마음이 악독하기 때문이 아니라, 순진하기 때문이다. 게다가 사교계는 그것을 조금도 두려워하지 않는다. 사교계는 우리의 마음을 짓누르고, 조용하지만 너무나도 강력한 영향력으로 금세 보편적인 틀에 우리를 끼워 맞춘다. 어느 순간이 되면 우리는 더는 예전처럼 놀라지 않게 되고, 새로운 모습을 하고 있는 자기 자신을 발견한다. 마치 군중으로 가득 찬 공연장에 처음 발을 들였을 때에는 숨을 쉬기가 힘들지만, 시간이 흐르면 어느덧 자연스레 숨을 쉬게 되는 것처럼 말이다.

혹여 이러한 보편적 운명에서 벗어난 소수의 사람들이 있다면, 그들은 마음속에 견해차를 은밀히 묻어둔다. 그리고 대다수의 우스꽝스러운 사람들 속에서 죄악이 움트는 것을 발견하지만, 더는 그것을 조롱하지 않는다. 경멸은 조롱의 자리를 꿰차고, 경멸에는 소리가 없다.

그렇게 내 주변의 몇 안 되는 사람들은 내 성격에 막연한 우려를 쏟아내기 시작했다. 하지만 그렇다고 해서 내 행위 속에서 비난할 만한 구석을 지적하지는 못했고, 아량이나 호의로 보이는 몇몇 행위에 이의를 제기하지도 못했다. 그들은 다만 나를 부도덕하고 신뢰할 수 없는 사람이라고 말했다. 이 두 형용사는 그들이 미처 깨닫지 못하는 사실을 암시하고, 그들이 알지 못하는 사실을 남에게 짐작하게 만들기 위해 탄생된 제법 적절한 수식어였다.

2장

경솔하고, 무심하며, 권태로웠던 나는 내가 남들에게 어떤 인상을 주고 있는지 까맣게 몰랐다. 당시의 나는 걸핏하면 중단했던 학업, 실천에 옮기지 않았던 계획, 그다지 흥미를 느끼지 못했던 향락에 고루 시간을 쏟고 있었다. 그러던 차에 겉으로는 하찮아 보이는 한 사건이 내 삶에 커다란 변화를 불러왔다.

나와 꽤 친분이 있던 한 젊은이가 수개월 전부터 우리가 속해 있던 사교계 내에서 가장 매력적인 부인의 환심을 사기 위해 노력하고 있었다. 나는 그의 수작에 가장 관심을 갖지 않을 상대로서 그의 속내를 듣게 되었다. 오랜 노력 끝에 그는 부인의 사랑을 얻는 데 성공했고, 그간 내게 조금의 실패나 슬픔도 숨기지 않았던 그는 성공도 전해야 한다고 생각한 모양이었다. 그 무엇도 그가 느낀 기쁨과 열광에 비할 수 없었다. 그의 행복을 곁에서 지켜보고 있자니, 그런 경험을 시도조차 하지 않았던 것이 너무나도 후회됐다. 그때까지 나는 내 자존심을 채워줄 여성과 연애를 해본 적이 없었다. 그런 내 눈앞에 새로운 미래가 펼쳐졌고, 내 마음 깊은 곳에서 새로운 욕구가 피어올랐다. 아마도 그 욕구에는 허영심이 깃들어 있었을 테지만, 오로지 그것뿐이었던 건 아니다. 어쩌면 허영심은 내가 생각한 것보다 비중이 적었을지도 모른다. 사람의 감정은 모호하고 복합적이며, 눈으로 보는 것과는 다른 다양한 감정들이 서로 얽혀 있다. 우리의 말은 너무나도 어설프고 일반적이라, 감정을 지칭할 수는 있어도 규정하기에는 부족하다.

나는 아버지의 집에서 자라며 여성에 대해 꽤나 비도덕적인 논리를 습득했다. 아버지는 밖으로 드러나는 관습은 엄격하게 준수했지만, 연애에 대해서는 경박한 발언을 서슴지 않았다. 연애를 대놓고 허용하지는 않았지만 그렇다고 용서받지 못할 행위로 보지는 않았으며, 오로지 결혼만을 진지한 관계로 보았다. 젊은이는 자신과 동등한 재산이나 출신과 같은 외부적 조건을 갖추지 못한 사람과 지속적인 관계를 맺는, 소위 무분별한 짓을 하지 않도록 조심해야 한다고 아버지는 늘 말했다. 하지만 결혼할 대상이 아니라는 전제하에, 아버지는 그 밖의 모든 여인들은 얼마든지 취할 수 있고, 또 언제든 버릴 수 있는 존재로 여겼다. '그것은 여인들에게는 별다른 해를 끼치지도 않고, 사내들에게는 커다란 기쁨을 준다!' 한 번은 유명한 경구를 어설프게 따라 한 이 문장에 동의한다는 듯 미소를 짓는 것도 보았다.

사람들은 모른다. 이런 종류의 말들이 어린아이에게 얼마나 깊은 인상으로 남는지, 아직 의견이 확립되지 않고 미숙한 아이들이, 어른이 웃고 떠드는 농담이 그동안 배워온 규율과 어긋나는 것을 보았을 때 얼마나 당황하는지 말이다. 이미 그런 경험을 한 아이들에게 규율이란 어른이 양심의 가책을 덜기 위해 형식적으로 되풀이하는 진부한 말로밖에 여겨지지 않게 되고, 농담 속에 삶의 진정한 비밀이 숨겨져 있다고 생각하게 된다.

이름 모를 감정에 괴로워하며 나는 사랑받고 싶다는 생각으로 주위를 둘러보았다. 하지만 그 누구도 내게 사랑을 품게 만들지 못했고, 내게 사랑을 줄 것 같아 보이는 사람도 없었다. 내 마음과 취향에 의문이 들기도 했다. 뭔가를 특별히 선호한다거나 하는 마음의 동요가 일지 않았기 때문이었다. 그렇게 머릿속이 어지러운 도중, 집안끼리 친분이 있는 40대의 P●●● 백작을 만나게 되었다. 백작은 자신의 저택으로 나를 초대했다. 그것이 얼마나 불행한 방문이었는지! 백작에게는 폴란드 태생의 정부情婦가

한 명 있었는데, 그녀는 어린 나이가 아니었는데도 불구하고 수려한 용모로 근방에서 그녀의 이름을 모르는 사람이 없었다. 그녀의 처지는 썩 좋지 못했으나, 여러 상황 속에서 그녀의 빼어난 성품이 엿보였다. 그녀의 집안은 폴란드에서 일어난 분쟁에 휘말려 몰락한 명망 높은 가문이었다. 이후에 부친이 폴란드에서 추방되고, 그녀는 모친과 함께 프랑스로 망명을 와 살았고, 모친이 돌아가신 뒤로는 혈혈단신으로 남겨졌다. 그리고 지금의 P●●● 백작과 만나 그의 연인이 된 것이었다. 내가 엘레노르를 처음 보았을 때, 나는 안정적이고 오래된 그들의 관계가 어떻게 형성된 것인지 알지 못했었다. 그녀의 성품에서 엿보이는 뛰어난 교양 수준, 예법, 긍지에도 불구하고 그에 반하는 삶을 살고 있는 것은 어째서일까? 그녀의 불우한 처지나 미숙함 때문이었을까? 나를 비롯해 사람들이 알고 있었던 것은 P●●● 백작의 재산이 거의 동나고 그의 권리마저 위태로워졌을 때에도 엘레노르는 그에게 헌신했다는 사실이다. 엘레노르는 아무리 호화로운 제안도 일말의 고려 없이 거절했고, 백작의 고난과 가난을 기꺼이, 심지어 기쁘게 나누었다. 제아무리 엄격하고 계산적인 사람이라도 엘레노르가 보인 행동의 이타성과 동기의 순수성을 인정하지 않을 수 없었다. 백작이 다시 재산을 일부 회복할 수 있었던 것도 아무 불평 없이 그를 지지했던 그녀의 노력, 용기, 이성, 그리고 모든 종류의 희생 덕이었다. 그들이 D●●● 시로 온 것은 P●●● 백작이 예전의 부를 온전히 되찾을 수도 있는 소송을 진행하기 위해서였고, 이곳에서 약 2년간 머물 예정이었다.

엘레노르의 지성은 평범한 편이었지만 올바른 생각을 가지고 있었으며, 그녀가 사용하는 표현들은 간결하면서도 그것이 드러내는 그녀의 감정이 때때로 고상하고 품위가 있어 듣는 사람의 놀라움을 자아냈다. 그녀는 많은 선입견을 가지고 있었지만 그것들은 그녀의 이해관계에 반대되는 것이었다. 사회적 관념으로 볼 때, 그녀의 품행은 그리 바르다 할 수 없었기 때문에 그녀는 단정한 품행에 높은 가치를 부여했다. 또, 종교적인 관점은 그녀의 삶의 방식을 엄준하게 벌하고 있었기 때문에 그녀의 신앙심은 아주 두터웠다. 그녀는 자신의 처지를 두고 다른 사람들이 지나친 농담을 해도 된다고 여길까 봐, 대화 중 다른 여인이라면 악의 없는 농담으로 넘길 만한 것들도 엄격히 금지했다. 어쩌면 그래서 가장 높은 신분을 가졌고 나무랄 데 없는 품행의 사내들만을 집에 초대하길 원했는지도 모른다. 남녀가 뒤섞인 사교계에서 평판을 잃는 것쯤은 조금도 염려하지 않고, 오로지 쾌락만을 좇는 관계를 즐기는 여인들과 자신이 동일하게 여겨지는 것을 끔찍이도 싫어했기 때문이다. 한마디로, 엘레노르는 자신의 운명과 끊임없이 맞서 싸우고 있었다. 그녀의 행동 하나하나, 말 한마디 한마디가 그녀가 속하게 된 계급에 대한 반항과도 같았다. 그러나 현실은 자신의 힘보다 더욱 강력하고, 아무리 노력한다 한들 처지를 바꾸는 건 불가능하다는 사실을 알게 된 이후로 그녀는 매우 불행해졌다. 엘레노르는 P●●● 백작과의 사이에서 낳은 두 아이를 지나칠 정도로 엄하게 기르고 있었다. 다정하기보단 열렬한, 아이들을 향한 그녀의 애착 속에는 마치 그녀에게 아이들이 성가신 존재가 아닌가 싶을 정도로 남모를 반항심 같은 것이 섞여 있는 듯했다. 사람들이 순수한 의도로 아이들의 성장이나 잠재력, 앞으로의 삶에 대해 조금이라도 의견을 제시할 때면 언젠가 아이들에게 그들의 출신을 밝혀야 한다는 생각에 사색이 되곤 했다. 하지만 아이들이 조금이라도 위험에 처하거나 아이들과 한 시간만 떨어져 있어도, 엘레노르는 후회에 가까운 감정과 뒤섞인 걱정으로 되돌아갔고, 자신의 애정이 부디 자신이 찾지 못했던 행복을 아이들에게 줄 수 있기를 간절히 바랐다. 그녀의 감정과 처지의 괴리는 아주 심한 감정의 기복을 보이게 만들었다. 주로 몽상에 잠겨 있거나 말수가 적었던 그녀였지만 때때로 맹렬한 기세로 말하기도 했다. 앞에서 밝힌 이유로 그녀는 언제나 고뇌했기에, 아주 일상적인 대화를 할 때조차 평정심을 유지하지 못했다. 하지만 바로 그러한 점이 그녀가 말하는 방식에 있어 타고난 것보다 더욱 매력적으로 보이게 만들었고, 그녀에게서 열정적이고 의외의 면을 발견하게 했다. 그녀의 별난 처지는 그녀의 내부에서 참신한 생각들을 만들어냈다. 사람들은 마치 아름다운 폭풍우를 관망하듯 호기심 어린 눈으로 그녀를 흥미롭게 지켜보았다.

내가 허영심을 채우기 위해 사랑을 갈망하고 있던 바로 그때, 내 눈에 들어온 엘레노르는 정복해볼 만한 여인처럼 보였다. 그녀 역시 지금껏 봐왔던 사내들과는 다른 이를 만나 기쁜 듯 보였다. 그녀의 주변인들은 P●●● 백작의 친구 몇몇과 친척들, 그리고 그들의 부인들로 이루어져 있었고, 그들은 백작의 위세에 못 이겨 어쩔 수 없이 그녀를 받아들였다. 사내들은 감정이나 생각도 모자란 자들이었고, 그들의 부인들도 비슷하게 시시한 인물들이었으나, 사내들처럼 정기적인 용무나 직업에서 비롯되는 평온한 정신 상태도 갖추지 못했기에 그들보다 더욱 근심 걱정이 많고 불안정했다. 반면 그들에 비해 나의 농담은 더욱 가벼웠고, 대화의 주제는 다방면에 걸쳐 있었으며, 우

울과 쾌활함, 낙담과 흥미, 열정과 빈정거림이 뒤섞인 나
의 독특한 매력이 빛을 발했다. 엘레노르는 놀라움을 느
끼며 내게 매료되었다. 엘레노르는 여러 외국어를 구사했
는데, 사실상 완벽한 수준은 아니었음에도 언제나 말투에
생동감이 넘쳤고 때로는 우아하게 느껴졌다. 외국어의 관
용 표현으로 인해 그녀의 사고는 젊었고, 언어의 장벽을
넘으며 더욱 유쾌하고 순진해졌으며, 여러 사람에게서 사
용되다 부자연스럽게 굳어진 표현 방식에서 벗어나 더욱
신선하게 느껴졌다. 우리는 영국 시를 읽으며 함께 길을
거닐었다. 나는 엘레노르를 보기 위해 이른 아침 집을 나
섰고, 저녁이 다 되어서야 집으로 돌아왔다. 우리는 수없
이 많은 주제로 대화의 꽃을 피웠다.

　나는 냉철하고 공정한 관찰자로서 엘레노르의 성품과
지성을 살펴볼 생각이었다. 하지만 그녀가 내뱉는 단어
한마디 한마디는 알 수 없는 매력처럼 느껴졌다. 엘레노
르의 환심을 사겠다는 계획은 내 삶에 새로운 흥미를 불
러일으켰고, 전과는 다른 활기를 불어넣었다. 그녀의 매
력이 내 삶에 미친 효과는 거의 마법에 가까웠다. 아마도
내가 자존심 때문에 나 자신과 했던 약속이 아니었더라면
이 상황을 더욱 잘 즐길 수 있었을 것이다. 이 자존심이
란 것이 엘레노르와 나 사이에 제삼자처럼 껴 있었다. 나

는 스스로 세웠던 목적을 최대한 빠르게 달성해야만 한다
고 여겼기에 감정에 마냥 빠져 있을 수만은 없었다. 이야
기를 나누기만 하면 성공은 따놓은 당상이라 여겼고, 그
녀와 함께할 시간이 몹시 기다려질 뿐이었다. 내가 진정
으로 엘레노르를 사랑하는 건 아니었지만, 만약 그녀가
내게 반하지 않는다면 그 사실을 받아들이는 게 무척이나
힘들었을 것이다. 나는 온통 엘레노르에 대한 생각뿐이었
다. 나는 수많은 계획을 세웠다. 한 번도 시도한 적 없었기
에 실패할 리가 없다고 생각했던 미숙한 자만심으로, 그
녀를 정복하기 위한 수많은 방법을 떠올렸다.

그러나 나 자신도 어찌할 수 없는 소심함이 모든 계획
을 가로막았다. 모든 말들은 입술 위에서 사라졌고, 생각
했던 것과는 전혀 다른 말이 튀어나왔다. 나는 마음속으
로 몸부림쳤다. 나 자신에게 분노가 치밀었다.

마침내 내 눈은 나와의 싸움을 명예롭게 끝내줄 수 있
는 논리를 찾아내었다. 그것은 엘레노르는 내가 고심하
고 있는 고백을 들을 준비가 전혀 되어 있지 않았고, 그러
니 서두를 필요가 전혀 없으며, 아직은 좀 더 기다려도 된
다는 것이었다. 사람들은 평온한 삶을 위해, 자신의 무능
이나 나약함을 술책이나 이론으로 가장하곤 한다. 그렇게
나머지 부분은 방관할지언정, 모자란 일부분을 만족시키

려는 것이다.

이런 상황이 계속되었다. 나는 매일같이 고백을 다음 날로 미뤘는데, 다음 날은 어김없이 전날과 똑같이 흘러 갔다. 수줍음은 엘레노르의 곁을 떠나자마자 모습을 감췄 고, 다시 교묘한 계획과 심오한 술책을 떠올릴 수 있었다. 하지만 다시 엘레노르의 곁으로 다가가기만 하면 마음은 또다시 떨리고 요동쳤다. 그녀가 곁에 없을 때 내 속마음 을 읽은 사람이라면 누구나 나를 냉혹하고 둔감한 유혹자 라 생각할 것이지만, 그녀가 내 곁에 있을 때는 누구나 나 를 어리숙하고 열정적인 풋내기 연인이라 여길 것이었다. 그리고 사람들은 이 두 가지 상반된 모습을 모두 믿었을 것이다. 완벽하게 일관된 사람이란 존재하지 않는다. 온 전히 진실한 사람도, 온전히 악의적인 사람도 없는 것처 럼 말이다.

엘레노르에게 고백할 용기를 내지 못한 나는 수없이 반 복되는 실패를 겪은 후, 방법을 바꿔 편지를 쓰기로 했다. 마침 P●●● 백작은 집에 없었다. 오랫동안 몰두해온 내 성 격과의 투쟁, 성격을 극복하지 못해 느꼈던 초조함, 고백 의 성공 여부에 대한 불확실함이 편지 속에 매우 사랑에 가까운 흥분을 담고 말았다. 거기다 스스로 나 자신의 문 체에 격양되며 편지 쓰기를 마쳤을 무렵에는 최대한 표현해내려 애썼던 사랑의 감정을 스스로도 조금이나마 느끼게 됐다.

엘레노르는 자연스레 내 편지에서 자기 자신조차 무엇인지 알지 못하는 감정에 맞닥뜨린, 그녀보다 열 살은 족히 어린 사내의 일시적인 격정을 보았다. 그리고 그것은 그녀에게 분노보다는 측은함을 불러일으켰다. 엘레노르는 친절하게 답장을 보내왔는데, 그녀의 편지는 애정이 담긴 조언과 진정성 있는 우정과 함께, P●●● 백작이 집으로 돌아오기 전까지 나를 만날 수 없다고 말하고 있었다.

엘레노르의 답장에 나는 매우 당혹스러웠다. 장애물을 만나 감정이 고조되며 공상이 나를 집어삼켰다. 한 시간 전만 해도 가장해내는 데 성공했다며 의기양양했던 사랑이라는 감정이 더욱 맹렬하게 느껴지는 것 같았다. 곧바로 엘레노르의 집으로 달려갔지만, 그녀가 집에 없다는 대답만이 들려왔다. 나는 그녀에게 편지를 써서 마지막으로 한 번만 만나 달라고 사정했다. 온갖 애절한 표현으로 나의 절망감과 그녀의 잔인한 결정이 내게 떠올리게 만든 불길한 계획들을 묘사했다. 그렇게 하루를 꼬박 답장을 기다렸다. 말로는 다할 수 없는 심적인 고통은 다음 날이 되어서야 비로소 수그러졌다. 나는 엘레노르를 만나 이야기를 나누기 위해 모든 난관을 헤쳐 나가는 일을 반복했다. 저녁이 되자, 엘레노르는 사람을 보내 짧은 말을 전했다. 전언은 다정했다. 거기서 후회나 슬픔과 같은 감정을 얼핏 보았던 것도 같았다. 그러나 엘레노르는 결정을 번복하지 않았고, 결심은 확고해 보였다. 다음 날, 나는 다시 그녀의 집으로 갔다. 그녀가 어느 별장으로 떠났다는 말만 들려왔다. 정확히 어디에 있는 별장인지는 그들도 모르며, 편지를 전할 방법도 없다고 했다.

나는 오랫동안 엘레노르의 집 앞에서 꼼짝도 하지 않았다. 더는 그녀를 볼 수 없으리란 생각이 들었다. 고통스러워하는 나 자신의 모습에 나조차 놀랐다. 오로지 그녀의 환심을 사는 것만을 열망한다 여겼던 순간을 회상했다. 실패해도 쉽사리 단념할 수 있을 거라 생각했었다. 이렇게 마음이 갈기갈기 찢기는 듯, 억누를 수 없는 맹렬한 고통은 상상하지도 못했다. 그렇게 며칠이 흘렀다. 여가나 학업에도 집중할 수 없었다. 그저 엘레노르의 집 앞을 끊임없이 떠돌았다. 길모퉁이를 돌 때마다 그녀를 만날 수 있기를 바라면서 도시를 배회했다. 그러던 어느 날 아침, 마음의 열기를 피로로 치환하기 위해 아무런 목적 없이 그렇게 길을 누비던 나는 여행에서 돌아온 P●●● 백작의 마차를 발견했다. 그 역시 나를 알아보고 마차에서 내렸다. 우리는 평범한 인사를 나누었고, 나는 마음의 동요

를 숨기며 갑작스럽게 집을 떠난 엘레노르의 이야기를 넌
지시 꺼냈다. 그러자 백작은 내게 말했다.

"안 그래도 이곳에서 얼마 떨어지지 않은 곳에 사는 한
친구가 무언가 성가신 일을 당했는지 엘레노르에게 위로
가 필요하다고 한 모양입니다. 나와 한마디 상의도 없이
그곳으로 떠났더군요. 정말이지 감정이 앞서는 사람입니
다. 어찌나 활발한지 그렇게 누군가에게라도 애정을 쏟아
부어야 마음이 편안한가 봅니다. 하지만 나 또한 그녀가
필요하니 곧 편지를 보낼 생각이에요. 그럼 아마 며칠 안
으로 돌아올 테지요."

그의 확신에 찬 말에 마음이 진정됐다. 고통이 수그러
드는 걸 느꼈다. 엘레노르가 떠난 이후 처음으로 고통 없
이 숨을 쉴 수 있었다. 그녀가 집으로 돌아오기까지는 P●
●● 백작이 바랐던 것보다 더 오랜 시간이 걸렸다. 하지만
나는 일상으로 복귀했고, 그동안 느꼈던 불안은 조금씩
자취를 감추었다. 한 달이 지났을 무렵, P●●● 백작은 그
날 저녁 엘레노르가 집으로 돌아온다는 소식을 내게 알렸
다. 엘레노르의 처지로 인해 불가능하긴 했지만, 그녀의
성품에 걸맞은 자리를 사교계 내에서 유지시키기 위해 커
다란 노력을 들여왔던 백작이었고 그의 친척과 친구들 중
에서 그녀를 보겠다고 동의한 이들만을 식사에 초대했다.

잊고 있던 기억이 되살아났다. 처음에는 어렴풋했던 것이 이내 생생해졌다. 그리고 자존심이 다시 고개를 들었다. 나를 어린아이처럼 대했던 여인을 다시 마주한다는 사실에 난처함과 부끄러움이 느껴졌다. 내가 다가오는 것을 보면, 자신의 짧은 부재가 젊은이의 일시적인 열정의 불씨를 꺼트렸다는 생각에 그녀가 미소를 지을 것 같았고, 그 미소 속에는 나에 대한 일종의 경멸이 숨겨져 있을 것만 같았다. 잠들었던 감정들이 서서히 깨어났다. 그날 아침 일어났을 때만 해도 엘레노르에 대한 생각은 조금도 들지 않았다. 하지만 그녀의 도착 소식을 받은 지 한 시간이 지난 지금, 그녀의 모습은 눈앞에 아른거렸고, 마음을 온통 지배했으며, 그녀를 다시 볼 수 없을지도 모른다는 두려움에 온몸에 열이 피어올랐다.

낮 동안은 내내 집에 머물렀다. 집에 몸을 숨기고 있었다는 말이 맞을 것이다. 아주 작은 움직임에도 그녀를 만나지 못하게 될까 봐 두려움에 몸을 떨었다. 그녀와의 만남은 무엇보다 자명한 일이었지만, 그녀를 너무나도 열렬히 갈망한 나머지 마치 불가능한 일처럼 느껴졌던 것이다. 초조함이 나를 집어삼켰다. 나는 일 분마다 시간을 확인했다. 숨이 쉬어지지 않아 창문을 열어야만 했다. 혈관 속으로 흐르는 피가 나를 불태울 것만 같았다.

마침내 백작 집으로 출발해야 할 시간이 되자, 초조함은 돌연 수줍음으로 바뀌었다. 나는 느릿느릿 옷을 갈아입었고, 얼른 도착하고 싶다는 마음이 들지도 않았다. 기대가 실망으로 바뀌진 않을까 하는 두려움이 일었다. 그럴 경우 감수해야 할 고통이 너무나도 생생해서 모든 걸기꺼이 미뤄두고만 싶었다.

내가 P●●● 백작의 집에 도착했을 때는 꽤 늦은 시각이었다. 엘레노르는 방 한구석에 앉아 있었다. 차마 그곳으로 다가갈 수 없었다. 마치 모든 사람이 나만을 주시하는 것 같았다. 나는 거실 한구석에서 대화를 나누는 사람들 뒤에 몸을 숨겼고, 그곳에서 엘레노르를 바라보았다. 그녀는 살짝 달라 보였는데, 평소보다 더욱 창백했다. 백작은 내가 구석에 몸을 숨긴 모양새를 발견하고는 내게로 다가와 손을 잡아끌어 엘레노르 곁으로 데려갔다. 백작은 웃으며 말했다. "당신이 예고 없이 집을 떠나서 가장 놀랐을 사내를 소개하지." 엘레노르는 옆에 있던 부인과 이야기를 나누고 있다가 나를 보고는 말을 멈추었고, 그대로 굳어버렸다. 나도 마찬가지였다.

다른 사람들에게 대화가 들릴 만큼 가까운 거리라 나는 엘레노르에게 시시한 말만을 건넸다. 우리 둘 다 곁으로는 침착한 체를 했다. 하인들이 식사 시간을 알렸다. 나는 엘레노르에게 팔을 건넸고, 그녀는 거절하지 못했다. 나는 그녀를 이끌며 말했다. "내일 열한 시에 나를 만나주세요. 만약 그러지 않는다면 나는 내 조국, 가족, 아버지도 버리고, 모든 인간관계를 끊고, 종교적 의무마저 저버릴 겁니다. 그리고 어디로든 떠나 당신이 고달프게 만들기를 즐기는 이 삶을 당장에 끝내버릴 생각입니다." "—아돌프!" 그녀는 잠시 머뭇거렸다. 나는 그녀에게서 멀어지려는 자세를 취했다. 내가 어떤 표정을 짓고 있었는지는 모르겠지만, 그렇게 격렬한 긴장감은 처음 느껴보는 것이었다.

엘레노르는 나를 바라봤다. 그녀의 얼굴 위로 애정이 뒤섞인 공포심이 드러나 있었다. "내일 보는 걸로 하죠. 하지만 부탁하건대…" 너무나 많은 사람이 뒤따라오는 바람에 엘레노르는 말을 채 마치지 못했다. 나는 그녀의 손을 내 팔에 꼭 붙이고 식탁에 앉았다.

나는 엘레노르를 옆자리에 앉히고 싶었지만, 집주인의 생각은 달랐다. 나는 거의 그녀를 마주 보는 자리에 앉게 되었다. 식사는 시작되었고 그녀는 멍하니 몽상에 잠긴 듯했다. 사람들이 그녀에게 말을 건네면 부드럽게 대답한 뒤, 다시 생각에 빠졌다. 친구 중 하나가 그녀의 침묵과 가라앉은 분위기를 보고 혹시 어디가 아픈지 물었다. 그녀는 대답했다. "요즘 들어 몸이 영 좋지 않았어요. 지금도 조금 그렇네요." 나는 엘레노르에게 좋은 인상을 주고 싶었다. 그녀에게 사랑스럽고 재치 넘치는 모습을 보여줌으로써, 그녀를 내 마음대로 휘두르고, 그녀가 허락한 내일의 만남에 대비하고자 했다. 그녀의 시선을 끌기 위해 갖가지 방법을 시도했다. 그녀가 관심을 보일 만한 주제로 대화를 유도하자 사람들은 대화에 섞여 들었다. 그녀가 거기에 있다는 사실만으로도 나는 의욕이 넘쳤다. 나는 엘레노르가 대화에 귀 기울이게 하는 데 성공했고, 곧 그녀가 미소 짓는 것도 보았다. 나는 너무나도 기뻤고, 눈으로는 고마움을 드러냈다. 엘레노르도 그런 내 모습을 보고 감동했다. 엘레노르는 더는 슬퍼 보이지도, 공상에 잠겨 있지도 않았다. 그녀로 인해 행복해하는 나의 모습이 그녀의 마음속에 은근한 매력으로 작용했고, 그녀는 그것을 물리치지 않았다. 식탁을 떠날 때가 되어서는 이제껏 한 번도 서로 떨어져본 적 없다는 듯, 우리는 한마음이 되어 있었다. 나는 거실로 돌아가기 위해 그녀에게 손을 내밀며 이렇게 말했다. "내가 온전히 당신의 것이란 걸 아셨나요? 그런 내게 어째서 괴로움을 주며 즐거워하는 겁니까?"

3장

그날 밤, 나는 잠을 이루지 못했다. 머릿속에서 술책이나 계획 따위는 이미 사라졌다. 다른 어떠한 의도도 없이 나는 진정으로 사랑에 빠졌음을 느꼈다. 처음의 계획은 이제 안중에도 없었다. 사랑하는 사람을 눈앞에서 보고, 그녀의 존재를 만끽하고 싶다는 욕구가 나를 완전히 지배했다. 열한 시 정각에, 나는 엘레노르를 찾아갔다. 그녀는 나를 기다리고 있었다. 그녀는 무언가 말하려 했지만, 나는 먼저 내 이야기부터 들어줄 것을 청했다. 서 있는 것이 힘이 들었으므로 그녀의 곁에 앉아 종종 쉬어가면서 말을 이어나갔다.

"제가 오늘 당신께 만나 달라 청한 것은 나를 만나지 않겠단 당신의 결정에 항변하기 위해서가 아닙니다. 당신의 기분을 상하게 했을 나의 고백을 거두기 위한 것도 아닙니다. 그런 걸 바란 거라면 헛수고입니다. 당신이 아무리 밀어낸다 해도 내 마음은 영원할 겁니다. 지금 이 순간에도, 나의 격렬한 마음을 숨기고 평정심을 찾으려 애를 쓰고 있습니다만, 그렇게 애를 쓴다는 사실조차 당신에게는 상처가 되겠지요. 오늘 내 말을 들어 달라 부탁한 것은 내 마음을 이야기하기 위해서가 아닙니다. 오히려 그 반대입니다. 잊어주세요. 그저 예전처럼 나를 대해주세요. 일시적인 흥분에 휩싸인 나의 마음은 떠올리지 마세요. 당신도 아시다시피 당신에게 털어놓은 내 비밀스러운 감정은 내 마음속 깊숙이 묻어두어야 했던 것입니다. 그러니 내게 벌을 내리지 마세요. 당신도 내 처지를 익히 아실 겁니다. 사람들은 내 성정이 괴상하고 비사교적이라 합니다. 나는 세상만사에 무심하고, 사람들 속에서도 고독하며, 고독 속에서 고통을 느낍니다. 그런 나를 붙들어준 것은 당신의 우정이었습니다. 당신의 우정이 없다면 나는 살아갈 수 없을 겁니다. 당신을 보는 것은 이미 나의 습관이 되었습니다. 그리고 당신은 내가 이 달콤한 습관을 들이도록 내버려두었지요. 이토록 슬프고 어두운 삶의 유일한 위안을 뺏을 만큼 내가 큰 잘못을 했습니까? 나는 너무나도 불행합니다. 더는 이 길고 긴 불행을 견딜 용기가 없습니다. 더는 바라는 것도, 요구하는 것도 없습니다. 다만 살아가기 위해서는 당신과 만나야 한다는 것뿐입니다."

엘레노르는 아무 말도 하지 않았다. 나는 계속해서 말

했다. "무엇이 두려운 겁니까? 내가 당신께 요구하는 건 당신이 이미 다른 사람들에게 해주고 있는 것이 아닙니까? 사람들의 시선이 두려운 겁니까? 사람들은 저마다 하잘것없는 일들로 바빠서 나의 마음 따위는 안중에도 없을 겁니다. 그리고 내가 어찌 신중하지 않을 수 있겠습니까? 내 목숨이 달린 일인데 말입니다. 엘레노르, 부디 내 부탁을 들어주세요. 분명 당신도 즐거울 겁니다. 오로지 당신만을 신경 쓰고, 오로지 당신만을 위해 존재하며, 당신께 모든 행복이 달려 있고, 당신의 존재만으로 세상의 모든 고통과 절망을 떨칠 수 있는 나를 곁에 두고 보면서, 내게 사랑을 받는다고 생각해보세요."

그렇게 나는 한참을 이야기했다. 그녀가 반대할 만한 부분은 미리 제거했고, 그녀가 반박하면 온갖 방법을 써서 회유했다. 나는 유순하고 순종적이었고, 지극히 사소한 것들만을 요구했다. 그러니 거절을 당했다면 너무나도 불행했을 것이다!

엘레노르는 내게 감동한 듯했다. 그녀는 내게 몇 가지 조건을 제시했다. 다른 사람들과 함께 있는 자리에서만 아주 가끔 나를 만날 것이며, 다시는 사랑을 고백하지 않겠다는 약속을 해 달라고 했다. 나는 그녀가 바라는 대로 하겠다고 했다. 우리 두 사람 모두 만족할 만한 조건이었다. 나는 거의 잃을 뻔한 것을 쟁취한 셈이었고, 엘레노르는 관대하고 이성적이며 신중하게 처신한 셈이었기 때문이다.

다음 날부터 나는 엘레노르로부터 얻어낸 허락을 마음껏 누렸다. 그러한 상태는 며칠간 계속됐다. 엘레노르는 내 방문 횟수를 줄여야 할 필요성을 느끼지 못했고, 날마다 나와 만나는 것이 그녀에게는 일상적인 일이 되었다. P●●● 백작과 엘레노르의 십 년간의 변함없는 관계는 백작에게 전적인 신뢰를 안겨주었고, 엘레노르는 최대한의 자유를 누릴 수 있었다. 백작은 자신이 살게 된 세상에서 자신의 정부를 추방하려는 여론에 맞서 싸워야 했던 만큼, 엘레노르의 주변인이 늘어나는 것을 기쁘게 여겼다. 사람들로 가득 찬 집은 그의 눈에 여론에 대한 자신의 승리처럼 보였을 것이다.

내가 도착했을 때, 엘레노르의 눈빛에서 기쁨을 읽어낼 수 있었다. 그녀는 대화가 즐거울 때면 자연스레 나를 바라보았다. 별로 흥미로울 것도 없는 대화에서도 나를 가까이 불러 이야기를 듣게 했다. 하지만 엘레노르는 좀처럼 혼자 있는 법이 없었다. 별 시답지 않은 말을 하거나 입을 다물고 있는 것 말고는 그녀와 따로 대화를 나누는 일 없이 매일 저녁이 흘러갔다. 얼마 못 가서 나는 답답한 처지에 화가 났다. 낯빛은 어두워졌고, 말수가 적어졌으며, 감정 기복은 심해졌고, 말투는 사나워졌다. 내가 아닌 다른 사람이 그녀와 단둘이 있는 것을 보면 참지 못하고 그 사이를 불쑥 방해하기도 했다. 누가 기분이 상하든 말든 내겐 전혀 중요하지 않았고, 그녀의 평판을 해칠지도 모른다는 두려움조차 나를 막아서지 못했다. 엘레노르는 나의 변화에 불만을 터뜨렸다. 나는 참지 못하고 그녀에게 말했다. "내게 원하는 게 뭡니까? 당신은 내게 많은 걸 해줬다고 생각하는 모양인데, 그건 당신의 착각에 불과합니다. 당신이 취하는 새로운 행동 방식을 전혀 납득할 수가 없습니다. 분명 과거에는 사람들과 어울리지도 않았고, 피곤하기만 한 사교계를 멀리하지 않았나요? 끝도 없이 지겹게 이어지는 대화들도 애초에 물꼬를 터선 안 된다고 피해왔잖습니까. 그런데 요즘 당신은 모두에게 문을 아주 활짝 열어뒀더군요. 당신에게 받아 달라고 애걸복걸한 건 나인데, 세상의 모든 사람도 나와 똑같은 호의를 받고 있는 것 같습니다. 솔직히 말해서, 내가 알던 당신은 신중하기 그지없는 사람이었죠. 당신이 이렇게 경박한 사람인 줄은 미처 몰랐습니다."

엘레노르의 표정에서 불만과 슬픔이 드러났다. 나는 돌연 어투를 바꾸어 부드럽게 말했다. "친애하는 엘레노르,

나는 당신 곁의 수많은 방해꾼들과는 다른 대접을 받을 자격이 있지 않습니까? 벗 사이에도 비밀스러움이 있어야 하지 않나요? 소란과 군중 속의 우정은 너무나도 까다롭고 수줍기만 합니다."

엘레노르는 계속 완고한 입장을 고수했다가는 나의 경솔한 언행이 되풀이될 수 있다는 생각에 두려움을 느끼는 듯했다. 그건 그녀와 나 모두에게 위험이 될 터였다. 그렇다고 나와의 관계를 끊어야겠다는 생각은 들지 않는 모양인지, 나와 가끔 단둘이서 만나기로 약조했다.

그렇게 엘레노르가 내렸던 엄격한 규칙들이 빠르게 수정되었다. 그녀는 내게 애정 표현을 하는 것을 허락했고, 점차 내 사랑의 언어에 익숙해졌다. 얼마 지나지 않아 그녀도 나를 사랑한다고 털어놓기에 이르렀다.

세상에서 가장 행복한 사내라고 선언하면서 나는 그녀에 대한 내 애정과 헌신, 그리고 영원한 존경을 수없이 약속하며, 그녀의 곁에서 몇 시간이고 보냈다. 엘레노르는 나에게서 멀어지려 애쓰는 게 얼마나 고통스러웠는지, 자신의 노력에도 불구하고 내가 그녀를 발견해주기를 얼마나 바랐는지, 내가 도착했다는 것을 알리는 아주 작은 소리조차 그녀의 귀에는 얼마나 크게 들렸는지, 나를 다시 보고 그녀가 느낀 혼란과 기쁨, 그리고 두려움이 얼마나 컸는지, 자기 자신을 믿지 못해 나를 향한 마음과 신중함을 양립시킬 요량으로 어떻게 세상의 오락거리에 관심을 돌리고 예전 떠나왔던 사교계를 다시 찾게 되었는지 말해주었다. 나는 그녀에게 아주 사소한 부분도 반복해서 들려 달라고 청했다. 우리의 짧은 역사는 비록 몇 주에 불과했지만 꼭 평생에 걸친 일처럼 길게 느껴졌다. 사랑은 일종의 마법처럼 오랜 추억을 대신한다. 다른 모든 애정은 과거를 필요로 하는 반면, 사랑은 마치 요술처럼 우리 주위로 과거를 만들어내고, 얼마 전까지만 해도 잘 모르던 사이지만, 마치 오랫동안 알았던 것처럼 느껴지게 만든다. 사랑은 빛나는 한순간에 불과하지만, 시간을 초월한다. 며칠 전만 해도 존재하지 않았고 머지않아 사라질지도 모르지만, 그것이 존재하는 한 이 빛나는 순간은 앞선 날들과 다가올 날들을 눈부시게 비춘다.

하지만 평온함은 오래가지 않았다. 엘레노르는 과거의 기억에 시달리며, 자신의 치부가 드러날까 경계했다. 나의 경우에도, 미처 깨닫지 못했던 욕망과 자만심이 그녀와의 사랑에 반발하고 있었다. 여전히 내성적이었고 신경이 곤두서 있던 나는 불만을 터뜨리고, 격분하고, 엘레노르를 질책하며 그녀를 못살게 굴었다. 그녀는 자신의 인생에 걱정과 불안만을 가져오는 나와의 관계를 끊어내려 여러 번 시도했지만, 그때마다 나는 빌었고, 반대하고 울면서 그녀의 마음을 달랬다.

하루는 엘레노르에게 편지를 썼다. '엘레노르, 당신은 내가 얼마나 괴로운지 모를 겁니다. 당신의 곁에 있든 당신과 떨어져 있든 나는 똑같이 불행합니다. 당신과 함께 있지 않을 때는 그것이 단 몇 시간에 불과하더라도 삶은 무겁게 느껴지고, 그것을 어떻게 견뎌야 할지 몰라 이리저리 방황합니다. 사교계는 성가시지만, 고독은 괴롭습니다. 무정한 사람들은 나를 관찰하고, 내가 무엇을 걱정하는지 알지도 못하면서 시답지 않은 호기심으로, 무자비한 놀람을 담아 나를 바라보고, 당신 아닌 주제로 내게 말을 붙이며, 내 마음속에 죽음과도 같은 끔찍한 고통을 안겨줍니다. 나는 그들에게서 도망칩니다. 홀로 남아 답답한 가슴을 시원하게 뚫어줄 공기를 찾아 덧없이 헤맵니다. 나를 영영 삼켜버릴 작정으로 입을 활짝 벌린 땅 위로 달려듭니다. 그리고 타오를 듯한 몸의 열기를 식혀줄 차가운 돌에 머리를 기대죠. 당신 집이 내려다보이는 언덕 위로 힘겹게 몸을 옮기고, 그곳에서 나는 당신이 있는 곳을 속절없이 바라봅니다. 나는 그곳에서 당신과 함께할 수 없을 테니까요. 당신을 조금이라도 더 일찍 만났더라면, 당신은 내 것이었을 텐데 말입니다! 그랬더라면 이 세상이 나를 위해 탄생시켜준 유일한 존재인 당신을 내 품 안에 가득 껴안았을 텐데요. 오로지 당신과 너무 늦게 만났다는 이유만으로 내 마음이 얼마나 많은 고통을 겪고 있는지 당신은 모릅니다! 이렇게 몽상의 시간이 지나고, 당신을 만날 수 있는 때가 다가오면 나는 몸을 떨면서 당신이 있는 곳으로 향합니다. 마주치는 모든 이들이 나의 감정을 알아챌까 두려운 나머지, 발걸음을 멈추고, 느린 걸음으로 걸어가죠. 그렇게 언제든 잃을 수 있고, 또 모든 걸 위태롭게 만들 수 있는 행복의 순간을 뒤로 미루는 것입니다. 어쩌면 매분, 매초 이 불완전하고 불안한 행복에 맞서 불길한 사건, 질투 어린 시선들, 폭정과도 같은 변덕스러움과 당신의 고유한 의지가 똘똘 뭉칠지도 모르는 일입니다. 하지만 막상 당신의 집 문턱을 넘고, 문을 열어젖히고 나면 새로운 공포가 닥칩니다. 나는 시야에 걸리는 모든 사물에 자비를 구하며 마치 죄인처럼 나아갑니다. 마치 그곳의 모든 이들이 나의 적이고, 그들이 내가 아직까지 누릴 수 있는 행복의 순간을 시기하며 나를 노려보고 있다는 듯이 말입니다. 아주 작은 소리나, 주변의 아주 작은 움직임도 나를 극심한 공포에 몰아넣고, 심지어 나 자신의 걸음 소리에 지레 놀라 뒷걸음치기도 합니다. 그렇게 당신에게 가까이 다가가고 난 뒤에도 여전히 우리 사

이에 어떤 장애물이 불쑥 튀어나오기라도 할까 봐 두려
워합니다. 그리고 마침내 당신을 바라봅니다. 당신을 보
고, 비로소 숨을 쉽니다. 당신을 가만히 바라보면서 마치
죽음으로부터 나를 보호해줄 수호의 땅에 들어온 도망자
처럼 걸음을 멈춥니다. 그러나 당신에게 내 온몸을 던지
고 싶어질 때면, 모든 불안을 내려놓고, 당신의 무릎에 머
리를 기대고, 흐르는 눈물을 내버려두고 싶다는 욕망이
일 때면, 나는 나 자신을 강하게 억눌러야 합니다. 당신 곁
에 있을 때조차 이렇게 애를 써야 한다니요. 한순간도 고
통을 토로할 수도, 내려놓을 수도 없습니다! 당신의 시선
이 나를 향합니다. 당신은 내가 보이는 동요에 당혹해합
니다. 모욕을 느끼는 것도 같습니다. 당신이 내게 사랑을
고백했던 꿈같은 순간이 있은 이후에 뭔지 모를 곤란한
일이 있었던 것 같습니다. 시간은 빠르게 흘러, 새로운 흥
밋거리가 당신을 붙잡습니다. 당신은 절대 그것들을 놓지
않죠. 내게서 떨어질 순간을 결코 늦추는 법도 없습니다.
낯선 사람들이 찾아오면 나는 당신을 더는 바라볼 수 없
게 됩니다. 주위의 의심스러운 시선을 피하려면 그곳에서
벗어나야 하죠. 그리고 올 때보다 더욱 고통스럽고, 더욱
상처 입고, 더욱 이성을 잃은 상태가 되어 당신을 떠납니
다. 나는 당신의 곁을 떠나, 의지하거나 잠시라도 쉴 수 있

는 유일한 존재도 없이, 홀로 발버둥 쳐야 하는 끔찍한 고
독 속으로 다시 침잠합니다.'

이제까지 엘레노르는 이런 사랑을 받아본 적이 없었다.
엘레노르에게 있어 P●●● 백작은 분명 진정한 사랑이었
다. 그는 그녀의 헌신에 감사함을 느꼈고, 그녀의 인품에
존경을 표했다. 그러나 그의 태도에는 여성에 대한 묘한
우월감이 엿보였는데, 그것은 혼인하지 않은 남녀관계에
서 남성이 공공연히 가지는 심리였다. 다른 사람들이 입
을 모아 주장하는 것처럼 그가 좀 더 명예로운 관계를 맺
을 수도 있었지만, 그것에 대해 그녀에게 이야기한 적도
없었고, 어쩌면 스스로도 그런 생각을 해본 적도 없을 것
이다. 하지만 말로 꺼내지 않는다고 해서 존재하지 않는
일이 될 수는 없으며, 결국 모든 일은 드러나듯 엘레노르
에게도 그것이 전해졌을 것이다. 지금껏 엘레노르는 내가
이런 격정적인 마음을 품고 있었는지, 그녀에게 이토록
푹 빠졌는지 전혀 알아차리지 못했다. 나의 부당한 말들
과 그녀에 대한 질책, 그리고 분노가 거부할 수 없는 증거
였다. 엘레노르의 저항은 내 모든 감각과 사고를 뜨겁게
달구었다. 나는 그녀에게 두려움을 느끼게 했던 분노에서
벗어나, 순종적이고 다정하며 열렬한 숭배자의 모습으로
되돌아왔다. 그녀는 꼭 하늘에서 내려온 존재처럼 느껴졌

다. 내 사랑은 마치 종교와 같았다. 엘레노르는 사람들에게 망신을 당하는 것을 여전히 두려워하면서도 내게 흥미를 느꼈다. 그리고 결국 내게 자신의 전부를 내어주었다.

처음 사랑을 나누는 순간에 그 관계가 영원하지 않을 거라 믿는 사내가 있다면 그에게 천벌이 내리리라! 또 자신이 취한 여인의 품속에서 불길한 예감을 간직하면서, 그녀에게서 벗어날 수 있으리라 기대하는 사내가 있다면 그 역시 천벌을 받으리라! 마음이 이끌리는 여인에게는 어딘지 모를 애처로움과 신성함이 느껴진다. 타락한 것은 쾌락도, 본능도, 관능도 아니다. 그것은 사회가 우리에게 길들인 논리이며, 경험에서 비롯된 성찰이다. 나는 엘레노르가 내게 자신을 내어준 뒤, 그녀를 훨씬 더 사랑하고 존경하게 되었다. 나는 사람들 사이를 오만하게 걸으면서 그들을 지배하는 시선으로 바라보았다. 숨 쉬는 공기는 그 자체로 기쁨이었다. 나는 본능에 몸을 맡기고, 그녀가 고맙게도 내어준 뜻밖의 행복에 감사함을 느꼈다.

4장

사랑의 마력이란! 무엇이 그것을 오롯이 그려낼 수 있을까? 하늘이 서로를 위해 운명 지어준 상대를 찾아냈다는 확신, 삶의 신비를 알려주고 삶을 비추는 섬광, 아주 사소한 일에도 마음을 쓰는 미지의 능력, 너무나도 달콤하기 때문에 다른 사소한 것들은 기억하지 못하게 만들고 영혼에 긴 행복의 흔적을 남기며 쏜살같이 지나가는 시간들, 서로 함께일 때는 즐겁고, 혼자가 될 때는 소망하게 되며, 익숙한 감동에 이유 없이 섞여 드는 익살스러운 기쁨, 통속적인 관심에 대한 초연, 우리를 둘러싼 모든 것에 대한 우월감, 세상의 그 누구도 우리와 같은 경험을 하지 못하리란 확신, 서로의 사소한 생각을 알아차리고 서로의 사소한 감정에 화답하게 만드는 상호적 지성, 그러한 사랑의 마력이란! 제아무리 직접 경험했다 하더라도 그것을 오롯이 그려낼 수 있는 사람은 없을 것이다.

P●●● 백작은 급한 일 때문에 6주 동안 집을 비우게 되

었고, 나는 그동안 엘레노르의 집을 거의 벗어나지 않고 그녀와 시간을 보냈다. 엘레노르는 그녀가 내게 자신을 오롯이 내주었던 일로 인해 더욱 내게 커다란 애착을 보였다. 대놓고 나를 붙잡아두려 하지는 않았지만, 내가 그녀의 곁에서 벗어나도록 그저 내버려두지 않았다. 내가 집을 나설 때면, 언제 돌아오는지 물었다. 단 두 시간만 떨어져 있어도 참지 못했다. 무엇이 불안한지 내가 집으로 돌아오는 시간을 정확히 정하려고도 했다. 나는 그에 기쁘고, 감사히 응했다. 그녀가 내게 보여주는 감정에 행복했다. 그러나 그녀와 지내는 것이 일상이 되자, 나 자신의 욕망을 마음껏 따를 수가 없게 되었다. 매사에 행선지를 정하고, 모든 일정을 계산해야 하는 것은 때때로 불편하게 느껴졌다. 매사를 급하게 처리해야 했고, 대부분의 관계를 끊어내야 했다. 지인이 모임에 올 것을 권할 때면, 평소라면 조금도 마다할 이유가 없었기에 뭐라 거절해야 좋을지 몰랐다. 그렇다고 사회적 삶이 주는 즐거움을 포기하면서 그녀에게 내가 느낀 아쉬움을 토로한 적은 없었다. 사실 거기에 그다지 큰 관심도 없었다. 다만 내가 좀 더 자유롭게 거절할 수 있다면 좋겠다고 생각한 것뿐이었다. 돌아갈 시간이 되었다거나 그녀가 나를 초조히 기다리고 있다는 생각을 하지 않아도 되었다면, 그녀

와 다시 만난 순간에 맛보게 될 행복을 떠올렸을 때 그녀
의 고통이 섞여 들지 않았다면, 그것이 오롯이 내 의지였
다면 그녀에게 돌아가는 길이 더욱 달콤했을 것이다. 엘
레노르가 내게 생생한 기쁨을 주었다는 건 분명했다. 하
지만 내게 그녀는 더 이상 목표가 아닌, 속박과 같은 존재
가 되었다. 특히나 그녀의 평판이 위태로워질지도 모른다
는 사실에 난 두려움이 컸다. 그녀 곁에서 한시도 떠나지
않는 나라는 존재가 주변 사람들과 그녀의 자식들을 경악
에 빠트릴 것이었다. 내가 그녀의 삶을 방해할지도 모른
다는 생각에 몸서리를 쳤다. 나는 우리가 영원히 함께한
다는 것이 어쩌면 불가능할 수도 있겠다 생각했고, 엘레
노르의 평온한 삶을 지켜주는 것이 나의 신성한 의무라는
생각이 들었다. 이런 생각으로 나는 사랑을 맹세하면서
우리가 좀 더 신중하게 행동하는 것이 좋겠다고 조언했지
만, 엘레노르는 귀 기울여 들으려 하지 않았다. 그러는 동
시에 그녀의 슬픔이 두려웠던 나는 그녀의 얼굴에서 조금
이라도 고통이 드러날 조짐이 보이면 그녀의 뜻에 무조건
따랐다. 엘레노르가 만족을 느낄 때만 마음이 편안했다.
나는 잠시라도 우리가 서로 떨어져 있어야 한다고 주장하
면서 그녀를 벗어나는 데 성공했지만, 슬퍼하고 있을 그
녀의 모습이 어딜 가든 머릿속에서 떠나지 않았다. 양심

의 가책은 시간이 갈수록 커져갔고, 결국엔 부담을 이기지 못하고 그녀에게로 달려갔다. 그녀를 위로하고 달래주어야겠다는 일념뿐이었다. 하지만 막상 집에 가까워질수록 엘레노르가 내게 미치는 거대한 영향력에 대한 언짢은 기분이 다른 감정들과 뒤섞이기 시작했다. 그녀 역시 격렬했다. 그녀는 다른 누구에게도 품지 않는 유일한 감정을 내게 느끼고 있었다. 이전의 관계 속에서 의존적이기만 했던 그녀는 자신의 처지에 스스로 상처를 입어왔다. 하지만 우리는 완전히 동등한 관계였기에, 나와 함께 있을 때 그녀는 이상적인 편안함을 느꼈다. 아무런 계산도, 욕심도 없는 순수한 사랑이 그녀의 상처를 보듬어주었다. 나는 그녀가 오로지 나 자신만을 보고 나를 사랑한다는 걸 확신하고 있었고, 그녀도 그걸 알고 있었다. 하지만 나와 있는 것이 너무나도 편안했던 나머지, 그녀는 내게 아무것도 숨기려 하지 않았다. 조금 더 밖에 머물고 싶었지만 못내 귀가하면서 짜증이 치밀어 오를 때면, 그녀는 슬프거나 화가 난 모습이었다. 밖에서는 그녀가 홀로 슬퍼한다는 생각에 두 시간을 고통받았고, 집으로 돌아와서는 그녀의 화가 진정되기까지 두 시간을 고통받아야 했다.

그렇다고 해서 내가 불행했던 건 아니다. 요구 사항이 많긴 했지만, 사랑을 받는다는 건 달콤했고, 나도 그녀에게 행복을 주고 있다고 느꼈다. 나는 그녀의 행복이 절실했고, 행복하기 위해서 그녀에게는 내가 꼭 필요했다.

게다가 우리 관계가 지속되지 않을 거라는 슬프고 막연한 생각은 내가 피로나 초조함을 느낄 때면 나를 진정시키는 것이었다. 엘레노르와 P●●● 백작의 관계, 엘레노르와 나의 나이 차이, 서로가 처한 상황의 차이, 여러 핑계로 미루고 있었지만 머잖아 이 지역을 떠나야 하는 나의 처지를 생각하다 보면, 할 수 있을 때 최대한 그녀와 행복을 주고받아야겠다는 마음이 들었다. 한 번 떠나면 수년이 걸릴지도 모르는 일이었기에, 며칠 안 되는 시간을 고민만 하다 흘려보낼 수는 없었다.

그러는 사이, P●●● 백작이 돌아왔다. 그가 우리의 관계를 의심하기까지는 그리 오랜 시간이 걸리지 않았다. 나를 맞이하는 백작의 태도는 점점 냉담해지고 어두워졌다. 나는 재빨리 엘레노르에게 그녀에게 닥칠지도 모르는 위험에 대해 알렸고, 당분간 단 며칠만이라도 그녀를 방문하지 않는 것이 좋겠으며, 그녀의 평판, 재산, 아이들에게 피해가 갈 것이 두렵다고 말했다. 엘레노르는 가만히 내 이야기를 들었다. 그 모습은 죽은 사람처럼 창백했다. 이윽고 그녀가 입을 열었다. "어차피 당신은 곧 나를 떠날테죠. 그러니 그 순간을 재촉하지 마세요. 내 걱정도 말고

요. 우리에게 남은 시간을 귀하게 여겨요. 그것이 며칠이
든, 단 몇 시간이든 내게는 더없이 소중해요. 아돌프, 나는
꼭 당신의 품속에서 죽을 것 같다는 묘한 예감이 들어요."

그렇게 우리는 전과 같은 일상을 이어갔다. 나는 늘 불
안해했고, 엘레노르는 늘 슬퍼했으며, P●●● 백작은 과묵
히 근심에 잠겨 있었다. 마침내 기다리던 편지가 내게 도
착했다. 아버지가 나를 부른 것이었다. 나는 편지를 가지
고 엘레노르에게 갔다. 편지를 읽은 그녀는 말했다. "벌
써! 그 순간이 이렇게 일찍 올 줄이야!" 엘레노르는 눈물
을 쏟으며 내 손을 잡고 말했다. "아돌프, 내가 그대 없이
살 수 없다는 걸 알잖아요. 미래에 무슨 일이 닥칠지는 모
르지만 제발 나를 떠나지 말아요. 이곳에 남을 만한 구실
을 찾아봐요. 아버지께 여섯 달만 더 시간을 달라고 해요.
여섯 달이 그렇게 긴 시간이던가요?" 나는 그녀의 부탁을
뿌리치고 싶었지만 엘레노르가 너무도 비통하게 우는 탓
에 그러지 못했다. 몸을 떨며 고통스러워하는 그녀의 모
습은 보는 사람의 마음을 미어지게 했다. 나는 결국 그녀
의 발치로 무너져 내렸고, 그녀를 품에 안으며 사랑을 약
속한 뒤, 아버지께 편지를 쓰기 위해 밖으로 나섰다. 고통
스러워하는 엘레노르로 인해 괴로운 마음으로 아버지에
게 편지를 썼다. 이곳에 조금 더 머무르기 위해 수많은 이

유를 대었고, 괴팅겐에서 들을 수 없었던 수업을 D●●●에서 이어나가는 것이 얼마나 유용할지 장황하게 설명했다. 우체국으로 가서 편지를 부치면서 아버지가 승낙해주기를 온 마음을 다해 바랐다.

그날 저녁, 나는 엘레노르의 집으로 갔다. 그녀는 소파에 앉아 있었고, P●●● 백작은 그녀에게서 꽤 떨어진 벽난로 근처에 있었다. 두 아이들은 놀지도 않고 구석에서 가만히, 소동의 이유를 알지 못하는 아이들 특유의 놀란 표정을 짓고 있었다. 나는 그녀가 원하던 대로 일을 처리했다는 걸 몸짓으로 알렸다. 엘레노르의 두 눈에 화색이 돌았다가 금세 사라졌다. 우리는 아무 말도 하지 않았다. 세 사람 사이에 불편한 침묵이 감돌았다. 백작은 이윽고 내게 말했다. "듣자 하니 떠날 준비가 되었다던데요." 내가 모르는 일이라고 하자, 백작이 응수했다. "일을 시작하는 걸 더는 늦추면 안 되는 나이가 아닙니까?" 백작은 엘레노르를 바라보며 말을 계속했다. "그런데, 여기 있는 모두가 같은 생각은 아닌 것 같군요."

아버지로부터 답장이 도착하는 데는 그리 오래 걸리지 않았다. 편지를 열어보면서 아버지의 거절이 엘레노르에게 얼마나 큰 고통을 줄지 생각하자, 온몸이 떨렸다. 나도 그녀와 같은 심경일 것 같았다. 하지만 편지는 더 머물러도 좋다는 허락을 담고 있었다. 그것을 보자, 늘어난 기간만큼 불편함도 늘어나겠다는 생각이 불쑥 들었고, 나는 속으로 절규했다. '여섯 달이나 더 이렇게 성가시고 불편한 상황을 견뎌야 한다니! 내게 우정을 보여준 사내에게 여섯 달이나 더 모욕을 주고, 내가 사랑하는 여인이 위험을 무릅쓰게 해야 한다니! 나는 그녀가 평온하고 존경받는 삶을 살 수 있는 유일한 방법을 빼앗고, 아버지를 속이고 있구나. 대체 무얼 위해서? 결국 고난이 닥치는 것을 피할 수 없을 텐데, 어째서 그 순간을 외면하려고 하는가? 지금도 우리는 매일 조금씩 고통을 받고 있지 않던가? 나는 엘레노르에게 해가 될 뿐이다. 이런 감정으로는 그녀를 행복하게 만들 수 없다. 그녀의 행복을 보장할 수도 없으면서 헛되이 나를 희생하고 있구나. 이곳에서의 나는 아무짝에도 쓸모없고 독립적이지도 못하며, 한순간도 자유롭지 못한 채로, 단 한 시간도 평온하게 숨 쉬지 못하는구나.' 이런 생각을 떨치지 못한 채, 나는 엘레노르의 집으로 향했다. 나는 그녀에게 말했다. "여섯 달 더 머무르기로 했습니다." "참으로 냉담히 소식을 전하는군요." "이 여섯 달이라는 시간이 우리에게 어떤 결과를 가져올지 걱정이 되는 것뿐입니다." "그 결과라는 게 그대에게는 퍽 난처한가 보군요." "엘레노르, 내가 가장 걱정하는 건 나 자신이 아니라는 걸 잘 알지 않습니까?" "그대가 걱정하는 게 다른 사람의 행복도 아니죠." 대화는 점점 격양되었다. 엘레노르는 내가 그녀와 함께 기뻐할 것이라 기대했지만, 내 말들에 은근한 후회가 담겨 있는 것을 보고 상처를 입었고, 나는 나의 지난 결심들을 누르고 그녀가 승리를 거머쥔 것에 상처를 입었다. 말다툼은 점점 격해졌다. 우리는 서로에 대한 비난을 쏟아냈다. 엘레노르는 내가 자신을 속였고, 단지 한순간에 불과한 애정을 품었으며, 백작에 대한 그녀의 애정을 변질시켰고, 그녀가 평생토록 벗어나고자 노력해왔던 상황에 자신을 공공연하게 처하게 만들었다고 비난했다. 나는 오로지 그녀에게 순종적이었고, 모든 행동은 그녀를 슬프게 만들지 않으려던 것이었기 때문에, 그런 내 행동을 비난하는 그녀에게 화가 치밀었다. 불편한 생활, 아무것도 하지 못한 채 허비되는 청춘, 내 모든 행보 하나하나를 통제하려는 그녀의 횡포를 지적하며 화를 냈다. 그러자 엘레노르가 울음을 터뜨렸다. 나는 말을 멈추고, 다시 본연의 태도로 돌아가 내가 했던 모든 말들을 철회하고 변명을 늘어놓았다. 우리는 서로를 껴안았다. 하지만 우리는 이미 최초의 일격을 서로에게 가했고, 최초의 벽을 넘었으며, 되돌릴 수 없는 말들을 내뱉은 뒤였다. 그것을 외면하면서 침묵할 수는 있겠지만 결코 기억에서 지울 수는 없을 것이었다. 오랫동안 담아두었던 말들은 한 번 입 밖으로 나온 뒤부터는 끊임없이 되풀이되는 법이다.

그날 이후, 우리의 거북한 관계는 네 달 동안이나 이어졌다. 때로는 달콤했지만 완전히 자유롭지 않았고, 여전히 기뻤으나 매력은 느껴지지 않는 그런 관계였다. 하지만 엘레노르는 내게서 떨어지려 하지 않았다. 격렬했던 말다툼 이후, 그녀는 나와 다시 열렬히 만나고자 했고, 마치 우리 사이가 그 어느 때보다도 더욱 평화롭고 다정하다는 듯이 약속을 잡았다. 종종 나는 그녀가 그렇게 된 것이 다 나의 행동 때문이라고 여기며 자책했다. 만일 그녀가 나를 사랑하듯이 내가 그녀를 사랑했더라면, 그녀는 지금보다 더욱 평온했을 것이고, 자기 자신에게 어떤 위험이 닥칠지 미리 생각해보았을 것이다. 신중해야 한다는 생각은 오로지 나로부터 나온 것이었기 때문에, 그것은 그녀에게 추악하게만 여겨졌고, 내가 그녀의 희생을 묵묵히 받아들이도록 하는 데 열중한 나머지 자신이 어떤 희생을 치르는지 조금도 계산하지 않았다. 나를 잃지 않기 위해 시간과 힘을 쏟아붓느라 그녀는 나에 대해 냉정해질 겨를이 없었다. 시간은 흘러 그곳을 떠날 때가 다시 다가왔다. 떠날 날을 떠올리면 기쁨과 후회가 뒤섞인 감정이

들었다. 완치를 위해서 고통스러운 수술을 앞둔 사람이 느낄 만한 그런 감정이었다.

어느 날 아침, 엘레노르는 전갈을 보내 집으로 와 달라고 했다. 집에서 그녀가 내게 말했다. "백작은 그대를 다시 만나지 말라더군요. 나는 그런 폭군 같은 명령을 따를 수 없어요. 추방령이 떨어졌을 때도 그를 따랐고, 재산도 지켜냈죠. 나는 백작에게 도움이 될 수 있게 그를 섬겼어요. 그러니 그는 이제 내가 없어도 괜찮을 거예요. 하지만 나는 당신 없이는 살 수 없어요." 생각지도 못한 엘레노르의 결심을 만류하기 위해 내가 어떤 애원을 했을지 아마 쉽게 짐작할 수 있을 것이다. 나는 다른 사람들이 그 결정을 어떻게 여길지 생각해보라 했다. 엘레노르는 대답했다. "사람들의 생각은 내게 있어 단 한 번도 정당했던 적 없어요. 십 년 동안 세상의 그 어떤 아내에게도 뒤지지 않을 만큼 난 의무를 다해왔어요. 그런데도 사람들은 내게 마땅한 평가를 해주지 않았죠." 나는 그녀의 자식들에 대해 이야기했다. "아이들은 P●●● 백작의 자식이기도 해요. 백작도 그걸 인정했고요. 그러니 그가 알아서 돌볼 거예요. 수치심밖에 줄 수 없는 어머니를 잊으면 오히려 행복할걸요?" 나는 그녀의 마음을 돌리기 위해 더욱 간곡히 애원했다. 그러자 그녀가 말했다. "설마 내가 백작과 헤어지면 나를 다시는 만나지 않을 건가요? 그럴 작정인가요?"
엘레노르는 내 팔을 힘을 주어 붙잡았다. 나는 그 모습에
오싹함을 느끼며 대답했다. "물론 아닙니다. 당신이 힘들
어질수록 더욱더 그대에게 헌신할 겁니다. 하지만 깊이
생각해보세요…" 엘레노르는 내 말을 잘랐다. "생각이라
면 모두 끝났어요. 백작이 돌아올 시간이에요. 이제 돌아
가세요. 더는 이곳으로 찾아오지도 말고요."

나는 형용할 수 없는 불안 속에 남은 하루를 보냈다. 그
리고 엘레노르로부터 아무런 소식도 없이 이틀이 더 지나
갔다. 그녀가 어떤 상황에 놓여 있는지 알 수 없고, 만날
수도 없어 너무나도 괴로웠다. 잠시지만 그러한 상실이
나를 그토록 괴롭게 만든다는 사실이 놀라웠다. 그러면서
도 한편으로는 그녀가 마음을 돌리길 바랐다. 그렇게 바
라던 와중에 나는 어떤 부인으로부터 쪽지를 건네받았다.
어느 거리의 어느 건물 4층에서 만나자는 엘레노르의 쪽
지였다. P●●● 백작의 집에서는 만날 수 없으니 다른 장소
에서 나와 마지막으로 만나자고 한 것이기를 염원하면서
나는 그곳으로 달려갔다. 엘레노르는 그곳에 아주 눌러살
사람처럼 집을 정리하고 있었다. 기쁘면서도 망설이는 모
습으로 그녀가 다가왔다. 내 생각을 읽으려는 것 같았다.
엘레노르가 말했다. "모두 끝났어요. 나는 이제 완전히 자

유예요. 내겐 칠십오 루이 금화가 있어요. 집세를 내기에 충분한 돈이죠. 당신이 떠나기까지는 아직 육 주가 남았어요. 당신이 떠나면 내가 그곳으로 갈 수도 있겠죠. 아니면 당신이 나를 보러 여기로 돌아와도 되고요." 엘레노르는 마치 대답을 듣기 두려운 사람처럼 앞으로의 계획을 구구절절 늘어놓았다. 자신이 행복할 것이라고 나를 설득하기 위해 노력하면서, 그녀가 나를 위해 어떤 것도 희생하지 않았고, 백작으로부터 얻어낸 몫이 합당한 수준이며, 이 일은 나와 아무런 관련이 없다고 말했다. 분명 그녀는 애쓰고 있었다. 자신이 하는 말을 자신조차 믿지 못했지만, 그럼에도 불구하고 말을 멈추지 못했다. 내가 어떤 말을 할지 두려운 것인지, 말을 할수록 자신의 말에 빠져들고 있었다. 혹시나 모를 나의 거절이 자신을 절망 속으로 빠트릴까, 그 순간을 한없이 미루려는 사람처럼 말이다. 그러나 나는 그녀를 거절할 생각이 전혀 없었다. 나는 그녀에게 그녀가 한 행동으로 행복하다고 말했다. 그녀가 결단을 내림으로써, 내가 그녀를 떠날 수 없도록 내게 의무를 지워주기를 내심 바랐고, 그간의 우유부단함은 그녀의 상황이 어려워질까 봐 염려했던 나의 예민한 성정 때문이라고 말했다. 오로지 머릿속으로는 내가 느끼는 감정 때문에 그녀가 슬픔이나 걱정, 후회 혹은 불안을 느끼지 않도록 해야겠다는 생각뿐이었다. 나는 그녀에게 말하는 내내 이것 하나만을 생각했고, 내가 한 약속들은 모두 진심에서 우러나온 것이었다.

5장

엘레노르와 P●●● 백작의 결별은 예상했던 대로 커다란 파장을 불러왔다. 엘레노르는 십 년 동안의 헌신과 한결같았던 애정으로 이루어온 모든 것을 한순간에 잃었다. 사람들은 그녀를 쉬지 않고 연애 감정에 빠져드는 뭇 여인들과 다를 바 없이 대했다. 그녀가 아이들을 저버린 것을 두고는 타락한 어머니라고 칭했으며, 평판이 나무랄 데 없는 부인들은 여인에게 있어 가장 기본적인 미덕을 잊으면 다른 모든 방면에도 영향이 가는 법이라며 흡족해했다. 그와 동시에, 나를 비난하면서 얻는 즐거움도 잊지 않았고, 엘레노르를 딱하게 여겼다. 그들은 내 행동을 두고 호색가와 같다고 비난했고, 내가 나의 일시적인 욕망을 채우기 위해 존경하고 배려해야 마땅한 두 사람의 평안을 희생시켰고, 그들의 호의를 저버렸다며 배은망덕하다 손가락질했다. 아버지의 친구 몇몇은 내게 진지한 충고를 건넸고, 나와 가깝지 않은 이들은 에둘러 비난을 표했다. 반면, 젊은이들은 백작을 밀어내고 엘레노르를 차지한 재주가 대단하다며 나를 치켜세웠다. 그리고 수많은 농담을 건네면서 나의 승리를 축하했고, 자신들도 나처럼 해보겠다고 너스레를 떨었다. 마음 같아서는 그들을 저지하고 싶었지만 그러지 못했다. 나는 내가 견뎌야 했던 고통, 극심한 비난, 수치스러운 찬사에 대해 뭐라 말해야 할지 몰랐다. 만약 내가 엘레노르를 진심으로 사랑했더라면 여론을 그녀와 나에게 유리한 쪽으로 끌고 왔을 것이었다. 내 진실한 감정을 드러냈다면 왜곡된 해석과 겉치레에 불과한 관습에 관한 수군거림은 수그러들 것이었다. 그것이 진실한 감정의 힘이다. 그러나 나는 순순히 모든 걸 받아들이고 지배당하는 나약한 사람이었다. 그래서 어떠한 충동이 일어나도 그것으로부터 아무런 힘을 얻지 못했다. 말할 때는 곤혹스러워했고, 대화를 끝내기에 급급했다. 대화가 길어질 듯하면 날 선 몇 마디로 서둘러 대화를 끝냈는데, 사람들은 그런 나를 보고 싸움을 원하는 거라고 생각했다. 그들에게 그런 식으로 대응하는 대신, 차라리 언쟁이라도 벌였다면 상황은 훨씬 나았을 것이다.

엘레노르는 얼마 안 가 상황이 자신에게 불리해지는 것을 느꼈다. P●●● 백작의 권위 때문에 어쩔 수 없이 엘레노르와 만나왔던 백작의 친척 부인 두 명은 두 사람의 결별 소식을 두 손을 들고 반겼다. 그들은 기뻐하며, 도덕이라는 준엄한 원칙 때문에 그동안 억눌러왔던 적의를 마음껏 드러냈다. 엘레노르를 보기 위해 방문하는 사내들의 줄은 끊이지 않았지만 그녀를 대하는 그들의 허물없는 태도 속에서, 그녀에게 더 이상 힘 있는 보호자도, 헌신적인 연인 관계라는 정당성도 없다는 현실이 느껴졌다. 어떤 이들은 엘레노르와 오래전부터 알던 사이였기에 그녀를 찾아왔다고 했고, 또 어떤 이들은 그녀가 여전히 아름답기 때문에 그녀를 찾아왔다고 했다. 근래에 있었던 그녀의 경솔한 행동 탓에 사람들은 자신들의 의도를 굳이 숨길 필요를 느끼지 않았다. 모두가 그녀와의 관계에 이유를 붙이기 바빴다. 그 말은 즉, 그녀와의 관계에 이유가 꼭 필요하다는 뜻이었다. 엘레노르는 평생토록 벗어나길 바랐던 나락으로 자신이 굴러떨어지는 것을 지켜보았다. 모두가 그녀의 영혼을 산산조각 냈고, 긍지에 생채기를 냈다. 그녀는 누군가로부터 버림받는 것을 경멸의 증거로, 누군가가 계속해서 자신의 곁에 머무르는 것을 모욕적인 기대의 증거로 보았다. 엘레노르는 외로움으로 몸부림쳤고, 사교계를 수치스럽게 여겼다. 아! 어쩌면 내가 그녀를 보듬어줬어야 했는지도 모른다. 그녀를 품에 꺼안고, '우리 서로를 위해 삽시다. 우리를 오해하는 사람들은 머릿속에서 지워버리고, 서로의 존경과 사랑을 기뻐하기로 해요'라고 말해야 했을지도 모른다. 나도 그러고 싶었다. 하지만 의무감으로 맺은, 결심이 꺼트린 감정의 불씨를 어떻게 되살려낼 수 있단 말인가?

점점 엘레노르와 나는 서로 감정을 드러내지 않게 되었다. 엘레노르는 자신의 슬픔을 내게 털어놓지 못했다. 내가 요구하지도 않았던 희생이었기에 모든 것은 그녀가 치러야 하는 대가였다. 나는 그녀의 희생을 순순히 받아들였다. 미리 예상은 했었지만, 미처 경고할 여력은 없었던 현재의 불행에 대해서 나 역시 불평하지 못했다. 우리는 계속해서 머릿속을 맴도는 한 가지 생각에 골몰한 채 서로 침묵했다. 서로 아낌없이 어루만지고 사랑을 속삭이기도 했으나, 그것은 사랑이 아닌 다른 것을 입 밖으로 꺼내게 될지도 모른다는 두려움에서 비롯된 것이었다.

서로 사랑하는 두 사람의 마음에 비밀이 생기고, 아무리 사소한 생각이라도 그것을 상대에게 숨겨야겠다는 마음이 든다면, 바로 그 순간부터 사랑의 마력은 깨어지고 행복은 파괴된다. 격노, 부정한 행위, 소홀함은 바로잡을 수 있지만, 서로의 마음을 숨기는 것은 사랑 안에 이물질을 탄생시키고, 그것은 사랑을 변질시켜 시들게 만든다.

엘레노르에 관해서는 아주 사소한 비방이라도 격렬히

분개하던 나였지만, 기이한 모순으로 인해 나의 대화법 자체가 그녀에게 고통을 주고 있었다. 나는 엘레노르의 뜻이라면 그것이 무엇이든지 따랐지만, 속으로는 여인들의 힘을 혐오하고 있었다. 여인들의 나약함, 까다로운 요구들, 고통에서 비롯된 그들의 횡포를 지속해서 비난해왔다. 나의 신조는 굳건했다. 나는 여인의 눈물 한 방울에 저항하지 못했고, 조용한 슬픔에 굴복했고, 내가 곁에 없음으로써 고통받는 여인의 모습을 머릿속에서 지우지 못하는 그런 사내였지만, 대화를 할 때만큼은 언제나 경멸적이고 비정했다. 말로는 그녀를 옹호하며 찬사를 늘어놓았어도 그러한 말 속에 담긴 감정을 지울 순 없었다. 사람들은 나를 증오했고, 엘레노르를 불쌍하게 여겼다. 하지만 그녀를 존경하지는 않았다. 사람들은 그녀가 그녀의 연인에게 여성을 존경하고, 마음의 결합을 존중하도록 하지 못했다며 비난을 퍼부었다.

P●●● 백작과의 결별 이후 엘레노르의 집에 수시로 드나들던 한 남자는 열렬한 애정을 고백하면서 불쾌하고 성가시게 굴었다. 그는 그녀가 만나주지 않자 그녀를 향해 도를 넘는 조롱을 일삼았는데, 도무지 참아줄 수 없는 행태였다. 결국 그와 결투를 하게 된 나는 그를 위험한 정도로 상처 입혔으나 나 역시 다치게 되었다. 결투 직후 나를

본 엘레노르의 표정에 담긴 동요와 공포, 감사와 사랑이 뒤섞인 마음을 어떻게 설명할 수 있을까. 내 만류에도 불구하고 엘레노르는 내 집에서 거의 살다시피 하며, 내 몸이 회복될 때까지 내 곁을 한시도 떠나지 않았다. 낮에는 책을 읽어주고, 밤에는 대부분의 시간을 나를 살피는 데 썼다. 작은 뒤척임도 주의 깊게 살폈고, 내게 필요한 것을 미리 챙겨주었다. 그녀의 살뜰하고 놀라운 배려는 그녀의 성품과 능력을 빛나게 했다. 엘레노르는 내가 없이는 살 수 없다고 속삭였다. 그녀의 애정이 마음속 깊이 전해졌고, 후회로 마음이 찢어질 듯 아팠다. 나는 그녀의 한결같은 따뜻한 사랑에 보답하고 싶었고, 추억, 상상력, 의무감, 심지어 이성까지 동원했지만 아무 소용이 없었다. 우리가 처한 어려운 상황, 언젠간 헤어질 것이 확실하지만 내가 먼저 깨트릴 순 없는 이 관계에 대한 알 수 없는 저항감이 내적으로 나를 삼켜왔다. 나는 고마움을 모르는 나 자신을 욕하며 그녀에게 그러한 마음을 들키지 않으려 노력했다. 지금 이 순간 그녀에게는 사랑이 절실했다. 그래서 그녀가 사랑을 의심하는 것을 보면 마음이 괴로웠다. 반대로 그녀가 사랑을 굳게 믿는 것을 보아도 마음은 똑같이 괴로웠다. 나는 엘레노르가 나보다 더 나은 사람이라고 생각했고, 그녀에게 어울리지 않는 나 자신을 경멸했다.

누군가를 사랑할 때 상대로부터 사랑받지 못한다는 것은 불행한 일이다. 하지만 상대를 더는 사랑하지 않을 때, 그로부터 열렬히 사랑받는다는 것은 그보다 훨씬 더 불행한 일이다. 나는 엘레노르를 위해 죽을 수도 있었다. 만약 그녀가 나 없이 행복하다면 천 번이라도 더 목숨을 내놓았을 것이다.

아버지와 약속한 여섯 달이 훌쩍 지나갔다. 이제는 떠날 채비를 할 때였다. 엘레노르는 나를 붙잡지도, 기한을 더 미뤄 달라고도 하지 않았다. 다만, 두 달 후에 내가 그녀의 곁으로 돌아오든, 그녀가 내 곁으로 오든 둘 중 하나는 약속해 달라고 했다. 나는 엄숙함을 담아 그러겠노라 맹세했다. 그녀가 그토록 자기 자신과 싸우며 슬픔을 억누르고 있는데, 무슨 약속인들 못 해주겠는가! 엘레노르는 내게 떠나지 말라고 할 수도 있었다. 만약 그녀가 눈물이라도 보였다면 그 뜻을 거스를 수 없었을 것이 분명했다. 나는 그녀가 그러한 여인의 힘을 행사하지 않아 고마웠다. 그녀를 더욱 잘 사랑했더라면 얼마나 좋았을까? 내게 그토록 헌신적인 사랑을 보여주었던 존재를 떠나면서 나 역시 통렬한 후회를 느끼지 않을 수 없었다. 이처럼 연인 사이에는 오래 지속되는 깊은 무엇인가가 존재한다. 연인들은 자신도 모르는 사이에 서로가 서로의 존재 속에서 내밀한 일부분을 차지하게 된다. 그리고 서로에게서 멀리 떨어지게 되면 평온하게 관계를 끊을 수 있다고 생각한다. 그 순간이 오기를 초조히 기다리지만, 정작 그때가 되면 마음은 공포로 가득 찬다. 함께할 때 아무런 기쁨을 느낄 수 없는 상대일지라도 헤어지면서 끔찍한 상심을 느끼는 것. 그것이 비참한 마음의 기묘한 점이다.

헤어져 있는 동안, 나는 주기적으로 편지를 썼다. 내 편지가 그녀를 괴롭게 하지는 않을까 하는 걱정이 드는 동시에, 그녀에게 내 괴로운 마음을 전부 전하고 싶다는 욕망을 느꼈다. 내 마음을 알아주되, 그녀가 슬프지는 않으면 했다. 그러면서도 사랑이라는 말 대신에 애정, 우정, 헌신과 같은 말들만을 썼다. 하지만 위안이라고는 내 편지밖에 없을 딱한 엘레노르의 고독한 상황과 슬픔이 떠올라, 두 장에 걸친 냉담하고 딱딱한 말들 끝에 그녀를 속일 수 있는 열렬하고 다정한 몇 문장을 덧붙였다. 그런 식으로 그녀를 만족시킬 만큼의 충분한 말을 하지는 않으면서, 그녀를 속이기엔 충분한 표현을 했다. 괴상하지만 성공적인 배신 행위였다. 그 결과는 내게 그대로 돌아와 나를 더욱 불안하게 했고, 견딜 수 없게 만들었다.

나는 흘러가는 시간과 날들을 걱정스레 헤아렸다. 시간이 더디게 흐르길 바라면서, 약속했던 것을 지켜야 할 때가 다가오는 것을 불안하게 지켜보았다. 엘레노르의 곁으로 다시 돌아갈 구실을 생각해내지 못했고, 같은 도시 내에 그녀의 거처를 정할 핑계도 찾지 못했다. 솔직히 말하자면, 내가 그걸 원하지 않았기 때문인지 모른다. 나는 독립적이고 평온한 삶과 그녀의 사랑으로 인한 초조하고 불안한 고통의 삶을 비교해보았다. 그 누구도 신경 쓸 필요 없이 자유롭게 오고 가고, 집을 나섰다 돌아올 수 있다는 것이 얼마나 좋은 것인지! 나는 엘레노르의 사랑이 내게 줬던 피로함을 사람들의 무관심으로 해소하고 있었다.

나는 내가 약속을 지키고 싶어 하지 않는다는 것을 엘레노르가 짐작조차 못 하게 했다. 내 편지를 읽은 엘레노르는 내가 아버지의 곁에서 벗어나는 것이 어려울 거라 이해했고, 자신이 떠날 채비를 하겠다고 답장을 보내왔다. 나는 그 결정에 반대하지는 않았지만, 그 주제에 관해 어떠한 정확한 답변을 하지 않으며 시간을 끌었다. 그녀에 대해 알아간다는 것이 내겐 언제나 매혹적인 일이라는 식으로 모호하게 표현했고, 그녀를 행복하게 만드는 것도 마찬가지라고 덧붙였을 뿐이었다. 이보다 모호한 슬픔과 거북한 언어가 또 있을까? 그것은 모호해서 괴로웠지만, 분명히 밝히자니 두려웠다. 결국 나는 모든 것을 솔직히 털어놓기로 결심했다. 사실 진작 그래야 했다. 나는 나약함을 버리고 쓰러진 양심을 일으켜 세웠다. 괴로워할 엘레노르의 모습은 머릿속에서 지우고, 그녀를 평온하게 만들어야겠다는 생각만 했다. 나는 방 안을 성큼성큼 걸어 다니며 그녀에게 전하고 싶은 말을 소리 내어 읊었다. 엘레노르에게 반드시 전해야 할 말들을 생각하기보다, 그 말들이 초래할 결과에 대해 생각하게 된 것이었다. 마치 초인적인 위력이 작용하듯, 나도 모르게 몇 달을 더 늦추는 것이 좋겠다고 적고 말았다. 내가 적은 것은 나의 생각이 아니었다. 편지에서 진솔함은 찾아볼 수 없었다. 핑계로 삼은 것들도 진실이 아니었기에 그 근거는 부실하기 짝이 없었다.

엘레노르의 답장은 매서웠다. 그녀는 만나지 않겠다는 나의 의지에 분노하고 있었다. 그녀가 내게 요구한 것은 내 곁에서 숨어 살게 해 달라는 것이었다. 그녀를 아는 사람이라곤 아무도 없는 대도시에서 은둔하겠다는데 나는 무엇이 두려웠던 것일까? 엘레노르는 나를 위해 재산, 아이들, 평판까지 자신의 모든 것을 희생했다. 그 희생의 대가로 그녀가 바랐던 건 오로지 보잘것없는 노예처럼 나를 기다리고, 단 몇 분이라도 매일 함께 시간을 보내며, 내가 그녀에게 줄 수 있는 몇 안 되는 순간들을 즐기는 게 다였다. 엘레노르는 두 달간 떨어져 있겠다는 나의 결정을 받아들였다. 그녀가 그걸 원했기 때문이 아니라, 내가 그것을 바라는 것 같았기 때문이었다. 그렇게 괴로운 날들을 보내며 드디어 끝이 보이려는데, 내가 그 긴긴 고통을 다시 견디라 권했던 것이다! 그녀는 속아줄 수도 있었다. 냉혹하고 비정한 사내에게 자신의 삶을 내던졌을 수도 있었다. 내가 무슨 행동을 하든 그것은 내 자유였지만, 내게 자신의 모든 것을 바친 뒤 버림받은 여인에게 고통까지 줘서는 안 되었다.

엘레노르는 편지를 보내고 곧바로 내가 있는 곳으로 뒤따라왔다. 그녀가 도착했다는 소식이 들렸다. 나는 기쁜 기색을 보여줘야겠다는 결심을 하면서 그녀의 거처를 방문했다. 한시라도 빨리 그녀를 안심시키고, 그녀에게 잠시뿐일지라도 행복과 평온을 안겨주고 싶었다. 하지만 엘레노르는 단단히 마음이 상한 상태였다. 불신이 가득한 그녀의 눈은 내가 애를 쓰고 있다는 것을 알아차렸다. 그녀는 나를 비난하면서 내 자존심을 무너뜨렸고, 내 성격을 모욕했다. 그녀가 유약한 나의 모습을 너무나도 비참하게 묘사한 나머지, 나는 나 자신보다 그녀에게 더욱 화가 났다. 엄청난 분노가 우리 두 사람을 휩쓸었다. 서로를 향한 배려는 사라졌고, 조심스러움은 잊었다. 분노가 서로를 몰아세웠다. 세상에서 가장 무정한 증오심이 서로에게 만들어낼 만한 모든 걸 우리는 서로에게 사용했다. 우리는 이곳에서 서로를 알고, 서로를 정당하게 만들고, 이해하고, 위로할 수 있는 유일한 사람들이었지만, 불행한 두 사람은 결코 화해할 수 없는 적처럼 서로의 마음을 찢어놓는 일에만 열중했다.

세 시간의 말다툼 끝에 우리는 헤어졌다. 변명도 화해도 않고 싸움을 끝낸 것은 처음이었다. 그곳을 떠나자마자, 분노는 깊은 슬픔으로 변했다. 우리에게 닥친 일에 너무나도 놀란 나머지 어안이 벙벙했다. 내가 했던 말들을 곱씹으며 나는 놀라움을 느꼈다. 왜 그런 짓을 했는지 도저히 이해할 수가 없었다. 도대체 왜 이성을 잃었던 것인지 나 자신에게 묻고 싶었다.

이미 한참 늦은 시각이었고 엘레노르에게 돌아갈 용기가 나지 않았다. 다음 날 일찍 그녀를 만나는 것이 좋겠다고 생각하고, 나는 아버지의 집으로 돌아왔다. 집에는 많은 사람이 와 있었다. 수많은 사람들 속에서 거리를 둔 채로 슬픔을 숨기는 것은 쉬운 일이었다. 혼자가 되었을 때, 아버지는 내게 말했다. "사람들 말로는 P●●● 백작의 옛 정부가 이 도시에 왔다는데. 나는 언제나 널 구속하지 않고 자유를 주었고, 네 연애에 대해서 아무것도 알려고 하지 않았다. 하지만 네 나이에 공공연하게 정부를 두는 건

옳지 않다. 그 여자가 이곳에서 멀리 떠나도록 조치를 취해두었으니까 그리 알아두거라." 그 말을 끝으로 아버지는 내 곁을 벗어났다. 나는 아버지의 방까지 따라갔다. 아버지는 물러가라는 표시를 해 보였지만 나는 말했다. "아버지, 신께 맹세코 저는 엘레노르에게 이곳으로 오라고 한 일이 없습니다. 맹세코 전 그녀가 행복하기만을 바라고, 그녀가 행복할 수 있다면 그녀를 다시는 만나지 않을 겁니다. 하지만 이것만은 명심하세요. 절 그녀로부터 떼어놓을 수 있다는 믿음으로 아버지께서 하신 그 일이 저를 영원히 그녀에게 묶어놓을 수 있다는 것을요."

그 길로 여행길에 나와 동행했었고, 엘레노르와 나의 사이를 알고 있는 하인을 불러들였다. 그리고 그에게 아버지가 말한 그 조치란 것이 무엇인지 알아오도록 시켰다. 두 시간 뒤 하인이 돌아왔다. 비밀리에 아버지 비서가 전한 바에 따르면, 다음 날 엘레노르에게 퇴거 명령이 내려질 것이라고 했다. 나는 속으로 외쳤다. '엘레노르를 내쫓는다니! 그것도 그토록 치욕적인 방식으로! 그녀는 오로지 나만을 위해 이곳으로 온 건데, 나는 그녀의 마음을 찢어놓고, 흐르는 눈물을 보고도 무정하게 굴었구나! 나 때문에 존엄성을 빼앗긴 이 세상에서 불행하고 갈 곳 없는 고독한 엘레노르는 어디에 기댄단 말인가? 그녀의 고통을 어디에 털어놓는단 말인가?' 나는 곧바로 결정을 내렸다. 하인을 매수했고 금을 주면서 도시 근교에서 아침 여섯 시에 역마차 한 대를 구해오겠다는 약속을 얻었다. 나는 엘레노르와 평생 결합될 수 있는 수만 가지 방법을 떠올려보았다. 그녀를 사랑한 이래로 이토록 강한 사랑을 느껴본 것은 처음이었다. 내 모든 마음은 그녀에게 가 있었다. 그녀를 지킬 수 있다는 것이 자랑스러웠다. 그녀를 품에 안고 싶었다. 그녀에 대한 사랑이 영혼 속으로 온전히 돌아온 것이다. 나의 몸을 뒤흔드는 흥분이 머리와 심장을 비롯한 모든 감각으로 느껴졌다. 바로 이 순간, 만약 엘레노르가 내게서 벗어나길 원한다면, 나는 그녀를 붙잡기 위해 그녀의 발치에서 죽어버렸을지도 몰랐다.

날이 밝자마자 엘레노르의 집으로 달려갔다. 그녀는 눈물로 밤을 보낸 뒤 잠들어 있었다. 물기가 어린 두 눈과 헝클어진 머리칼을 한 채로 잠에서 깬 그녀가 놀란 눈으로 나를 바라보았다. 나는 말했다. "이리 오세요, 함께 떠납시다." 그녀가 뭔가 말하려 했지만, 나는 말할 틈을 주지 않았다. "어서요. 이곳에 나 말고 다른 보호자나 친구가 있습니까? 나의 품이 당신의 유일한 안식처가 아닌가요?" 그녀가 거부하자 나는 덧붙여 말했다. "우리에게 아주 중요한 일입니다. 부디, 나와 함께 갑시다." 나는 그녀

를 잡아끌었다. 가는 길에 나는 그녀를 어루만졌고, 부둥
켜안았고, 그녀의 질문에는 오직 포옹으로만 답했다. 결
국 나는 아버지가 우리를 떼어놓으려 한다는 사실을 알게
된 뒤, 그녀 없이는 도저히 행복할 수 없다는 사실을 깨달
았다고 털어놓았다. 그리고 그녀에게 내 삶을 바치고, 세
상에 존재하는 모든 종류의 인연을 그녀와 맺고 싶다고
했다. 처음에는 너무나도 고마워했던 엘레노르는 곧 나의
말에서 모순을 찾아냈다. 나를 추궁한 끝에 그녀는 진실
을 알아냈다. 기쁨은 사라졌으며, 얼굴에는 어두운 그림
자가 드리워졌다.

엘레노르는 말했다. "아돌프, 당신은 지금 착각을 하고
있어요. 내가 불공정한 대우를 받는다고 생각해서 내게
이렇게 관대하고 헌신적인 행동을 하는 거예요. 당신은
사랑이라고 믿지만, 그건 동정일 뿐이에요." 엘레노르는
왜 그런 어두운 말을 꺼낸 것일까? 외면하고 싶은 비밀을
밝히려는 이유는 무엇이란 말인가? 나는 그녀를 안심시키
려 애를 썼고, 얼핏 성공한 것 같기도 했다. 하지만 진실은
이미 내 영혼 속을 파고든 뒤였다. 흥분으로 날뛰던 감정
은 사라졌다. 나는 희생을 결심했지만, 그것으로 인해 더
행복해진 것은 아니었다. 이미 마음속으로 또 한 번 감춰
야 하는 생각이 똬리를 틀었다.

6장

국경에 도착했을 때, 나는 아버지에게 편지를 썼다. 편지는 공손했지만 바탕에는 쓸쓸함이 깔려 있었다. 끊어내고 싶었던 엘레노르와의 관계를 더욱 가깝게 만든 아버지가 원망스러웠다. 나는 그녀가 나를 더는 필요로 하지 않을 때가 되면 그녀를 떠날 테니, 그녀를 괴롭히면서 나를 아버지 곁에 강제로 매어두려는 생각은 하지 말아 달라고 간절히 청했다. 그리고 결단을 내리기 위해 아버지의 답장을 기다렸다. 아버지는 내게 이렇게 답했다. "너는 고작 스물네 살이다. 네게 단 한 번도 행사한 적 없고, 너를 파멸로 이끌 만한 그런 위력을 사용할 생각은 추호도 없구나. 할 수 있는 한 네 이상한 행보는 감출 생각이다. 사람들에게는 일과 관련된 내 지시로 네가 잠시 자리를 비웠다고 이야기하마. 필요한 비용은 내가 얼마든지 대줄 테지만, 머지않아 그 생활이 네게 맞지 않는다는 걸 너도 느끼게 될 거다. 고향도 보호자도 없이 떠도는 그런 여자를

84

배우자로 맞기엔 너의 출생, 재능, 재산, 이 세상에서의 위치가 남다르다는 것도 알게 되겠지. 네 편지로 너는 너 자신에 대해 만족하지 못한다는 걸 이미 증명했다. 얼굴 붉히는 상황은 오래 끌어봤자 얻을 것이 아무것도 없다는 걸 기억하거라. 넌 네 젊음의 가장 찬란한 날들을 허비하는 거고, 그렇게 잃은 건 되돌릴 수 없다는 것도 말이다."

아버지의 편지는 비수가 되어 내 심장을 파고들었다. 나는 아버지의 말을 계속해서 곱씹었다. 어둠과 무기력 속으로 흘러가는 내 삶이 부끄럽게 느껴졌다. 차라리 비난이나 협박을 했더라면 더 나았을 것이다. 그랬더라면 그것에 저항하면서 조금이나마 영광을 느낄 수 있었을 것이고, 위험으로부터 엘레노르를 지켜내기 위해 전력을 다할 필요를 느꼈을 것이다. 하지만 위협은 조금도 없었다. 나는 완전한 자유의 몸이었고, 그 자유는 나 스스로 멍에를 뒤집어쓰게 만들었다.

우리는 보헤미아의 작은 도시인 카덴°에 거처를 정했다. 엘레노르의 운명이 오롯이 내게 맡겨졌기 때문에, 그녀에게 고통을 줘선 안 된다고 마음을 먹었다. 감정을 억

○ 지금은 체코에 위치한 옛 보헤미아 왕국의 도시 카단(Kadaň)을 변형해 만든 지명.

누르는 데는 성공했다. 나는 아주 사소한 불만족도 마음 속 깊은 구석에 밀어 넣었고, 슬픔을 감추기 위해 억지로 기쁜 기색을 가장하는 데 신경을 집중했다. 그런 노력은 내게 원치 않은 결과를 가져왔다. 사람은 변화하는 존재이기 때문에, 감정을 꾸며내다 보면 결국에는 그것을 그대로 느끼게 된다. 고통을 감추려 노력한 결과, 나는 고통을 조금이나마 잊게 되었다. 끊길 줄 모르는 농담이 나의 우울함을 가려주었고, 엘레노르의 다정함은 사랑과 비슷한 부드러운 감정을 내 마음속에 조금씩 퍼뜨렸다.

이따금씩 성가신 추억들이 떠오르기도 했다. 혼자가 되자, 나는 솟아나는 걱정 속으로 빠져들었다. 내가 있을 자리가 아닌 이곳에서 순식간에 벗어날 수 있을 기묘한 방법들을 수도 없이 떠올려보았다. 그러고는 마치 나쁜 꿈을 꿨다는 듯이 머릿속에서 지워냈다. 엘레노르는 행복해 보였다. 그녀의 행복을 내가 해칠 수 있을까? 이런 생각이 꼬리에 꼬리를 문 채로 다섯 달이 지나갔다.

하루는 엘레노르의 모습이 매우 불안해 보였다. 그녀는 내게 무슨 생각을 하는지 알리려 하지 않았다. 내가 오랫동안 애원하자, 엘레노르는 이미 마음을 먹었으니 반대하지 말라고 하면서, P●●● 백작의 재산이 걸린 소송에서 그가 승리했다는 편지를 받았다고 했다. 백작은 십 년 동안의 그녀의 헌신과 애정에 감사함을 전했다. 재결합을 원하는 건 아니었고, 그녀에게 재산의 절반을 넘길 테니, 둘을 헤어지게 만든 배은망덕하고 신의 없는 사내를 떠나라고 했다. "나는 이미 답을 했어요." 그녀는 말했다. "당신도 짐작하겠지만, 거절했어요." 사실 나는 그녀가 그럴 거라고는 짐작하지 못했다. 한편으로는 감동적이었지만, 그녀가 나를 위해 또다시 희생을 했다는 것이 절망적이었다. 그럼에도 아무런 반박도 할 수 없었다. 그런 쪽으로 나의 시도는 언제나 부질없었다! 나는 잠시 엘레노르의 집을 나와 어떤 결정을 내려야 할지 곰곰이 생각해보았다. 언젠가는 헤어질 사이라는 사실은 분명했다. 이 관계는 나를 괴롭게 했고, 그녀에게는 해를 끼쳤다. 그녀가 적절한 생활 수준을 되찾고, 세상에서 안정과 호사를 누리지 못하게 방해하는 유일한 장애물이 바로 나였다. 나는 그녀와 자식들의 사이를 가로막고 있었고, 그것에 아무런 변명의 여지가 없었다. 그런 상황에서 그녀가 내린 결정에 아무 말 없이 따르기만 하는 건 이타적인 사람이 아니라, 손가락질 받아 마땅한 나약한 사람이라는 뜻이었다. 나는 아버지에게 엘레노르가 나를 더 이상 필요로 하지 않을 때가 되면 헤어지겠다고 약속했었다. 사실 지금은 직업을 가지고, 경제 활동을 시작하고, 그럴듯한 직위도 달고, 나의 능력을 귀한 곳에 사용해야 할 때였다. 백작의 제안을 거절하지 말라고 강요하고, 필요하다면 그녀를 더는 사랑하지 않는다고 선언하겠다는 마음을 굳게 먹은 채, 나는 엘레노르에게 돌아갔다. 나는 그녀에게 말했다. "소중한 나의 벗이여, 사람은 누구나 운명에 저항도 해보지만 결국에는 지고 맙니다. 사회의 법도란 인간의 의지보다 강력한 것이어서 아무리 절대적인 감정이라 해도 숙명적인 상황 앞에서는 부서지기 마련입니다. 인간은 자신 마음의 이야기만 들으려 고집하지만, 이성의 목소리에 귀 기울이지 않으면 안 되는 운명을 타고났습니다. 지금 당신과 나는 불합리한 상황에 처해 있습니다. 당신을 이 상황 속에 더 오래 붙잡아둘 수도 있지만, 당신을 위해서도, 나 자신을 위해서도 더는 안 될 것 같습니다." 엘레노르를 차마 바라보지 못하고 그렇게 말하는 동안, 생각들이 희미해지고 결심은 약해지고 있었다. 나는 다시 힘을 차리고 조급한 목소리로 말을 이었다. "나는 언제까지나 당신의 벗입니다. 언제까지나 당신에 대한 깊은 애정을 간직할 겁니다. 이 년 동안의 우리의 관계는 절대 잊지 못할 것이며, 내 인생의 가장 찬란한 시절로 기억할 겁니다. 하지만 불처럼 타오르는 정열과 같은 사랑, 내 의지와 상관없이 도취 상태에 빠지게 하고, 모든 이해관계와 의

무까지 잊게 만드는 사랑이라는 것이 더는 남아 있지 않습니다." 나는 고개를 들지 못하고 그녀가 대답하기만을 기다렸다. 오랜 시간이 흐른 뒤, 고개를 들었을 때, 그녀는 눈에 띄게 굳어 있었다. 마치 어떤 것도 알아볼 수 없다는 듯, 눈앞의 사물을 멍하니 바라보고 있었다. 그녀의 손을 잡았지만 차가웠다. 엘레노르는 나를 밀어내며 말했다. "내게 뭘 바라는 거죠? 이제 나는 홀로 남았군요. 이제 이 세상에서 나를 이해하는 사람은 단 한 사람도 남지 않았고요. 내게 더 할 말이 남았나요? 이미 할 만큼 다하지 않았나요? 모든 게 끝났고, 아무것도 되돌릴 수 없지 않나요? 날 내버려두세요. 그냥 떠나세요. 당신도 그걸 원하지 않나요?" 엘레노르는 내게서 멀어지려는 듯 휘청거렸다. 그녀를 붙잡으려고 했지만, 엘레노르는 자신도 모르게 바닥으로 무너져 내렸다. 그녀를 일으켜 세우고, 끌어안으며 그녀의 감각을 되살려주려 애썼다. 나는 외쳤다. "엘레노르, 정신 차려요! 나를 보세요. 당신을 진심으로 사랑합니다. 세상에서 가장 다정한 사랑을 당신에게 품고 있어요. 당신이 자유롭게 선택하기를 바라는 마음에서 거짓말을 했던 겁니다." 사람의 마음을 쉽게 믿는 사람들이란, 얼마나 이해할 수 없는 것인가! 이전의 말들을 모조리 부정하는 단순한 말 몇 마디로 엘레노르는 활력과 믿음을

되찾았다. 그녀는 내게 그 말을 반복해서 해 달라고 부탁
했다. 엘레노르는 거칠게 숨을 들이쉬고 내쉬었다. 그녀
는 나를 믿고 있었고, 자신의 사랑에 도취된 나머지, 자신
의 사랑이 곧 우리의 사랑이라 여겼다. 엘레노르는 P●●●
백작에게 답장을 보낸 그대로 자신의 마음을 굳혔고, 나
는 어느 때보다도 더 그녀에게 종속된 기분이었다.

　세 달이 지나고, 엘레노르의 신상에 새로운 변화의 가
능성이 찾아왔다. 여느 공화국에서나 그렇듯 여러 세력의
힘겨루기가 끊이지 않았던 폴란드의 정세에 변화가 찾아
오면서 망명을 떠났던 엘레노르의 아버지가 폴란드로 다
시 돌아올 수 있게 되었고, 가문의 재산도 회복된 것이었
다. 그는 자신의 아내가 세 살배기 딸을 프랑스로 데려갔
다는 것 외에는 아는 게 없었지만, 지금이라도 딸을 곁에
두고 싶어 했다. 그는 망명 생활을 러시아에서 보냈는데,
엘레노르의 치정 사건에 대해서는 어렴풋한 소문만을 들
은 모양이었다. 엘레노르는 그의 유일한 자식이었다. 그
는 홀로 지내게 될 것을 두려워했고, 누군가에게 보살핌
을 받길 원했다. 딸의 거처를 수소문했고 소식을 알게 되
자마자 엘레노르를 폴란드로 불러들이려 했다. 하지만 엘
레노르는 기억조차 나지 않는 아버지에게 일말의 애정
도 느끼지 못했다. 그럼에도, 아버지의 부름에 응하는 것

이 의무라고 여겼다. 그렇게 함으로써 자식들에게 막대한 부를 물려줄 수 있고, 자신의 행실과 불행한 상황으로 인해 박탈당했던 지위에 다시 오를 수 있었다. 엘레노르는 내가 함께 가주지 않으면 폴란드에 가지 않겠다고 했다. 그녀는 내게 말했다. "이제 나는 새로운 감정에 마음을 열 만큼 젊지 않아요. 아버지는 내게 모르는 사람이나 다름없어요. 내가 여기 머문다면 다른 사람들이 벌떼처럼 아버지 주위로 몰려들 테죠. 그래도 아버지는 행복하실 거예요. 내 아이들은 백작의 재산을 물려받으면 되고요. 나는 비난을 받겠죠. 배덕한 딸이자, 무정한 엄마로 여겨질 테니까요. 나는 이미 너무 많은 고통을 받았어요. 세간의 말들에 이리저리 휩쓸릴 나이는 지났어요. 만약 내 결심이 당신에게 어딘가 거슬리는 구석이 있다면 그건 아돌프, 당신 탓이에요. 만일 내가 나 자신을 속일 수만 있다면, 당신이 내 곁에 없어도 괜찮을 테고, 미래의 달콤하고 영원한 만남을 떠올리며 슬픔을 달랠 수 있을 테죠. 그런데 당신이 고작 내게 하는 말이라고는 당신에게서 팔백 킬로미터나 떨어진 곳에서 내 가족과 누리는 호사와 평온에 만족하라는 것뿐이군요. 당신이 내게 편지를 보낸다 한들 예전에 그랬던 것처럼 딱딱한 편지뿐일 테고, 그걸 보는 내 마음은 찢어질 거예요. 나는 그걸 감수하고 싶지 않아요. 평생을 희생한 대가로 당신이 내게 마땅한 감정을 품게 되었다고 생각하는 건 위안이 되지 않아요. 하지만 당신은 내 희생을 이미 받아들였잖아요. 이미 당신의 무미건조한 마음과 냉담한 우리의 관계 때문에 충분히 괴로웠어요. 나는 당신이 내게 준 그 고통들을 견뎌냈죠. 하지만 이번에는 그러고 싶지 않아요."

엘레노르의 목소리에는 뭔지 모를 신랄함과 흥분이 느껴졌고, 깊은 감정이나 연민보다는 굳은 결심이 느껴졌다. 요즈음 그녀는 내게 뭔가를 부탁할 때면 내가 벌써 거절이나 했다는 듯이 미리부터 신경질을 내곤 했다. 내가 그녀의 뜻대로 행동했지만, 본심은 다르다는 걸 알고 있었던 것이다. 나의 소리 없는 반대에 반감을 가지고 있던 엘레노르는 그것을 깨부수기 위해 내 내밀한 생각 속으로 침투하고 싶었던 것인지도 모른다. 나는 그녀에게 내 처지와 아버지와 한 약속, 나의 욕망에 대해 이야기했다. 빌기도 해보고, 화도 내보았지만 엘레노르는 꿈쩍도 하지 않았다. 그녀가 다시 너그러워지길 바랐다. 마치 사랑이 가장 이기적인 감정이 아니기에 상처를 입은 사랑도 너그러움을 잃지 않기를 바라듯 말이다. 그녀의 곁에서 내가 느끼는 불행함을 이야기하면서 그것에 그녀가 감동하게 만들려는 기이한 노력을 하기도 했다. 결과적으로는 그녀의 화만 돋울 뿐이었다. 나는 폴란드로 그녀를 보러 가겠다고 약속했다. 본심이 아닌 그 약속 안에서 그녀가 본 것은 오로지 그녀와 헤어지고 싶어 안달이 난 나의 조급함 뿐이었다.

상황에 아무런 변화도 없이, 그렇게 카덴에서의 첫해가 지났다. 내가 침울하거나 기운이 없어 보인다고 느낄 때면 엘레노르는 처음에는 괴로워했고, 다음으로는 상처를 받았고, 그 뒤에는 비난을 퍼부어, 내 입에서 지쳤다는 말을 기어코 들으려 했다. 그러한 상태를 아무리 감추려 해도 소용없었다. 반면, 엘레노르의 기분이 좋아 보일 때면, 내게서 행복을 빼앗은 대가로 즐거워하는 그녀의 모습에 화가 치밀어 올랐고, 속마음을 꺼내놓으며 그녀의 짧은 기쁨을 방해했다. 우리는 에둘러 서로를 공격했고, 반박과 모호한 정당화를 하면서 서로에게서 한 걸음 물러난 뒤, 다시 침묵 속으로 빠졌다. 우리는 서로 상대가 어떤 말을 할지 너무도 잘 알고 있었기 때문에 그것을 듣지 않기 위해서는 입을 다물어야 했다. 때로는 한 사람이 양보할 준비가 되었어도, 상대에게 가까이 다가갈 순간을 놓치기 일쑤였다. 서로를 경멸하고 상처 입은 두 사람의 마음은 더는 만날 수 없었다.

종종 나는 왜 이런 괴로운 상황에 머무르는 것인지 자

문하곤 했다. 만약 내가 그녀를 떠난다면 그녀가 나를 따라올 것이고, 그렇게 되면 그녀가 새로운 희생을 치러야 하기 때문이라는 게 내가 생각해낸 답이었다. 마침내 나는 마지막으로 한 번만 더 그녀를 만족시켜서 그녀를 가족에게로 보냈을 때, 더는 아무것도 내게 요구하지 못하도록 해야겠다는 생각을 하기에 이르렀다. 그녀를 따라 폴란드로 가겠다는 말을 하려는 바로 그때, 갑자기 그녀에게 아버지의 부고가 도착했다. 그녀의 아버지는 그녀를 유일한 상속인으로 지정했지만 유언장과 그 이후의 편지들 내용이 서로 달랐기에 먼 친척들이 이의를 제기하고 나섰다. 아버지와 가깝지 않은 관계였음에도 불구하고, 엘레노르는 아버지의 죽음을 매우 슬퍼했고, 아버지를 홀로 내버려뒀다는 사실에 심한 자책감을 느꼈다. 화살은 곧 나를 향했다. 엘레노르는 내게 말했다. "내가 신성한 의무를 저버리게 만든 건 바로 당신이에요. 이제 내게 남은 건 재산 문제뿐이지만 이것도 당신을 위해서라면 얼마든지 포기할 수 있어요. 하지만 내게 적의만 가득한 사람들이 있는 곳으로 혼자서 가진 않을 거예요." 나는 대답했다. "나는 당신이 그 어떠한 의무도 저버리길 원하지 않았습니다. 당신이 조금 더 신중히 고민해보기를 바랐던 것뿐이에요. 나도 나의 의무를 저버린 것이 고통스럽기는 마찬가지입니다. 그러니 그런 비난은 받아들일 수 없어요. 좋아요, 엘레노르. 다른 어떤 것보다 당신의 뜻이 내겐 가장 중요합니다. 당신이 원할 때 함께 폴란드로 가도록 합시다."

우리는 곧바로 길을 떠났다. 여행으로 인한 기분 전환, 새로운 사물들, 서로를 위해 한 노력들이 이따금씩 우리 사이에 남은 친밀감을 조금이나마 되살려주었다. 우리가 함께 쌓아온 오랜 습관과 함께 겪어온 수많은 상황들은 우리의 모든 말과 행동에 스며들어 있었고, 추억들은 우리를 불쑥불쑥 과거로 데려다놓았다. 그럴 때면, 캄캄한 밤을 밝히며 관통하는 번갯불처럼 우리 자신도 어쩔 수 없는 감동을 느끼곤 했다. 한마디로 말해, 우리는 심장이 기억하는 추억 속에 살고 있었다. 추억은 헤어짐을 떠올리면 괴로워질 정도로 그 힘이 강력했지만, 서로 함께하는 삶을 떠올리며 행복하기에는 너무나도 미약했다. 일상의 답답함으로부터 잠시 벗어나기 위해 나는 이 감동에 몰두했다. 마음 같아서는 엘레노르를 기쁘게 만들 만큼 애정을 듬뿍 표현해주고 싶었다. 몇 번은 사랑의 언어를 사용하기도 했다. 하지만 내 감정과 말은 뿌리가 잘린 나뭇가지에서 축 늘어진 채 결국 시들고 색이 바래가는 이파리 같았다.

폴란드에 도착하자마자, 엘레노르는 판결이 나기 전까지 소송이 제기된 유산에 손대지 않는다는 조건으로 유산의 소유권을 되찾았다. 엘레노르는 아버지의 소유지 중 한 곳에 짐을 풀었다. 내 아버지는 직접적인 질문은 전혀 하지 않고, 내 여행에 대한 은근한 비난이 깃든 편지를 보내왔다. 아버지의 편지는 이러했다. '너는 내게 떠나지 않겠다고 했었지. 내게 떠나선 안 되는 이유들을 구구절절 늘어놓는 것을 보고 네가 떠나리라 짐작을 하긴 했다. 독립적인 정신을 가지고 있으면서도 원치 않은 일을 하는 너를 보니 측은하기가 그지없다. 내가 오롯이 알지 못하는 상황을 두고 나머지 것들은 조금도 판단하지 않으마. 지금껏 내 눈에 너는 엘레노르의 보호자 노릇을 하는 것처럼 보였다. 네가 무슨 고집을 부리든 지금껏 네 행보에는 고귀함이 엿보였지. 하지만 너희들의 관계는 이전과는 달라졌더구나. 네가 그녀를 보호하는 것이 아니라, 그녀가 너를 보호하고 있어. 너는 그녀의 집에 기거하면서, 그녀의 가정 속에 침범한 이방인일 뿐이다. 네가 자처한 입장에 대해서 더는 아무 말 않겠다. 하지만 그로써 초래할 불편함은 할 수 있는 한 줄여주고 싶구나. 그곳의 공사公使로 있는 T●●● 남작에게 너에 대한 추천서를 보냈다. 그가 내 추천을 받아들여 너를 기용할지는 모르겠다만, 이 아버지로부터 네가 늘 지켜온 독립성을 침해 받는다는 생각은 말고, 부디 내 작은 열의만을 보았으면 한다.'

나는 떠오르는 생각들을 억눌렀다. 엘레노르와 내가 머무르던 곳은 바르샤바에서 얼마 떨어지지 않은 곳이었고, 나는 T●●● 남작을 곧바로 찾아갔다. 남작은 나를 반갑게 맞아주면서, 폴란드에 머무르는 이유와 앞으로의 계획을 물었다. 나는 뭐라고 답해야 할지 몰랐다. 몇 분간 거북한 대화가 이어졌고, 이윽고 남작이 내게 말했다. "솔직하게 말하지. 나는 자네가 이곳에 온 이유를 알고 있네. 자네의 아버지가 귀띔해주었지. 사실 나는 자네를 이해한다네. 평생 살면서 부적절한 관계에서 벗어나고 싶은 욕망과 사랑했던 여인에게 고통을 주고 싶지 않다는 마음 사이에서 고민해본 적 없는 사내란 없지. 젊은이는 아직 미성숙하기 때문에 그런 상황이 주는 어려움을 과장해서 받아들이는 경우가 많다네. 여인들은 나약하고 흥분을 잘

하는 성정을 지녔고 힘이나 이성을 사용하기보다는 고통을 쉽게 드러내는데, 사내들은 그걸 곧이곧대로 믿게 된다네. 마음은 아파도, 자존심은 환호성을 지르지. 그런 사내는 자신이 초래한 절망으로 인해 희생을 치른다고 믿지만, 사실은 자신의 허영심에 속고 있는 거라네. 그런 정열적인 여인들 중에서 버림받으면 죽을 거라는 말을 안 해본 여인이 있을 것 같은가? 다들 그러고도 버젓이 잘 살아 있거나 슬픔에서 진작 벗어났지." 나는 남작의 말을 끊으려 했지만, 그는 계속해서 말했다. "말이 지나쳤다면 사과하지, 젊은 친구. 하지만 자네에 대해 들었던 자네의 장점들, 자네에게서 엿보이는 재능, 자네가 가야 할 길을 생각하면 솔직하게 말하는 것이 좋겠다고 생각했어. 나는 자네보다 더 자네의 영혼을 잘 읽을 수 있다네. 그건 자네도 어찌할 수 없는 것이야. 자네는 자네를 지배하고, 질질 끌고 다니는 그 여인을 더는 사랑하지 않네. 여전히 사랑했더라면 이렇게 나를 찾아오지도 않았겠지. 자네도 자네의 아버지가 내게 편지를 보냈다는 걸 알고 있으니 내가 무슨 말을 하려는지 예상도 했을 게 아닌가. 자네 머릿속에서 쉼 없이 되풀이되면서도 언제나 부질없었던 논리들이 내 입에서 나와도 분노하지 않았네. 엘레노르의 평판은 흠이 없기는커녕…" 남작의 말을 더 듣지 못하고 나는 말했다. "쓸데없는 대화는 여기서 그만두죠. 부탁입니다. 엘레노르는 어려서부터 불행한 사건들에 휩쓸려왔어요. 평판이나 소문만 본다면 그녀를 나쁘게 판단할 수도 있을 겁니다. 하지만 그녀를 알게 된 지가 벌써 삼 년입니다. 그녀보다 더 고결한 영혼과 고귀한 성품, 순결하고 너그러운 마음을 가진 사람은 이 세상에서 본 적이 없습니다." "자네가 그렇게 생각한다면야. 하지만 사람들은 깊은 내면까지는 들여다보지 않으려 한다네. 반면에 겉으로 드러난 사실들은 명백하고 공공연하지. 사실들을 상기시키려 하지 않는다고 해서 그것이 없던 일이 될 수는 없지 않은가?" 남작은 계속해서 말을 이었다. "이보게, 세상을 살아가며 반드시 필요한 것이 자신이 원하는 바를 정확히 아는 거라네. 엘레노르와 결혼할 생각은 없는 건가?" "네. 아마도요. 그녀도 그걸 원한 적은 없습니다." "그렇다면 자네는 대체 뭘 원하나? 그녀는 자네보다 열 살은 더 많지 않은가. 자네는 고작 스물여섯이고. 앞으로 족히 십 년은 더 그녀를 보살펴야 한단 말이네. 그녀는 나이 들 테고, 중년에 이른 자네는 아무것도 시작하지 못했고, 어떤 만족스러운 일도 끝마치지 못한 자네 자신을 발견하게 될 텐데. 권태는 자네를, 짜증은 그녀를 휘어잡겠지. 날이 갈수록 그녀가 불쾌하게 여겨지지만, 그녀는 점점 더 자네를 필요로 할 걸세. 빛나는 출신, 화려한 재산, 고상한 영혼을 갖고 태어난 자네의 말로가 폴란드 시골구석에서 친구들도 잊고, 영광도 잃어버린 채, 자네가 뭘 하든 흡족해하지 못하는 여인으로 인해 괴로운 마음으로 근근이 살아가는 것이라니. 딱 한마디만 더 덧붙이고 자네를 거북하게 할 주제에 대해서 더는 말 안 하지. 자네 앞에는 모든 갈래의 길이 열려 있다네. 문학, 군, 공직… 보다 영광스러운 인연도 얼마든지 꿈꿀 수 있지. 자네는 어디든 갈 수 있어. 그러나 자네와 그 모든 종류의 성공 사이에 단 하나 장애물이 있다면 그건 바로 엘레노르야." 나는 남작에게 이렇게 대답했다. "가만히 듣는 것이 예의인 줄은 압니다만, 남작님의 말씀이 제 마음을 조금도 흔들어놓지 못했다는 말을 해드려야 할 것 같습니다. 다시 한번 말하지만, 제가 아닌 다른 어떤 누구도 엘레노르를 판단할 수는 없습니다. 그녀의 진실한 감정과 깊은 마음을 헤아릴 수 있는 사람은 저밖에 없단 말입니다. 그녀가 절 필요로 하는 한 저는 그녀 곁에 있을 겁니다. 아무리 성공한들 그녀를 불행한 채로 내버려뒀다는 사실을 위로할 수는 없을 겁니다. 한평생을 그녀를 돌보고, 고통스러운 상황에서도 그녀를 지지하고, 오해하는 사람들의 부당한 시선으로부터 그녀를 사랑으로 감싸는 데 쓴다 해도, 삶을 허비했다고 생각되는 일은 없을 겁니다."

나는 그 말을 끝으로 남작의 집을 나섰다. 하지만 남작에게 그렇게 쏟아내도록 부추겼던 열띤 감정은 말을 끝내자마자 희미해졌다. 대체 무슨 변덕이란 말인가? 남작 앞에서는 엘레노르를 그토록 변호했지만, 그녀의 얼굴을 당장은 보고 싶지 않았다. 나는 일부러 걸어서 집으로 돌아가기로 했다. 나는 잰걸음으로 도시를 지났다. 얼른 혼자가 되고 싶었다.

도시를 지나 전원 풍경으로 접어들었을 때쯤 나는 걸음을 늦췄다. 수많은 생각들이 머릿속을 지배했다. '자네와 그 모든 종류의 성공 사이에 단 하나 장애물이 있다면 그건 바로 엘레노르야.' 남작의 그 말은 마치 불길한 징조처럼 머릿속을 떠나지 않았다. 되돌릴 수 없이 지나간 세월을 나는 오랫동안 슬프게 바라보았다. 어릴 적 꿈들, 미래에 이룰 수 있을 거라 믿었던 것들, 처음으로 쓴 글에 주어졌던 찬사, 반짝 빛나고 사라진 명예의 흔적을 떠올렸다. 오만하고 경멸적인 태도로 대했던 동창생들의 이름을 하나둘 떠올렸다. 그들은 끈질기게 학업에 정진했고, 번듯한 삶을 살았다는 이유 하나로 부와 명예, 성공의 길로 나아갔고, 지금은 나를 훨씬 앞질러 가 있었다. 아무것도 하지 않은 나 자신의 모습에 숨이 턱턱 막혀왔다. 마치 쌓

아둔 재산을 보면서 그것으로 사들일 수 있는 세상의 모든 재화를 마음속으로 그려보는 수전노처럼, 엘레노르를 내가 손에 넣을 수 있었을 모든 성공을 박탈해간 장본인으로 여겼다. 아쉬운 것은 오로지 하나의 삶이 아니었다. 아무것도 시도하지 않았기에 나는 내가 영위할 수 있었을 모든 삶을 아쉬워했다. 단 한 번도 전력을 다한 적이 없었기에 그것들을 끝없이 상상했고, 또 저주했다. 차라리 천성적으로 나약하고 하찮게 태어났더라면 후회하거나 스스로 비하하는 일은 없었을 거라는 생각마저 들었다. 모든 칭찬의 말이나, 내 영혼과 지성에 대한 찬사는 참을 수 없는 비난처럼 느껴졌다. 마치 족쇄를 찬 채로 지하 감옥에 수감된 운동선수에게 그의 우람한 팔을 칭찬하는 것처럼 말이다. 다시 기운을 차리고, 경제 활동은 언제든 시작해도 된다고 생각하려고 할 때면, 엘레노르의 모습이 환영처럼 눈앞에 나타났고, 나를 다시 허무 속으로 몰아넣었다. 그럴 때면 그녀에 대한 분노가 차올랐다. 기이하게도 여러 감정이 복합적으로 들면서, 분노를 느끼면서도 이내 그녀가 슬퍼할 거란 생각에 두려워졌다.

쓸쓸한 감정들로 고단해지자, 정반대의 감정 속으로 도피하고 싶다는 생각이 불쑥 들었다. T●●● 남작이 우연히 꺼낸 달콤하고 평온한 인연에 관한 말을 떠올리며, 나는 이상적인 아내에 대해 생각해보게 되었다. 그런 아내와의 삶이 내게 줄 휴식과 배려, 자유와 같은 것들을 떠올려보았다. 지금까지 너무도 오래 끌어온 엘레노르와의 관계는 제대로 된 인정을 받기엔 턱없이 모자랄 정도로 나를 의존적인 사람으로 만들어놓았다. 이상적인 아내와 혼인한다면 아버지가 얼마나 기뻐하실지 상상해보았다. 고국에서, 나와 비슷한 수준의 사람들 속에서 내게 어울리는 위치를 차지하고 싶다는 초조한 욕망이 일었다. 냉소적이고 경박한 악의를 가진 이들이 만들어낸 나에 대한 모든 판단과 나를 향한 엘레노르의 모든 비난과 비교해보면, 실제의 나는 근엄하고 나무랄 데 없는 사람처럼 보였다.

나는 생각했다. '엘레노르는 쉴 새 없이 나를 비난하면서, 나를 모질고, 고마움을 모르고, 무자비한 사람이라고 하지. 아! 하늘이 내게 사회적 통념에 알맞고, 며느리로서 아버지를 부끄럽게 만들지 않을 만한 여인을 내게 점지해줬더라면, 그런 여인을 행복하게 만드는 것이 지금보다 천배는 더 행복한 일이었을 텐데! 고통스럽고 분한 내 마음은 누구 하나 이해해주는 사람 없고, 드러내라고 아무리 강요한들 분노나 협박에도 굴하지 않는구나. 번듯하고 존경받는 삶의 배우자이자 내게 소중한 사람과 함께 사랑을 나눈다면 얼마나 안락할까! 만약 내가 엘레노르의 짝이 아니라면 어쩐단 말인가? 그녀를 위해 나는 고국도 가족도 떠나, 늙은 아버지를 그 곁도 지키지 못하면서 괴로움을 안겨주고, 외롭고, 영광도 명예도 기쁨도 없이 사라져가는 청춘을 이곳에서 보내고 있다. 아무런 의무감이나 애정 없이도 나는 이토록 많은 희생을 치렀는데, 그 말은 즉, 의무와 사랑이 있다면 더욱더 많은 일들을 할 수 있다는 게 아닌가? 오직 고통만으로 나를 지배하는 여인의 고통을 이다지도 염려하는데, 후회나 거리낌 없이 떳떳이 나를 바칠 수 있는 여인이라면 나는 또 얼마나 정성스레 그녀를 돌볼 것인가! 그런 나는 지금의 나와 얼마나 다른 평가를 받을 것인가! 근원을 알 수 없는 쏨쏠한 비난은 금세 내게서 떨어질 텐데! 나는 하늘에 얼마나 감사할 것이며, 사람들에게는 얼마나 친절할 수 있을까.'

그렇게 생각하자 눈시울이 붉어졌고, 수많은 추억들이 소용돌이치듯 머릿속을 채웠다. 엘레노르와의 관계는 이 모든 추억을 끔찍하게 만들었다. 어린 시절을 떠올리게 하는 모든 것과 그때의 장소들, 처음으로 함께 놀았던 친구들, 내가 처음으로 보인 흥미에 돈을 아끼지 않았던 부모님의 모습이 내 마음을 할퀴고 아프게 했다. 마치 그것들이 나쁜 생각이라도 된다는 듯, 매력적인 상상과 자연스러운 소망에 대한 생각을 털어냈다. 하지만 상상력이 만들어낸 완벽한 아내는 상상에 부합했고, 소망을 이뤄줄 것 같았다. 나의 모든 의무, 쾌락, 취향에 꼭 들어맞으며, 드넓은 미래가 펼쳐져 있던 어린 시절과 현재의 삶을 가깝게 만들어줄 여인이었다. 엘레노르는 그 시절과 지금의 나 사이에 깊은 수렁을 파놓았다. 아주 사소한 일이나, 하잘것없는 물건에도 나는 추억을 회상했다. 아버지와 함께 살았던 오래된 저택, 그곳을 둘러싸고 있는 숲, 성벽 아래로 흐르던 강물, 지평선을 그리던 산줄기를 떠올렸다. 그 시절을 가득 담은 모든 것들이 너무나도 눈에 선한 나머지, 참을 수 없을 정도로 몸이 떨리기 시작했다. 그리고 그 옆에 순결하고 젊은 여인이 있는 모습을 상상하자 그 장면은 더욱 아름답게 보였고, 기대감으로 활기를 띠었다. 나는 확실한 계획도 없이 몽상에 빠진 채 이리저리 배회했다. 하지만 엘레노르와 헤어져야겠다는 생각은 조금도 들지 않았다. 현실에 관해서는 어렴풋하고 복잡한 생각뿐이었다. 몽상으로부터 위안을 얻으며, 몽상이 곧 끝난다는 걸 예감하는 사람처럼 나는 괴로워했다. 그런 내 눈앞에 엘레노르의 저택이 불쑥 나타났다. 나도 모르게 발걸음이 그곳으로 향하고 있었던 것이다. 나는 멈춰 섰고, 다른 길로 접어들었다. 그녀의 목소리를 다시 들어야 하는 순간을 잠시나마 미룰 수 있다는 사실에 안도했다.

해가 저물고 있었다. 하늘은 맑았고, 주변은 한산했다. 일을 끝낸 사람들은 자연을 그 모습 그대로 내버려두었다. 내 생각은 점점 더 심각해지고 무거워졌다. 어둠은 점점 더 짙게 깔리고, 나를 둘러싼 거대한 고요 속으로 간간이 먼 곳의 소음이 들려오며, 흥분으로 들끓었던 마음에 안정과 엄숙함을 가져왔다. 더는 경계를 알아볼 수 없어 내게 막막함만을 안겨주는 잿빛 지평선을 나는 하염없이 바라보았다. 이런 감정을 느껴본 건 실로 오랜만이었다. 나는 언제나 개인적인 상념에 파묻혀 있었고, 언제나 나의 처지에만 눈길을 두었다. 일반적인 문제는 나의 관심 밖의 일이었다. 나는 오로지 엘레노르와 나만을 생각했다. 엘레노르는 내게 연민과 권태가 뒤섞인 감정을 불러일으켰고, 나는 점점 나 자신에 대해서는 어떠한 긍지도 느낄 수 없게 되었다. 그렇게 해서 새로운 종류의 이기주의, 용기도 없이 매사에 불만족하는 모욕적인 이기주의 속으로 빠져들며 내가 나 자신을 하찮은 인간으로 만들고 있었다. 그렇게 아예 다른 차원의 문제를 되찾게 된 것과 모든 이해관계를 떠난 사색에 잠길 수 있어 감사했다. 길고 수치스러운 자기 비하에서 비로소 벗어날 수 있게 된 것 같았다.

밤이 그렇게 흘러갔다. 나는 정처 없이 걸었다. 움직임을 멈춘 들판과 숲속, 작은 마을을 지났다. 저 멀리 인가로부터 빠져나온 불빛이 이따금씩 칠흑 같은 어둠 사이를 비추었다. 나는 생각했다. '저곳에서도 어떤 불행한 자가 고통에 몸부림치거나 죽음에 맞서 싸우고 있나 보구나. 죽음이란 일상에서 늘 경험하지만 사람들이 아직 납득하지 못한 수수께끼다. 우리를 위로하지도, 진정시키지도 못하는 확실한 종말이자, 평소에는 무관심하지만 가까워져서는 공포에 빠지는 대상인 것이다!' 생각은 계속해서 이어졌다. '나 역시도 이 기묘한 모순에 몰두하고 있으니! 마치 영영 생명이 다하지 않을 것처럼 나는 생을 거역하고 있구나! 그리하여 내 주위로 불행을 퍼뜨리며, 세월이 지나면서 저절로 나를 떠나갈 비참한 수년의 시간을 되찾으려 하는 게 아닌가! 아, 그런 부질없는 노력은 관두자! 하루바삐 흘러가는 날들과 세월의 흐름을 바라보며 그저 즐기자. 이미 흘러간 절반의 삶은 무심한 관중처럼 그저 바라보기만 하고, 아무것도 하지 않으리라. 아무리 시간을 붙잡고, 애를 쓴다 해도 늘릴 수는 없는 법이다. 그러니 굳이 시간과 다툴 필요가 있는가?'

　죽음에 대한 생각은 언제나 내게 커다란 영향을 미쳤다. 아무리 극심한 슬픔에 빠져 있다 하더라도, 죽음을 떠올리기만 하면 언제나 금세 진정이 되었다. 죽음은 그렇게 내게 익숙한 효과를 가져다주었다. 엘레노르에 대한 마음도 전보다 덜 가혹해졌다. 짜증도 나지 않았다. 공상 속에서 보낸 이날 밤이 내게 남긴 것은 오로지 달콤하고 평온한 감정뿐이었다. 어쩌면 육체적 피로 때문에 평온해 진 것인지도 모르겠다.

동이 터오기 시작하자, 주변 사물들을 비로소 분간할 수 있었다. 알고 보니 나는 엘레노르의 집에서 꽤 멀리 떨어진 곳까지 와 있었다. 문득 걱정할 그녀의 모습이 떠올랐고, 피로했지만 할 수 있는 한 최선을 다해 그녀에게로 향하기로 했다. 그때, 말을 탄 한 남자와 마주쳤다. 엘레노르가 나를 찾기 위해 보낸 사람이었다. 엘레노르는 어제부터 꼬박 열두 시간 동안 내 걱정만을 하고 있다고 했다. 그녀는 직접 바르샤바로 가서 주변을 수색한 뒤에 다시 집으로 돌아왔는데, 그 후로 그녀의 불안은 이루 말할 수가 없을 정도라고 했다. 마을 사람들은 모두 뿔뿔이 흩어져 나를 찾고 있었다. 이 이야기를 듣자 짜증이 솟구쳤다. 내가 엘레노르의 성가신 감시하에 놓여 있다는 사실에 화가 났다. 그녀가 나를 사랑하기 때문이라고 나 자신에게 되뇌어봤지만 마음이 가라앉지 않았다. 그것은 내 불행의 이유이기도 했으니 말이다. 그러나 나는 곧 나 자신을 책망하며 마음을 다스렸다. 지금 공포에 떨며 슬퍼하고 있을 엘레노르의 모습이 눈에 선했다. 나는 말에 올라탔다. 엘레노르와 나 사이의 거리를 단숨에 좁히며 달려 나갔다. 나를 본 그녀의 얼굴엔 기쁨이 만연했다. 그리고 그런 그녀의 반응에 나는 감격했다. 대화는 짧게 끝났다. 내게 휴식이 필요할 거라 생각했던 것이다. 이번에는 그녀의 마음을 상하게 만들 어떠한 말도 하지 않은 채로 그녀의 곁을 벗어날 수 있었다.

8장

다음 날이 되어 눈을 떴을 때, 나를 괴롭혔던 전날의 상념들은 다시 나를 따라다니기 시작했다. 그다음 며칠간 괴로움은 커져만 갔다. 엘레노르는 이유를 알고 싶어 했지만 소용없었다. 나는 맹렬한 질문에 못 이겨 짤막한 대답으로 일관했다. 솔직히 말한다면, 그녀가 슬퍼할 것이 분명했다. 그리고 그녀가 슬퍼한다면 나는 또 마음을 감춰야 했기 때문에 끈질긴 질문 공세에도 꿋꿋이 버텼다.

그런 나의 상태에 놀라고 걱정이 된 엘레노르는 내가 뭔가를 숨기고 있다며 친구 하나를 이용해 비밀을 캐려고 했다. 그녀는 모든 것이 자신의 착각이길 바라면서, 그저 감정에 불과한 것의 증거를 찾으려 애썼다. 엘레노르의 친구는 나의 기이한 감정 상태, 관계의 지속에 관한 것이라면 모조리 거부하고 보는 태도, 결별과 고립에 대한 알 수 없는 갈증에 대해 이야기했다. 나는 가만히 그녀의 말을 듣고만 있었다. 그때까지 나는 내가 그녀를 더는 사랑하지 않는다는 사실을 누구에게도 털어놓지 않았다. 그 말은 꼭 그녀를 배신하는 것처럼 느껴졌기에 입이 떨어지지 않았다. 하지만 지금은 해명하고 싶었다. 나는 조심스럽게 내 이야기를 꺼냈다. 엘레노르에 대한 찬사를 늘어놓으면서, 내 행동에 모순이 있다는 것을 시인했고, 그것을 우리의 어려운 상황 탓으로 돌렸다. 그러나 상황을 어렵게 만든 진짜 이유는 그녀를 더는 사랑하지 않는 내 탓이라고는 차마 말할 수 없었다. 내 이야기를 듣던 부인은 감격한 얼굴이었다. 내가 나약함이라 부른 것을 이타심으로 받아들이고, 무정함이라 부른 것을 불행으로 받아들였다. 동일한 변명이 흥분한 엘레노르에게는 분노를 불러일으켰지만, 공명정대한 그녀의 친구에게는 확신을 주었던 것이다. 이해관계를 떠난 사람은 이토록 공정할 수 있다! 누구든지 제 마음의 이해득실을 따질 권리를 남에게 줘선 안 된다. 오로지 자신의 마음이 자신을 변호할 수 있고, 상처를 봉합할 수 있다. 나와 상대 사이에 존재하는 다른 사람들은 오로지 판단을 내릴 뿐이다. 그들은 분석하고, 타협하고, 무관심을 납득하고, 무관심을 가능한 것이라 받아들이고 피할 수 없는 것이라 인정하면서 용서한다. 그렇게, 아주 놀랍게도 무관심을 정당화하고 마는 것이다. 나를 향한 엘레노르의 비난은 모든 것을 내 잘못이

111

라고 여기게 했다. 그녀를 변호한다고 믿었던 그녀의 친구로부터 나는 내가 불행하다는 사실을 깨달았을 뿐이다. 그리고 뭔가에 이끌리듯 나의 감정을 모조리 토로하고 말았다. 엘레노르에 대해서는 헌신, 동정 그리고 연민의 감정을 가지고 있는 건 사실이지만, 내게 주어진 의무들 가운데 사랑은 없다고 덧붙였다. 지금껏 내 마음속에 꽁꽁 감춰두었고, 엘레노르와 다투고 분노를 표출하는 과정에서 이따금씩 새어 나왔던 진실을 다른 누군가에게 털어놓자, 그것은 더욱 현실성과 힘을 얻었다. 내밀한 관계 속에 숨겨져 있던 부분을 제삼자에게 드러내면, 그것은 돌이킬 수 없는 강을 건너고 마는 것이 된다. 성역을 뚫고 들어온 빛은 밤이 어둠으로 가려두었던 파괴의 흔적을 드러내고, 파괴에 마침표를 찍는다. 무덤 속에 보존된 시체가 본래의 형태를 간직하고 있다가도, 외부로부터 공기가 유입되는 순간 가루로 변해버리는 것과 마찬가지다.

엘레노르의 친구는 대화를 끝내고 그녀에게 돌아갔다. 우리의 대화에서 어떤 결론을 내렸는지, 또 그녀에게 어떤 말을 전했는지는 모르겠지만 거실로 가까이 가자 엘레노르의 상기된 목소리가 들렸다. 엘레노르는 나를 발견하고는 입을 다물었다. 그러고는 말을 하기 시작했다. 마치 일반적인 문제에 관해 이야기하는 듯했지만, 그건 사실상 나에 대한 공격을 다른 형태로 바꾸어놓은 것이었다. "간혹 열의가 넘치는 우정들이 있는데, 그것만큼 이상한 것도 없어요. 누군가의 이익을 대변하겠다고 열렬히 나서지만, 결국에는 그 사람을 단념하도록 만들죠. 그들은 그 사람을 향한 애정 때문이라고 하지만, 내가 보기에는 증오하는 게 아닌가 싶어요." 엘레노르의 친구가 내 편을 들었다는 사실을 쉽게 이해할 수 있었다. 잘못이 내게 있다고 판단 내리지 않자 엘레노르는 화가 난 것이었다. 나는 마치 엘레노르 뒤에서 남과 공모라도 한 기분이 들었다. 그리고 그건 우리 두 사람의 마음에 또 다른 장벽이 되었다.

며칠이 지나자 엘레노르는 더욱 길길이 날뛰었다. 자제력을 완전히 잃어버린 것 같았다. 불평할 거리를 찾았다는 생각이 들면 아무런 거리낌도 없이, 앞뒤도 재지 않고 곧바로 해명을 요구했다. 속마음을 감추느니, 차라리 헤어지는 게 낫다는 식이었다. 그리고 그녀와 그녀의 친구는 영영 사이가 틀어지고 말았다.

나는 엘레노르에게 물었다. "어째서 우리 두 사람의 사적인 일에 남을 끌어들이는 거죠? 우리가 서로를 이해하는 데 꼭 제삼자가 필요한 겁니까? 우리가 서로를 이해하지 못하는데 다른 이가 어떻게 그 문제를 해결해줄 수 있겠어요?" 엘레노르는 대답했다. "당신 말이 맞아요. 하지만 그건 다 당신 잘못이에요. 예전에는 당신의 마음속 이야기를 듣기 위해 다른 이에게 물어볼 필요가 없었으니까요."

그러더니 별안간 우리의 생활 방식을 바꿔야겠다고 선언했다. 그녀가 말하는 것을 들어보니, 우리의 고독한 생활이 나를 불만족스럽게 만든다고 생각한 모양이었다. 한참을 거짓으로 해명하던 엘레노르는 결국 본심을 털어놓았다. 침묵과 언짢은 기분 속에서 우리 둘은 따분한 저녁 시간을 보냈다. 대화는 이야깃거리를 찾지 못하고 끊어져버렸다.

엘레노르가 내린 결론은 인근이나 바르샤바에 살고 있는 귀족 가문들을 초대하는 것이었다. 그런 시도는 반드시 어려움과 위험을 초래하리라는 예감이 들었다. 그녀와 유산을 두고 법적으로 다투던 친척들은 이미 그녀가 과거에 저지른 과오를 폭로했고, 온갖 소문을 내어 그녀를 헐뜯고 다녔기 때문이었다. 그녀가 또 한바탕 모욕을 치를 거라 생각하니 온몸에 소름이 끼쳤다. 나는 그녀를 만류하고 나섰다. 하지만 내 노력은 모두 수포로 돌아갔다. 아무리 신중한 말들로 표현되었다 한들, 내 염려는 그녀의 자존심을 상하게 만들 뿐이었다. 엘레노르는 자신의 처지가 애매하기 때문에 내가 우리 관계를 부끄럽게 여긴다고 생각했고, 그래서 다시 명예로운 지위를 되찾으려 더욱 열성을 다했다. 그런 노력은 어느 정도 수확이 있었다. 그녀가 물려받을 재산, 그녀의 아름다움, 심지어 그녀의 치정에 얽힌 소문은 그로부터 시간이 얼마 지나지 않을 때라 사람들의 호기심을 자극했다. 얼마 안 가 많은 사람이 모여들었지만, 그녀의 마음속에는 은밀한 근심과 걱정이 생겨났다. 내가 불만족했던 건 나의 처지였고, 엘레노르는 그것이 자신의 처지라고 생각해서 벗어나려 발버둥을 쳤던 것이었는데, 그런 타오르는 갈망으로 그녀는 조금 더 이성적으로 사고하지 못했다. 그녀가 취한 애매한 입장은 기복이 심하고 조급한 행동과 태도로 나타났다. 그녀의 성격은 올곧았지만 사고는 편협했다. 바른 성품은 불같은 성미로 인해 변질되었고, 편협한 사고로 인해 교묘한 경계선을 알아차리지 못했고, 뉘앙스를 파악하지 못했다. 그녀에게 목표가 생긴 것이 처음이었던지라, 너무 성급하게 다가선 나머지 목표를 놓치고 만 것이었다. 그녀는 얼마나 많은 환멸을 내게 말 한마디 없이 삼켰던가! 나는 또 그것을 그녀에게 말할 엄두도 못 내고 얼마나 많은 수치심을 느꼈던가! 이런 것이 바로 사람들이 말하는 신중함과 절제의 힘이었다. 그녀는 지금 막대한 유산의 상속인으로서 하인들과 이웃 사람들로부터 존경받는 것보다, P●●● 백작의 정부로서 그의 친구들로부터 더욱 큰 존경을 받았던 듯 보였다. 고고하다가도 애원하듯 굴고, 때로는 상냥했다가 때로는 과민하게 구는 등, 엘레노르의 언행에는 냉정으로만 이루어진 동기에서 비롯된 어딘가 모르게 파괴적인 격양이 존재했다.

그렇게 엘레노르의 결점을 짚어가면서 나는 나 자신을 비난하고 탓했다. 나의 말 한마디면 그녀는 평온을 되찾을 텐데, 대체 왜 그 한마디를 하지 못하는 것일까?

그러나 우리의 관계만 놓고 본다면 상황은 전보다 좋았다. 다른 곳으로 주의를 돌리게 되면서 평소의 상념에서 벗어날 수 있었기 때문이다. 둘만의 시간은 가끔씩만 가졌고, 서로에 대한 신뢰가 있었기 때문에 내밀한 속마음을 제외하고는 감정은 나누지 않으면서, 관찰한 것과 사실만을 화제로 삼았다. 그녀와의 대화는 다시 매력적으로 느껴졌다. 그러나 우리의 새로운 생활 방식은 내게 새로운 당혹감을 안겨주었다. 엘레노르의 주변을 차지한 사람들로 인해 나는 갈 곳을 잃었고, 나 자신이 꼭 경악과 비난의 대상처럼 느껴졌다. 그러던 중, 엘레노르의 유산 소송의 선고일이 다가왔다. 상대편은 엘레노르의 무수한 일탈 때문에 아버지의 마음이 그녀에게서 떠났다고 주장했다. 나의 존재가 그들의 주장을 뒷받침하는 근거가 되었다. 그녀의 친구들은 내가 그녀에게 잘못을 저질렀다며 비난했다. 그들은 나를 향한 그녀의 사랑은 용서했고, 내가 야비했다며 원망했다. 내가 감정을 억누르지 않고 남용했다는 것이다. 만약 내가 그녀를 버리는 선택을 했어도, 그 선택은 그녀를 내게로 더욱 끌어들이기만 했을 것이며, 그녀는 나를 따르기 위해서라면 재산도 내팽개치고, 이성적 판단이나 이해관계까지도 내동댕이쳤을 것이란 사실을 아는 사람은 오로지 나뿐이었다. 그 비밀을 사람들에게 터놓을 수는 없었다. 엘레노르의 집안에서 나는 그녀의 운명을 결정지을 소송의 성공에 있어 해악만 끼칠 뿐인 이방인에 불과했다. 그렇게 기이하게 뒤바뀐 사실관계로 인해, 엘레노르의 굳건한 의지로 피해를 입은 사람은 정작 나였음에도 불구하고, 사람들의 눈에 비친 나는 그녀에게 해악을 끼친 가해자였다. 사람들은 오직 그녀만을 가엾이 여겼다.

　가뜩이나 고통스러운 우리의 관계는 새로운 상황의 변화로 더욱 복잡해졌다.

　엘레노르의 행동과 태도에 눈에 띄는 변화가 생긴 것이었다. 여태까지 그녀는 오직 나만을 신경 쓰는 것처럼 보였는데, 갑자기 자신을 둘러싼 남자들이 표하는 찬사를 받아들이고, 심지어는 그것을 은근히 바라는 듯한 모습을 보이기 시작했던 것이다. 늘 조심스러웠고, 냉담했으며, 의심이 많았던 엘레노르가 완전히 다른 사람이 된 듯했다. 그녀는 젊은 사내들의 마음에 불을 지폈고, 심지어 희망을 품게 만들었다. 이들 중 몇몇은 그녀의 외모에 매료되었고, 또 몇몇은 그녀가 저지른 과거의 잘못에도 불구하고 진지하게 그녀와의 혼인을 원했다. 엘레노르는 그들과 오랜 시간을 들여 독대를 하기도 했다. 그녀는 그들을 오직 곁에 붙들어놓기 위한 의도로, 부드럽게 밀어내는 식의 모호하지만 매혹적인 태도를 보였다. 무관심보다는 우유부단함에 가깝고, 거절보다는 결정을 미루는 것에 가까운 태도였다. 이후에 드러난 사실과 그녀의 말에 의해, 나는 그녀가 비참한 거짓 속셈으로 그렇게 행동했다는 걸 알게 되었다. 나의 질투심을 자극해 나의 사랑이 다시 불타오르게 하려던 것이었다. 잿더미에서 불씨를 지피려 한 꼴이었다. 그 속셈에는 어쩌면 그녀 자신도 모르는 여인의 허영심이 섞여 있었는지도 모른다. 나의 냉담함에 마음이 상했던 엘레노르는 자신이 여전히 매력적이라는 것을 증명해 보이려 애썼다. 마음의 외로움 속에서 그녀는 오래전부터 내게서 듣지 못했던 애정 표현을 들으며 일종의 위안을 얻고 있었는지도 모른다.

그것에 어떤 의도가 숨어 있었든, 한동안 나는 그녀를

오해했다. 그녀의 달라진 태도에서 자유의 서광을 엿본 나는 기뻐했다. 경솔한 행동을 했다간 나의 해방이 달린 기회가 사라질까 봐 불안에 떨면서, 나는 더욱 유순한 태도로 만족하는 듯한 모습을 보였다. 엘레노르는 그런 내 태도를 애정으로 오인했고, 그녀가 나 없이 행복하기를 바라는 내 마음을 그녀를 행복하게 만들고 싶어 하는 것으로 착각했다. 엘레노르는 자신의 계략이 먹혀들어간다는 생각에 뿌듯해하면서도 아무런 걱정이 없어 보이는 나의 모습에 한편으로는 위기감을 느꼈다. 그리고 겉보기에 자신을 내게서 빼앗아갈지도 모르는 위험한 관계를 가만히 두고만 본다며 나를 비난했다. 나는 그녀의 질책을 농담으로 받아쳤지만, 그것으로는 그녀를 진정시키지 못했다. 감추려 했던 엘레노르의 본래 성격이 드러나기 시작했다. 우리는 새로운 장소에서 다시 다투기 시작했지만, 다툼의 정도는 전보다 더하면 더했지 덜하지 않았다. 그녀는 자신의 잘못을 내 탓으로 돌렸다. 그러고는 나의 한마디 말이면 그녀는 다시 내게로 돌아올 것이라고 넌지시 말했다. 내가 아무런 대답도 않자 엘레노르는 모욕감을 느꼈고, 격분하며 다시 다른 남성들에게 교태를 부리는 일을 계속했다.

사람들이 나의 나약함을 비난하는 것이 바로 이 지점

인 것 같다. 나는 자유를 원했고, 일반적인 관점에서 볼 때 얼마든지 자유로워질 수 있었다. 어쩌면 그래야 했는지도 모른다. 엘레노르의 행실은 내게 그렇게 행동하도록 허용하고, 어떻게 보면 강요하는 것 같기도 했다. 하지만 그녀에게 빌미를 제공한 게 바로 나였고, 그녀가 마음속 깊이 나를 여전히 사랑하고 있다는 걸 나는 이미 알고 있었다. 그녀가 경솔한 행동을 하도록 부추긴 장본인이 나인데, 어떻게 냉담하고 위선적으로 그녀를 벌주고, 경솔했다는 이유로 무자비하게 그녀를 버릴 수 있단 말인가?

물론 나의 행동에 용서를 구하려는 건 아니다. 만약 누군가 나와 같은 행동을 했다면, 나 역시 그를 엄중히 비난할 것이다. 단지 내가 어떤 계산에 의해 행동했던 것이 결코 아니며, 언제나 진실하고 자연스러운 감정을 따랐다고 엄숙히 선언하고 싶은 것뿐이다. 하지만 이런 감정을 오랫동안 품어왔음에도 불구하고, 나와 타인에게 불행만을 안겨줬던 것은 대체 무슨 영문인지 알 수가 없다.

사람들은 내 행보를 지켜보며 놀라워했다. 여전히 그녀의 집에 머무르는 것은 그녀를 너무나도 사랑하기 때문이라 해석하면서, 그녀가 언제든 다른 인연을 맺을 준비가 된 것을 보고도 내가 무관심한 태도를 보이는 것은 그녀를 사랑하지 않기 때문이라고 해석했다. 그들은 이해할 수 없는 내 인내심을 규범을 지키지 않는 경박함과 도덕에 대한 무관심으로 간주했다. 그리고 나를 심각한 이기주의자라고 칭하면서 세상의 타락을 한탄했다. 억측이었지만 그 편이 납득하기엔 더욱 쉬웠던 탓에 사람들의 뇌리에 강하게 인식되었고, 많은 사람들은 그것을 사실로 받아들여 이리저리 소문을 냈다. 그리고 그 소문은 내 귀에까지 전해졌다. 예상치 못한 이야기에 나는 격분했다. 나의 오랜 희생의 대가가 오해와 비방이라니. 오직 한 여인을 위해 나의 모든 이익을 포기하고 삶의 모든 기쁨을 단념해왔는데, 사람들은 그런 나를 비난했다.

나는 엘레노르와 열렬히 이야기를 나눴고, 한마디 말로 그녀를 흠모하는 사내의 무리를 사라지게 만들었다. 그들은 엘레노르가 자신을 잃을 수도 있다는 두려움을 내게 상기시키기 위한 목적으로 불러들였던 이들이었고, 이후로는 부인 몇 명과 나이가 지긋한 소수의 사내들만이 남게 되었다. 우리를 둘러싼 세상은 다시 올바른 모습을 되찾았지만, 우리는 전보다 더욱 불행해졌다. 엘레노르는 다시 자신에게 권리가 생겼다고 믿었고, 나는 새로운 족쇄를 찬 기분이었다.

이렇게 복잡한 우리 관계에서 비롯된 고통과 분노를 어떻게 표현하면 좋을지 모르겠다. 우리의 일상은 끝없이 이어지는 폭풍우 같았다. 내밀한 관계는 더는 마음을 끌지 못했고, 애정은 더는 달콤하지 않았다. 불치의 상처를 잠시나마 낫게 해주는 일시적인 관계의 회복도 더는 일어나지 않았다. 일상의 모든 면이 진실을 가리키고 있었다. 나는 내 뜻을 전하기 위해 가장 거칠고 무정한 표현을 사용했고, 엘레노르의 눈에서 눈물이 흘러내릴 때가 되어서야 말을 멈추었다. 하지만 그녀의 눈물은 방울져 떨어지는 뜨거운 용암처럼 나의 마음속에 분노의 불씨를 지피며 고성이 오가게 만들 뿐, 이전처럼 내가 했던 말을 거둬들이게 만들지는 못했다. 엘레노르는 창백한 얼굴로 벌떡 자리에서 일어나 언젠가 그랬던 것처럼 예언하듯 외쳤다. "아돌프, 지금 당신이 무슨 악행을 저지르는지 모르고 있군요. 하지만 언젠가는 알게 되겠죠. 당신이 나를 무덤으로 밀어 넣을 때, 바로 그때 알게 될 거예요." 불행하기도 하지! 그렇게 그녀가 말할 때 그녀보다 먼저 무덤 속으로 뛰어들었어야 했는데!

9장

처음 T●●● 남작의 집을 방문했던 날 이후, 나는 그곳으로 단 한 번도 발길을 돌리지 않았다. 그러던 어느 날 아침, 남작으로부터 편지가 한 통 도착했다.

'지난번 자네에게 그런 말들을 했다고 해서 이리 거리를 둘 일은 아닌 것 같네. 자네가 어떤 입장을 취하든, 내가 가장 아끼는 친우의 아들이라는 점은 변하지 않는 사실이지. 자네와의 인연도 여전히 기쁘게 생각한다네. 이렇게 편지를 쓴 것은 다름이 아니라, 자네에게 참석을 권하고 싶은 모임이 있기 때문인데. 자네의 생활 방식에 반대하는 건 아니지만, 거기에 남들과는 다른 구석이 있는 것도 사실이니 세상에 자네가 어떤 사람인지 드러냄으로써 잘못된 선입견을 바로잡아줄 필요가 있을 것 같아. 그러니 부디 참석해주기를 바라네.'

나는 남작의 호의에 감사함을 느꼈고, 그의 집으로 갔다. 이번에는 엘레노르 때문이 아니었다. 남작은 저녁을 들고 가라며 나를 붙잡았다. 그날 그곳엔 재기 넘치고 호의적인 남성들이 모여 있었다. 처음에는 난처했으나 나는 혼신의 힘을 다해 그들과 활발히 이야기를 나눴다. 나는 지성과 지식을 최대한 끌어와 대화에 임했고, 사람들의 인정을 얻어내는 데 성공한 것 같았다. 그리고 오래전부터 텅 비게 된 자존심이 채워지는 듯했다. 자연스레 T●●● 남작의 모임은 더욱 즐겁게 느껴졌다.

그 이후로 남작의 집에 방문하는 일이 잦아졌다. 남작은 내게 자신의 일과 관련된 몇 가지 업무를 맡겼고, 내게 일을 믿고 맡길 수 있다고 여기는 듯 보였다. 엘레노르는 내 삶이 한 단계 발전한 것을 보고 처음에는 놀랐다. 나는 유용한 일에 몰두하면서 내가 곁에 없어 쓸쓸하실 아버지에게 위로를 드릴 수 있어 기쁘고, 그것이 아버지와 남작의 우정에 보답하는 길이라고 생각한다고 엘레노르에게 말했다. 이 글을 쓰는 지금 후회가 밀려오지만, 가엾은 엘레노르는 내가 전보다 평온해 보였는지 조금은 기뻐했고, 낮 시간 대부분을 따로 떨어져 보내야 함에도 순순히 따랐다. 한편, 남작은 나와의 관계에서 신뢰가 조금 형성되자 다시 엘레노르에 대한 이야기를 꺼냈다. 분명한 내 의도는 그녀에 대해 늘 좋은 점만을 이야기하는 것이었지만, 나도 알아채지 못하는 사이 노골적이고 거리낌 없는 어투로 그녀에 대해 이야기를 하고 말았다. 때로는 보편적인 규범을 지적하며 그녀에게서 거리를 둬야 할 필요성을 느낀다고도 했고, 때로는 농담으로 상황을 넘겼다. 나는 웃으며 여인들에 대해, 그리고 그들과 헤어지는 것이 얼마나 어려운 일인지에 대해 이야기했다. 나이가 들어 지금은 감정이 희미해졌지만, 남작 역시 젊었을 적 연애로 괴로워했던 기억을 어렴풋이 떠올리며 즐거워했다. 그렇게 겉으로 드러난 것과 달리 속에 감춰놓은 감정이 있다는 식으로 나는 모두를 어느 정도 속였다. 남작이 내가 엘레노르와 헤어지기를 바란다는 사실을 그녀에게 함구함으로써는 그녀를 속였고, T●●● 남작에게는 언제라도 헤어질 준비가 되어 있다고 믿게 함으로써 그를 속였다. 이런 이중성은 본래의 내 성격과는 매우 거리가 멀었다. 하지만 사람은 누구나 계속해서 감춰야 할 마음이 단 하나라도 있을 때 타락하고 마는 법이다.

그때까지 나는 T●●● 남작의 집에서 사내들과만 교류했다. 어느 날, 남작은 대사大使의 생일 연회가 열릴 테니 남으라고 권했다. 남작은 이렇게 말했다. "연회에 온다면 폴란드에서 가장 아름다운 여인들을 만날 수 있을 거야. 자네가 사랑하는 여인은 그곳에 없을 테지만 말이네. 유감스럽지만 오로지 집에서만 만나는 여인도 있는 법이지." 나는 그 말에 적잖이 마음이 상했다. 아무 말도 하지 는 않았지만 속으로는 남작의 그 말에 엘레노르의 편을 들어 변호하지 않은 것을 자책했다. 만약 그 말이 그녀의 면전에서 나왔더라면 분개하며 변호했을 것이다.

연회에 온 사람들은 아주 많았다. 사람들은 나를 주의 깊게 바라보았다. 나를 둘러싸고 그들이 나직이 내 아버 지, 엘레노르, 그리고 P●●● 백작의 이름을 언급하는 것을 들었다. 내가 다가가자 그들은 입을 다물었고, 내가 멀어 지자 다시 입을 열었다. 이를 통해, 나는 사람들이 내 이야 기를 한다는 것과 그것을 저마다 자신만의 방식으로 각색 한다는 것을 알 수 있었다. 참기 어려운 상황이었다. 이마 는 식은땀으로 뒤덮였다. 낯빛은 붉어졌다 창백해지기를 반복했다.

남작은 내가 느끼는 거북함을 알아차렸다. 그는 내게로 다가와서 한층 더 나를 신경 쓰고 배려했다. 그는 나를 칭 찬할 만한 모든 기회를 살폈고, 그런 그의 배려로 곧 다른 사람들도 내게 같은 존경의 표시를 보였다.

사람들이 모두 떠나자, T●●● 남작은 내게 말했다. "한 번 더 속을 터놓고 말하지. 왜 자네를 괴롭게 만드는 상황 속에 머무르려 하는 건가? 그런다고 좋을 게 뭐가 있나? 자네와 엘레노르 사이에서 벌어지는 일을 아무도 모를 거라 생각했나? 자네와 그녀가 서로에게 가지는 앙심과 불만은 우리 모두 익히 알고 있다네. 자네의 나약함만 문제가 아니라 자네의 그 고집이 자네를 괴롭게 만드는 것이라네. 자네도 엘레노르를 행복하게 만들어주지 못하고, 그녀 역시 자네를 그토록 불행하게 만들고 있는데 대체 왜 그러는 건가?"

나는 아까 전, 남작이 했던 말로 아직도 마음이 상해 있던 차였다. 남작은 아버지의 편지를 몇 통 보여주었다. 아버지의 편지는 내가 짐작했던 것보다 훨씬 심한 고뇌를 담고 있었다. 그것을 보자 마음이 흔들렸다. 고집을 부릴수록 엘레노르는 더 오래 괴로워할 뿐이라는 사실이 나를 어찌할 바 모르게 만들었다. 마치 모든 것이 힘을 같이하여 그녀에게 대항하는 듯했다. 내가 망설이는 동안 그녀는 격한 감정을 내게 쏟아부으며 결단을 내리도록 나를 부추기는 셈이었다. 그날 하루 종일 내 정신은 다른 곳에 가 있었다. 남작은 연회가 끝난 뒤에도 나를 자신의 집에 머무르게 했다. 날이 저물고 있었다. 나는 남작이 있는 앞에서 엘레노르가 보낸 편지를 받았는데, 남작의 눈에서 속박당하는 나에 대한 동정심을 볼 수 있었다. 편지에는 슬픔이 가득했다. 나는 속으로 생각했다. '단 하루도 내 마음대로 보낼 수 없다니! 한 시간만이라도 평온히 숨을 쉴 순 없는 것인가? 엘레노르는 언제든지 발치로 불러들일 수 있는 노예처럼 나를 어디든 따라다니는구나!' 그리고 그런 나 자신이 너무나도 나약하게 느껴질수록 마음은 더욱 괴로웠다. 이윽고 나는 이렇게 외치기에 이르렀다. "결정을 내렸습니다. 엘레노르와 헤어지겠어요. 그녀에게는 직접 말할 테니, 아버지에겐 남작께서 알리시지요."

그렇게 말하면서 나는 그곳을 재빨리 벗어났다. 내가 뱉은 말들이 마음을 옥죄었고, 내가 그런 약속을 했다는 것을 나 자신조차 믿을 수 없었다.

엘레노르는 초조한 모습으로 나를 기다리고 있었다. 무슨 우연의 장난인지, 내가 그날 집을 비운 사이 누군가 T●●● 남작이 나와 그녀를 떼어놓으려 한다는 사실을 전한 것이었다. 그녀는 내가 사람들과 나누었던 대화와 농담까지 알게 되었다. 잠자던 의심이 깨어났고, 그간의 수많은 상황들이 하나둘 떠오르며 의심은 확신으로 변했다. 예전에는 일면식도 없던 남작과의 갑작스러운 관계, 그와 내 아버지의 두터운 친분은 부인할 수 없는 증거처럼 보였다. 몇 시간도 채 지나지 않아 엘레노르의 걱정은 산더미처럼 불어났고, 내가 도착했을 때에는 이미 내게 배신자라는 꼬리표가 붙은 뒤였다.

나는 그녀에게 모든 것을 털어놓을 작정으로 그녀에게

다가갔다. 하지만 막상 그녀의 비난 세례를 받으니 상황을 모면하기 바빴다. 내가 그럴 거라고 누가 상상이나 했을까? 심지어 나는 모든 걸 부인했다. 그렇다. 나는 다음 날 그녀에게 결별을 털어놓으려 결심했지만, 모든 것들을 부정하고 말았다.

늦은 시각이었다. 나는 그녀의 곁을 벗어났다. 길었던 하루에 종지부를 찍기 위해 어서 잠에 들고만 싶었다. 그녀가 할 말을 모두 끝냈다는 걸 확인한 뒤에 나는 거대한 짐에서 해방된 홀가분함을 느꼈다.

다음 날, 나는 해가 중천에 떠서야 일어났다. 엘레노르와 나눌 대화의 시간을 늦춤으로써 운명의 순간을 늦추고 싶었다.

엘레노르는 자신의 생각과 전날 내가 한 말로 밤사이 진정된 모습이었다. 그녀가 안심한 듯 말하는 것들을 듣고 있자니, 그녀는 마치 우리가 끊을 수 없는 고리로 연결되어 있다고 믿고 있는 것 같았다. 그런 그녀를 어떻게 다시 고독 속으로 밀어 넣는단 말인가?

시간은 무서울 정도로 빠르게 흘렀다. 나는 시계 분침이 이동할 때마다 나 자신에게 변명했다. 스스로 정한 사흘의 시간 중, 두 번째 날이 이미 저물어가고 있었다. T●● ● 남작은 늦어도 이틀 후까지는 기다려줄 것이었다. 남작의 편지는 이미 아버지에게 향하고 있을 것이었다. 최소한의 시도도 하지 못한 채로 나는 약속을 지키지 못할 지경에 놓여 있었다. 나는 집을 나섰다가도 다시 돌아왔고, 엘레노르의 손을 잡으며 말을 꺼냈다가도 금방 중단했으며, 지평선 너머로 기우는 해의 움직임을 하릴없이 바라만 보았다. 또다시 밤이 찾아왔고, 나는 또 한 번 결심을 다음 날로 미뤘다. 내게는 단 하루만이 남아 있었다. 사실한 시간이면 충분히 끝낼 수 있을 일이었다.

하지만 마지막 날도 똑같이 흘러갔다. 나는 T●●● 남작에게 편지를 보내 조금만 더 시간을 달라고 애원했다. 나약한 심성의 사람이 으레 그러하듯, 약속의 지연을 정당화할 만한 온갖 변명을 갖다 붙이면서, 내 결심에는 아무런 변화가 없다는 걸 증명하고자 엘레노르와는 언제든 영영 헤어질 준비가 되어 있다고 전했다.

10장

　이후의 날들은 평온했다. 엘레노르에게 결별을 고해야 겠다는 생각은 어느새 흐지부지되었다. 그녀는 더는 유령처럼 나를 따라다니지 않았다. 헤어짐을 앞두고 그녀를 대비시킬 시간은 아직 충분했다. 그녀에게는 더욱더 부드럽고 다정하게 대했다. 최소한 벗으로서 좋은 추억을 남기고 싶었다. 심적 괴로움은 지금까지 겪었던 것과는 전혀 달랐다. 그동안 나는 그녀와 나 사이에 놓인 장애물을 사라지게 해 달라고 하늘에 빌었으나, 이제 그 장애물은 사라져 있었다. 나는 곧 잃을 사람을 보듯 엘레노르를 보았다. 몇 번이고 참을 수 없게 여겨졌던 그녀의 요구 사항들이 더는 두렵지 않았다. 모두 훌쩍 극복해버린 기분이었다. 그녀를 포기하면서부터 자유로움을 느꼈고, 끊임없이 마음을 찢어놓았던 내면의 반항심도 더는 느껴지지 않았다. 초조함은 사라진 지 오래였지만, 반대로 불길한 순간이 다가오는 걸 늦추고 싶다는 은밀한 욕망만이 남아 있었다.

엘레노르는 더욱 다정하고 섬세해진 내 태도를 알아차렸고, 그녀 역시 다정해졌다. 나는 그간 피해왔던 대화를 그녀와 다시 나누었다. 매 순간이 마지막일지도 모른다고 생각하니, 그녀의 애정 표현도 전처럼 성가시지 않고 소중하게 느껴졌다.

하루는 평상시보다 부드러웠던 대화를 나눈 뒤, 저녁이 되어 서로에게서 벗어났다. 가슴속에 묻어두었던 비밀이 마음을 아프게 했지만, 슬픔은 그리 격렬하지 않았다. 그녀와의 결별의 순간이 언제가 될지 모른다는 불확실함이 결별에 대한 생각을 내게서 멀리 떨어뜨려놓았기 때문이다. 그리고 그날 밤, 성 안에서 낯선 소음이 들렸다. 소리는 금세 멎었고, 나는 그것을 대수롭지 않게 넘겼다. 그러나 아침이 되자 소음의 출처가 무엇인지 확인해봐야겠다는 생각이 들었다. 나는 엘레노르의 방으로 발걸음을 옮겼다. 그리고 지난밤부터 그녀가 극심한 열병에 시달리고 있다는 사실을 알게 된 나는 커다란 충격을 받았다. 하인들이 불러온 의사는 그녀의 목숨이 위태로운 정도라고 말했다. 더 놀라운 것은 그녀가 내게 그 사실을 알리거나, 자신에게 내가 접근하는 것을 결단코 반대했다는 사실이었다!

사람들의 만류에도 불구하고 나는 그녀를 보겠다고 고집을 부렸다. 엘레노르의 방에서 나온 의사는 그녀에게 어떠한 자극도 줘선 안 된다고 나를 말렸다. 의사는 자신도 정확한 이유는 모르지만, 그녀가 나를 방으로 들이지 않으려는 것은 나를 놀라게 만들고 싶지 않아서라고 설명했다. 나는 불안한 마음으로 하인들에게 그녀가 갑작스레 위중한 상태에 빠진 이유를 물었다. 그들이 말하기로, 전날 밤 그녀는 나와 헤어진 이후 말을 타고 온 사내로부터 바르샤바에서 온 편지 한 통을 받았다고 했다. 편지를 다 읽은 후에 그녀는 실신했고, 정신을 차린 뒤부터는 침대에 누워 한마디도 하지 않았다. 하인 하나가 그녀의 상태를 염려해 조용히 방에 남아 있었는데, 자정 무렵 엘레노르가 발작을 일으키며 온 침대가 부서질 듯 흔들렸다. 나를 부르려 했지만, 그녀가 공포심 가득한 눈으로 격렬히 만류하는 바람에 그녀를 거역하지 못했다. 의사를 불렀지만 의사가 묻는 말에 엘레노르는 아무런 대답도 하지 않았고, 지금까지도 그 상태를 유지하고 있었다. 그녀는 밤새 알아들을 수 없는 단말마의 비명을 지르면서도 아무도 알아듣지 못하게 하려는 듯 손수건으로 입을 막았다고 했다.

이야기를 듣는 동안 엘레노르의 곁을 지키던 하인 하나

가 두려움에 떠는 모습으로 달려 나왔다. 그녀가 아무런 감각을 느끼지 못하는 것 같다고 했다. 주변 사물을 구별하지 못했고, 때때로 고함을 치며 내 이름을 반복해서 불렀다, 그러고는 겁에 질린 모습으로 무언가 끔찍한 것을 쫓아 보내듯 손을 휘저었다고 했다.

나는 엘레노르의 방으로 들어갔다. 침대 발치에는 두 개의 편지가 놓여 있었다. 하나는 내가 T●●● 남작에게 보낸 것이고, 다른 하나는 남작이 엘레노르에게 보낸 것이었다. 그것이 뜻하는 바가 무엇인지 나는 너무나도 잘 알고 있었다. 마지막 작별의 시간을 벌어보고자 했던 나의 모든 노력들은 상처 입지 않기를 바랐던 불행한 엘레노르에게 직격탄이 되어 돌아갔다. 내가 내 손으로 쓴, 그녀를 버리겠다는 약속을 읽은 것이다. 그 약속은 오히려 그녀의 곁에 조금이나마 더 오래 머물고 싶다는 열망으로 했던 것이었지만, 그 열망이 너무나도 컸던 나머지, 내 안에서 계속해서 되풀이되었고, 수많은 방식으로 몸집을 불려 나갔다. T●●● 남작은 무심한 눈으로 반복된 나의 맹세 속에서 결단력 부족과 불확실함에서 비롯된 계략을 쉽게 알아차렸다. 그리고 잔혹하고 교묘한 술책을 써서 엘레노르가 되돌릴 수 없는 결정을 직접 확인하게 했다. 나는 엘레노르에게로 가까이 다가갔다. 내 쪽을 보고 있었지만 내

가 누군지 알아보지 못했다. 하지만 말을 건네자 소스라
치게 놀라며 외쳤다. "이게 무슨 소리지? 나를 아프게 만
든 사람 목소리잖아!" 의사는 내가 그녀를 자극한다는 사
실을 알게 되자 나를 밖으로 내보냈다. 이후 세 시간 동안
내가 느꼈던 감정을 뭐라 표현할 수 있을까? 마침내 밖으
로 나온 의사는 엘레노르가 깊은 잠에 빠졌다고 했다. 깨
어날 때쯤 열이 가라앉는다면 희망을 가져봐도 좋겠다고
말했다.

엘레노르는 오랜 시간 잠을 잤다. 마침내 깨어났을 때,
나는 만나줄 수 있겠냐는 쪽지를 써서 보냈다. 그녀는 방
으로 나를 들였다. 내가 말을 꺼내려 했을 때, 그녀는 나를
가로막았고, 이렇게 말했다. "당신에게서 어떤 잔인한 말
도 듣지 않겠어요. 더는 당신에게 원하는 것도 없고, 어떤
결정을 한다고 해도 반대하지 않을게요. 내가 너무나도
사랑했고, 내 마음에 깊은 울림을 주던 목소리로 내 가슴
을 찢어놓지 마세요. 아돌프, 아돌프. 그래요. 그동안 내가
지나쳤고, 당신의 마음을 아프게 했을 수도 있겠다는 생
각이 들어요. 하지만 당신은 내가 얼마나 큰 고통을 받았
는지 몰라요. 부디 당신이 그걸 영원히 몰랐으면 좋겠군
요!"

엘레노르는 온몸을 더욱 떨어댔다. 그녀는 내 손 위로

이마를 가져다 댔다. 불에 타는 듯 뜨거웠다. 진통이 극심한지 얼굴을 찌푸렸다. 나는 외쳤다. "제발, 친애하는 엘레노르. 내 말을 들어보세요. 그래요. 내가 잘못했습니다. 그 편지는…" 엘레노르는 흠칫 몸을 떨며 뒤로 물러났다. 나는 그녀를 붙들고 말을 이었다. "나는 나약했고 괴로웠습니다. 한순간의 잔혹한 요구에 넘어갔을 뿐입니다. 내가 당신과 헤어질 수 없다는 걸 이미 수없이 확인하지 않았습니까? 나는 불만이 많았고, 불행했고, 부당했습니다. 어쩌면 반항적인 생각과 너무나도 격렬히 맞서 싸우느라, 오늘 내가 경멸하는 일시적이고 가벼운 마음을 품게 된 것일 수도 있지 않습니까? 당신을 향한 내 깊은 애정을 어떻게 의심할 수 있습니까? 우리의 영혼은 그 무엇도 끊지 못하는 수많은 연결고리로 서로 연결되어 있지 않나요? 우리는 모든 과거를 공유하지 않았나요? 우리가 나눈 감정들, 우리가 맛본 기쁨들, 함께 견뎠던 고통들을 되짚어보지 않고 삼 년이라는 세월을 어떻게 바라볼 수 있습니까? 엘레노르, 우리 새롭게 시작해요. 우리가 행복했고 서로 사랑했던 시간들을 떠올려보세요." 엘레노르는 의심스러운 눈으로 잠시간 나를 바라보았다. 그리고 말했다. "당신의 아버지, 의무, 가족, 그리고 앞으로의 미래는 어떡하고요?" 나는 대답했다. "아마도 한 번은, 어쩌면 언젠간…" 내가 주저하는 것을 알아차린 엘레노르는 소리쳤다. "세상에, 이렇게나 금세 거둬갈 거면서 왜 희망을 주려는 거죠? 아돌프, 당신의 노력은 고맙게 생각해요. 덕분에 기분이 한결 나아졌어요. 그러니 더는 당신도 고통스러워하지도 말고, 아무런 희생도 치르지 않길 바라요. 하지만 부탁하건대 더는 미래에 대해 말하지 말아요… 무슨 일이 일어난다 하더라도 자책하지 마세요. 당신은 내게 무척 잘해줬어요. 내가 불가능한 걸 바랐던 거예요. 사랑은 내 인생의 전부였지만, 당신 인생의 전부는 될 수 없었던 거죠. 그냥 며칠만 더 나를 간호해줘요." 그녀의 눈에서 눈물이 왈칵 쏟아졌다. 그래도 숨소리는 한결 편안해져 있었다. 엘레노르는 내 어깨에 머리를 기대며 말했다. "나는 언제나 여기서 죽고 싶었어요." 나는 엘레노르를 품에 가득 안았다. 나는 미래의 계획들을 포기하겠다 선언했고, 잔혹했던 분노의 말들을 부정했다. 그 말에 엘레노르는 말했다. "아뇨. 당신은 자유롭고 만족하면서 살아야 해요." "당신이 불행할 텐데 내가 어떻게 그럴 수 있습니까?" "나는 그리 오래 불행하지 않을 거예요. 당신도 나를 그리 오래 가엾어하지 않을 거고요." 나는 걱정들을 머릿속에서 떨쳐냈다. 모든 걸 꿈이라 믿고 싶었다. "아뇨, 아니에요. 내 소중한 아돌프. 오랫동안 죽음을 애원하면, 결

국 하늘은 그 염원이 이루어질 거란 예감을 내려주죠." 나
는 그녀의 곁을 영원히 떠나지 않겠다고 맹세했다. "그걸
오랫동안 바라왔어요. 이제야 마음이 놓여요."

그날은 태양이 마치 땅을 가엾이 여겨 데워주려는 듯,
햇살이 회색빛 전경을 슬프게 비추는 어느 겨울날이었다.
엘레노르는 밖으로 나가고 싶다고 말했다. 나는 말했다.
"밖은 아주 추울 텐데요." "상관없어요. 당신과 걷고 싶어
요." 엘레노르는 내 팔을 잡았고, 우리는 말 없이 오래 걷
기만 했다. 힘에 부친 그녀는 내 팔에 거의 매달려 있었
다. "잠시만 멈추죠." 엘레노르는 내게 대답했다. "아뇨.
당신이 이렇게 나를 지탱해주는 게 좋아요." 우리는 다시
침묵에 빠졌다. 하늘은 고요했지만 나무들은 잎사귀 없이
앙상했다. 바람 한 점 불지 않는 날이었다. 하늘을 나는 새
도 한 마리 보이지 않았다. 모든 것이 멈춘 듯했다. 단지
우리의 발아래에 얼어붙은 풀들이 밟히며 얼음이 깨지는
소리만이 들렸다. 엘레노르가 말했다. "모든 게 너무나 평
온하네요. 자연조차 단념한 듯 말이에요! 내 마음도 단념
을 배워야 할 텐데요." 엘레노르는 바위에 풀썩 주저앉더
니 별안간 무릎을 꿇었다. 고개를 떨어뜨린 그녀는 두 손
에 얼굴을 묻었다. 그리고 낮은 목소리로 몇 마디를 읊조
리기 시작했다. 기도를 하는 것이었다. 얼마 후 몸을 일으

키고는 내게 말했다. "이제 들어가요. 날이 춥네요. 몸이 아플까 봐 걱정돼요. 아무 말 마세요. 당신의 말을 들을 힘이 없어요."

그날 이후, 엘레노르는 눈에 띄게 쇠약해졌다. 나는 도처에서 의사들을 불러들였다. 어떤 이들은 불치의 병이라고 했고, 다른 이들은 헛된 기대감을 심어주었다. 음울하고 조용한 자연만이 보이지 않는 손짓으로 무정한 일을 계속했다. 때때로 엘레노르는 나아지는 듯한 모습을 보였다. 가끔은 그녀를 짓누르던 강력한 힘이 사라진 것 같기도 했다. 기운 없이 고개 든 엘레노르의 두 뺨은 전보다 조금 더 생기가 도는 것 같았고, 두 눈은 다시 빛나고 있었다. 하지만 알 수 없는 힘의 잔인한 장난으로 인해, 이유를 짐작하기도 전에 거짓말처럼 상태는 다시 나빠졌다. 나는 그렇게 그녀가 점점 죽어가는 것을 보아야 했다. 그녀의 고귀하고 생기 넘치던 얼굴에 죽음의 그림자가 드리워져 있었다. 그녀의 활력적이고 자존심 강한 성격이 육체의 고통으로 인해 혼란스럽고 일관되지 못한 모습을 보이는 굴욕적이고 비참한 광경을 지켜보았다. 마치 끔찍한 고통의 순간에 육체에 의해 상처 입은 영혼이 장기의 손상에 따른 고통을 줄이기 위해 사방으로 변모하는 것처럼 느껴졌다.

그런 그녀에게서 변하지 않은 유일한 감정은 나에 대한 애정이었다. 쇠약해진 몸 때문에 그것을 내게 표현하진 못했지만, 그녀는 나를 가만히 바라보았다. 그 눈빛은 마치 내가 그녀에게 더는 줄 수 없는 생을 간청하는 것처럼 보였다. 나의 존재가 그녀에게 자극이 될 것을 두려워했던 나는 핑계를 대고 밖으로 나갔다. 나는 그녀와 함께했던 모든 장소를 찾아 돌아다녔다. 땅에 놓인 돌들과 나무의 밑동을 비롯해 그녀와의 추억을 상기시키는 모든 사물을 눈물로 적셨다.

그것은 사랑을 후회하는 눈물이 아니라, 그보다 더욱 어둡고 서글픈 감정에서 비롯된 눈물이었다. 사랑은 사랑하는 대상과 자신을 동일시하게 만들어서 사랑의 절망 속에서조차 어느 정도 매력을 느끼도록 만든다. 사랑은 현실과 운명에 맞서 싸우게 하지만, 그 욕망은 너무나도 격렬해서 사랑이 가진 힘을 착각하게 만들고, 고통 한가운데에서도 흥분을 느끼게 한다. 나의 사랑은 음울하고 고독했다. 엘레노르와 함께 죽기를 바란 적은 단 한 번도 없었다. 나는 이제껏 홀로 살아가기를 너무나도 바라왔고, 이제 그녀가 없는 쓸쓸한 세상 속에서 홀로 살아가게 되었다. 나는 나를 사랑해준 사람을 무너뜨렸고, 지치지 않는 애정으로 내게 헌신을 맹세했던 동반자의 마음을 산산조각 냈다. 그러나 나는 벌써부터 고독에 몸부림치고 있었다. 엘레노르는 여전히 숨을 쉬고는 있었지만 그녀에게 나의 생각을 전할 수가 없었다. 이 땅 위에 나는 이미 혼자가 되었고, 나의 주위를 감싸던 엘레노르의 사랑은 더는 느껴지지 않았다. 들이마시는 공기는 더욱 혹독하게 느껴졌고, 마주치는 사람들의 얼굴은 더욱 냉담하게 느껴졌다. 앞으로 나는 영영 누구에게도 사랑받지 못할 것이라 온 세상이 말하는 듯했다.

엘레노르의 죽음이 임박해왔다. 부정할 수 없는 증상들이 그녀의 임종이 다가옴을 알리고 있었다. 그녀가 믿는 종교의 성직자가 그 사실을 전해주었다. 엘레노르는 내게 종이들이 가득 담긴 상자 하나를 가져와 달라고 부탁했다. 그리고 그녀가 보는 앞에서 그것들을 태우게 했다. 그녀는 어떤 종이 하나를 찾는 것처럼 보였는데, 끝내 그것을 찾지 못하자 극심한 걱정에 휩싸였다. 나는 상태가 더 나빠질 것을 염려해 그녀를 진정시키려 했지만, 그녀는 두 번이나 까무러쳤다. 다시 정신을 차린 그녀는 내게 이렇게 말했다. "소중한 아돌프, 부탁이 있으니 부디 거절하지 마세요. 어디에 있는지는 모르겠지만 내 서류 더미 중에 당신에게 쓴 편지가 한 장 있을 거예요. 그것을 발견한다면 절대 읽지 말고 태워버려요. 당신 덕분에 평안을 찾

은 내 최후의 순간과 나에 대한 사랑을 걸고 내게 약속해
줘요." 나는 그러겠다고 맹세했다. 그러자 그녀는 평온해
졌다. 그녀는 내게 말했다. "이제 내가 종교의 의무를 다
하게 해줘요. 속죄해야 할 것이 많아요. 어쩌면 당신을 향
한 사랑이 그중 하나일지도 모르죠. 내 사랑이 당신을 행
복하게 했더라면 그렇게 생각하지는 않았을 테지만요."

나는 그녀의 곁에서 물러났다. 다시 그녀의 곁으로 돌
아왔을 때는 마지막으로 엄숙한 기도를 올리기 위해 모인
다른 사람들과 함께였다. 나는 그녀의 방 한쪽 구석에 무
릎을 꿇고 앉았다. 나는 깊은 생각에 잠기기도 했고, 의지
에 상관없이 드는 호기심으로 그곳에 모인 사람들을 응시
하기도 했다. 어떤 이들은 공포심에 사로잡혀 있었고, 어
떤 이들은 다른 생각에 잠겨 있었다. 습관이 가진 독특한
힘은 정해진 관행을 무심하게 바라보게 만든다. 그래서
가장 엄숙하고 슬픈 의식조차 진부하고 형식적인 행위로
보게 만든다. 나는 기계적으로 딱딱한 말들을 되풀이하는
사람들을 바라보았다. 그들은 그들 역시 같은 장면의 주
인공이 될 수 있고, 언젠가는 죽는다는 사실을 모르고 있
는 것 같았다. 종교적 행위를 멸시하려는 건 아니다. 아무
리 무지한들, 그러한 행위가 무용하다고 감히 이야기할
수 있는 사람이 과연 존재할까? 종교는 엘레노르를 평온

하게 만들어주었고, 그녀가 최후의 장벽을 넘을 수 있도록 돕고 있었다. 이 장벽은 우리 모두가 결국엔 넘어서야 하는 것이며, 그 너머에서 무엇을 경험할지 아는 사람은 아무도 없었다. 내가 놀랐던 것은 사람은 누구나 종교를 필요로 한다는 사실이 아니었다. 그것은 바로 종교를 거부할 수 있을 만큼 자신이 충분히 강하고, 불행을 피할 수 있다고 확신하는 사람이 아무도 없다는 사실이었다. 내가 보기에 사람은 누구나 나약하기 때문에 죽음의 순간이 되면 모든 종교에 매달린다. 사방이 캄캄한 어둠 속에서 한 줄기 빛을 거부할 이가 과연 있을까? 급류에 휩쓸려가면서 나뭇가지를 붙들지 않고 배길 수 있는 이가 과연 있을까?

너무나도 비통하고 엄숙한 분위기가 엘레노르를 피곤하게 만든 모양이었다. 그녀는 평화로운 잠에 빠져들었다. 그리고 잠에서 깨어났을 때, 고통은 줄어들었다. 그녀의 방 안에는 오로지 나뿐이었다. 우리는 드문드문 이야기를 나눴다. 그녀의 병세를 가장 잘 파악하고 있던 의사는 그녀에게 남은 시간이 단 하루뿐이라고 말해주었다. 나는 1분 1초 흘러가는 시곗바늘과 아무런 변화도 보이지 않는 엘레노르의 얼굴을 가만히 지켜보았다. 시간이 흐를수록 기대감이 들면서 의사의 말이 교묘한 거짓은 아닐까 하는 의심이 들었다. 바로 그때, 엘레노르가 발작적인 움직임과 함께 몸을 벌떡 일으켰다. 나는 얼른 내 품으로 그녀를 붙들었다. 그녀의 몸이 격렬하게 떨리기 시작했다. 엘레노르의 두 눈이 황급히 나를 찾는 듯했으나, 마치 보이지 않는 어떤 위협적인 것에 자비를 구하듯, 그녀의 눈에서는 어렴풋한 공포만을 읽을 수 있었다. 엘레노르는 다시 몸을 일으켰다가, 또다시 쓰러졌다. 그 모습은 꼭 무언가로부터 도망치려는 것처럼 보였다. 마치 기다리다 지쳐 임종을 앞당기기 위해 그녀를 포획하려는 보이지 않는 물리적 힘에 맞서는 것처럼 말이다. 하지만 엘레노르는 결국 자연이라는 적과의 싸움에서 패했고, 사지에서 힘이 빠져나갔다. 그녀는 약간의 의식을 회복한 듯, 내 손을 꼭 잡았다. 그녀는 울고 싶어 했지만 눈물이 더는 나오지 않았고, 말하고 싶어 했지만 목소리가 나오지 않았다. 이윽고 단념한 듯, 그녀의 고개가 그녀를 붙들고 있던 내 팔 위로 힘없이 떨어졌다. 호흡은 느려져 있었다. 그러다 조금 시간이 흐른 뒤에 숨을 완전히 멈추었다.

나는 꼼짝 않고 생명을 다한 엘레노르의 곁에 오랫동안 머물렀다. 그녀의 죽음이 아직도 실감 나지 않았다. 나는 어리둥절한 눈으로 생기를 잃은 그녀의 몸을 바라보았다. 때마침 방으로 들어온 하인 하나가 그녀의 부고를 집

전체에 알렸다. 주변으로부터 들리는 소음이 마비 상태에 빠져 있던 나를 현실로 끌어냈다. 나는 몸을 일으켰다. 가슴을 찢어놓는 고통과 되돌릴 수 없는 작별의 공포가 엄습했다. 나는 환각 속에서 여전히 엘레노르와 함께 숨 쉬고 있었지만, 일상적인 생명 활동인 모든 움직임을 멈춘 그녀의 모습은 내가 부여잡고 있던 환각을 사라지게 했다. 그녀와의 마지막 연결고리가 끊어지고, 그녀와 나 사이에 끔찍한 현실이 가로놓였다. 그렇게 바라 마지않았던 자유가 어찌나 마음을 무겁게 짓눌렀는지! 그렇게 저항했던 그녀의 구속이 너무나도 그리워졌다. 예전의 내 모든 행동들에는 분명한 목표가 있었고, 그런 행동을 취함으로써 고통에서 벗어나거나 쾌락을 좇을 수 있다고 확신했었다. 그러면서도 나는 불평불만이 많았다. 누군가가 애정 어린 눈으로 나의 행보 하나하나를 지켜보고 있으며, 나에게 그 사람의 행복이 달려 있다는 사실이 못 견디게 불편했기 때문이다. 하지만 지금, 나를 지켜보는 사람은 아무도 없고, 내가 무엇을 하든 누구도 상관하지 않으며, 나의 시간을 가지고 다투는 이도 없다. 외출할 때 떠올려야 할 누군가의 목소리도 없다. 나는 더없이 자유로웠다. 다시 말하자면, 누구에게도 사랑받지 않았다. 모두에게 나는 이방인이었다.

사람들은 엘레노르가 지시했던 대로, 내게 그녀의 모든 편지 뭉치를 가져다주었다. 한 줄 한 줄 읽어 내릴 때마다 그녀의 사랑과 그녀가 나를 위해 했던 남모를 희생을 확인할 수 있었다. 그리고 마침내, 그녀가 불태우라 부탁했던 편지를 찾아냈다. 처음에는 그것이 그녀가 말했던 편지인지 알아보지 못했다. 편지에는 아무런 주소도 적혀 있지 않았고, 밀봉되어 있지도 않았기 때문이다. 보지 않으려 했지만 나도 모르게 자꾸 몇몇 단어에 눈길이 갔다. 시선을 돌리려 애써도 소용없었다. 나는 유혹을 뿌리치지 못하고 그것을 모조리 읽어 내렸다. 편지의 내용을 여기에 그대로 옮겨 적을 여력은 없다. 편지는 엘레노르가 앓아눕기 직전, 나와 격렬한 말다툼 뒤에 적은 것이었다. 그녀는 내게 말하고 있었다. '아돌프, 내게 이런 증오심을 품게 만드는 이유는 뭔가요? 내가 뭘 잘못했죠? 내가 당신을 사랑하고, 당신 없이는 살지 못한다는 것이 그 이유인가요? 대체 어떤 기이한 동정심을 품었기에 당신을 괴롭게만 하는 우리의 관계를 끊어내지도 못하고, 오로지 동정심만으로 당신을 붙잡아두는 불행한 이를 괴롭히는 건가요? 어째서 내가 당신을 너그러운 사람이라 여기면서 서글프지만 알량한 만족감을 느끼지도 못하게 하는 거죠? 당신은 왜 그리 분노에 차 있고 또 나약한가요? 내가 슬퍼할 것을 염려하면서도, 내가 슬퍼하는 모습을 보면 멈추지 못하는 건 어째서죠? 내게 뭘 원하나요? 내가 떠났으면 하나요? 내게는 그럴 힘이 없다는 걸 모르는 건가요? 아아! 떠날 힘을 내야 할 사람은 사랑하지 않는 당신이에요. 나를 지겨워하는 그 마음으로, 그토록 많은 사랑으로도 누그러뜨릴 수 없는 그 힘을 내야 하는 건 바로 당신이란 말이에요. 당신이 그 힘을 내지 않는다면, 나를 눈물 속에서 시들게 만들고, 결국에는 당신의 발밑에서 죽어가게 만들고 말 거예요.' 다음 장에는 또 이렇게 적혀 있었다. '그냥 한마디만 해주세요. 당신이 원하는 것이 당신이 어느 나라로 가든 내가 뒤따라가지 않는 건가요? 아니면 내가 당신 인생의 짐이 되지 않게 은신처에 몸을 숨기고 사는 건가요? 아뇨. 당신은 어느 하나도 원하지 않아요. 당신은 언제나 나를 공포로 주눅 들게 만들고, 소극적이고 불안한 마음으로 내가 무엇을 제안하든, 단칼에 거절하죠. 내가 아무리 최선을 다해봤자 당신에게서 얻을 수 있는 것은 고작 침묵뿐이에요. 그런 완강한 태도는 당신의 본성과 어울리지 않아요. 당신은 좋은 사람이고, 당신의 행동은 고결하고 헌신적이니까요. 하지만 아무리 그런 행동도 당신의 말들을 덮을 순 없어요. 당신의 날카로운 말들이 나를 에워싸고 있어요. 밤에도 그 소리가 귀에서 떠나질 않고, 나를 아프게 집어삼키고, 시들어 죽게 만들죠. 그러니 내가 죽는 게 맞을까요, 아돌프? 그러면 당신은 분명 만족하겠죠. 그 여자는 죽을 거예요. 한때는 당신이 보호했지만, 결국에는 몇 번이고 난타한 가엾은 생물체는 말이죠. 그 여자는 죽게 될 거예요. 당신이 곁에 두고 버텨내지 못했고, 장애물처럼 여겼으며, 당신을 지치게 만들지 않고는 이 땅, 그 어디에서도 설 자리를 갖지 못하는 이 불행한 엘레노르는 말이죠. 그 여자는 죽을 거예요. 당신이 한시바삐 섞여 들고 싶어 했던 군중 사이로 당신은 혼자 걸어가게 될 거예요! 그리고 알게 될 거예요. 지금은 사람들이 당신에게 무관심한 태도를 보여서 고마워하겠지만, 언젠가는 그들의 건조한 마음에 상처 입을 거라는 것을요. 당신이 마음대로 취한 뒤에 내다 버렸고, 당신의 애정에 목말라했고, 당신을 지키기 위해 수많은 위험을 기꺼이 감수했던, 더는 눈길을 줄 수조차 없는 이 마음을 당신은 분명 후회하게 될 겁니다.'

발행인이 받은 편지

선생께서 보내주셨던 원고를 다시 돌려보냅니다. 원고를 제게 보여주셔서 감사드립니다. 원고를 읽으며 세월에 잊혔던 서글픈 추억이 다시금 떠올랐지만요. 이 이야기는 그 자체로 사실이며, 저는 등장인물 대부분이 누군지 압니다. 이 이야기의 화자이자 주인공인 기이하고 불운한 아돌프와도 자주 만남을 가졌지요. 상냥한 엘레노르는 그보다 더욱 다정하고 신뢰할 수 있는 사람을 만날 자격이 있었기에 그녀를 그에게서 떨어뜨려놓기 위해 많은 조언을 하기도 했었습니다. 그녀만큼이나 불행했던 아돌프는 자신의 매력으로 그녀의 마음을 지배했고, 나약함으로 그녀의 마음을 찢어놓았습니다. 참으로 딱하기도 하지요! 마지막으로 그를 보았을 때 나는 그를 북돋워주었고, 그가 마음보다 이성의 소리에 귀를 기울일 수 있게 해주었다고 여겼습니다만, 그를 떠나 시간이 많이 흐른 뒤에 다시 돌아왔을 때 남아 있는 것은 무덤뿐이더군요.

선생께서 이 이야기를 발행하시는 건 어떠십니까? 이 원고가 세상에 나온다고 해도 그 누구도 상처 입지 않을 것이고, 제가 보기에는 여러모로 유익한 점도 있을 것 같습니다. 엘레노르의 불행은 아무리 정열적인 사랑이라도 도리를 거스를 수는 없다는 사실을 보여줍니다. 사회란 너무나도 강력한 것이어서 너무나도 다양한 형태를 뒤집어쓰고 나타나, 그것이 허용하지 않는 사랑에 너무나도 많은 고통을 안겨주고, 또 변심하게 만듭니다. 영혼의 질병과도 같은 성급한 사랑의 권태는 때로는 아무리 애정 어린 관계라 하더라도 그 사이로 불쑥 등장해 영혼을 사로잡습니다. 무심한 사람들은 도덕이라는 이름으로 덕성을 숭배하면서도 남을 괴롭히고 해를 끼치는 존재가 되는 일을 서슴지 않습니다. 그들은 스스로 애정을 품는 것이 불가능하기 때문에 서로 사랑하는 사람들을 보면 그들을 괴롭히고, 구실만 생기면 공격을 퍼붓고, 파멸시키기를 즐깁니다. 사회는 사랑이라는 감정에 대항하여 인간 마음속의 모든 선한 것들을 꺾기 위해 모든 악한 것들로 무장하고 있습니다. 그러니 모든 면에서 자신에게 해가 될 뿐이고 사회가 합법적이라고 용인하지도 않는 그런 감정에 기대는 여인이 있다면 결국 불행해질 수밖에요!

아돌프의 이야기가 독자들에게 더욱 많은 교훈을 남기

게 하려면, 자신을 사랑했던 사람을 밀어낸 이후에 그가 더욱 염려되고, 불안하고, 불만족스러운 삶을 살았다는 사실을 덧붙이면 좋을 것 같습니다. 그토록 많은 슬픔과 눈물의 대가로 쟁취해낸 자유를 아돌프는 조금도 활용하지 못했으며, 자기 자신을 스스로 비난받아 마땅한 존재로 만들었을 뿐만 아니라, 가엾은 존재로 만들었다는 사실도 말입니다.

아돌프의 남은 삶에 대한 증거가 필요하시다면 동봉해 드린 편지들을 읽어보십시오. 그가 자신의 이기심과 사랑이 뒤섞인 마음으로 인해, 그와 다른 이들의 불행을 야기했던 여러 사건들을 적어놓았습니다. 그가 여전히 피해자로 살고 있다는 걸 확인할 수 있을 겁니다. 그는 잘못된 일을 저지르기 전에 그것을 예감했고, 저지른 후에는 절망과 함께 뒷걸음쳤지요. 그가 벌을 받은 것은 결함보다도 자질의 탓이 큽니다. 그의 자질은 자신의 신조가 아니라 감정에 뿌리를 뒀기 때문이었지요. 어떨 때는 이 세상 그 누구보다도 헌신적이었다가, 또 어떨 때는 누구보다도 매몰찼지요. 헌신적인 애정으로 시작했더라도 언제나 끝은 무정했기에 그가 남긴 것은 과오의 흔적뿐인 것입니다.

발행인의 답장

선생의 말씀이 옳습니다. 제게 돌려보내주신 원고를 발행하도록 하겠습니다. 하지만 선생께서 말씀하신 것처럼 이 이야기가 유익함을 줄 수 있다고 생각하기 때문은 아닙니다. 이 세상에서 사람들은 저마다 자신만의 방식으로 경험하고 깨우칩니다. 이 이야기를 읽을 여인들은 모두 자신은 아돌프보다 더 나은 사람을 만났다거나, 스스로 엘레노르보다 낫다고 여길 것입니다. 제가 이 이야기를 발행하고자 하는 것은 인간 마음의 비참함을 진솔하게 들려주고 있기 때문입니다. 만약 이 이야기에 교훈이 있다면 그것은 남성들에게나 해당될 것입니다. 이 이야기는 남성들이 그토록 자랑스럽게 여기는 지성이 행복을 찾거나 행복을 주는 데 결코 사용되지 않는다는 것과 사람의 성격, 단호함, 성실, 선한 마음은 하늘이 내려주는 재능과도 같다는 것을 알려줍니다. 성급함을 다스리지도 못하고, 순간의 후회만으로 봉합된 상처를 다시 헤집어놓는

152

이 일시적인 동정심을 저는 선한 마음이라고 부르지 않으려 합니다. 인생의 가장 큰 문제는 자기 자신이 초래한 고뇌입니다. 그 어떤 기발한 논리도 자신을 사랑하는 이의 마음을 찢어놓은 행위를 정당화할 수는 없습니다. 게다가 저는 변명을 통해 자기 자신을 정당화할 수 있다고 믿는 사람의 자만심을 증오합니다. 자신이 저지른 악행에 대해 이야기하면서 자기 자신을 스스로 보듬고, 자신이 어떤 사람인지 설명함으로써 타인의 동정심을 사려고 하며, 폐허 속에서 홀로만 멀쩡히 공상에 빠져서, 뉘우치는 것 대신 자기 자신을 낱낱이 분석하는 사람의 허영심을 증오합니다. 또 자기 자신의 무력함을 가지고 언제나 남 탓을 하며, 잘못은 그의 주변이 아니라 바로 자기 안에 있다는 사실을 알지 못하는 사람의 나약함을 증오합니다. 아돌프가 받은 벌이 그의 성격 탓이라는 것과 그가 어떠한 고정된 진로를 따르지도, 사회에 보탬이 되는 일을 하지도, 변덕이나 분노가 아닌 방향으로는 자신의 능력을 사용한 적도 없다는 사실은 선생께서 새롭게 자료를 제공해주지 않았더라도 저 스스로 충분히 짐작할 수 있었을 것입니다. 아직은 그의 말로에 관한 정보를 어떻게 사용할지 정하지 못했습니다. 환경은 별로 중요하지 않습니다. 타고난 성격이 모든 것을 결정합니다. 환경을 깨부술 수 있는 것은

오로지 자기 자신뿐이지, 외부의 사물이나 사람이 아닙니
다. 자기 자신이 변하지 않는다면, 아무리 상황이 바뀐다
해도 고통으로부터 벗어날 수 없습니다. 고뇌는 우리가
어디를 가든 뒤따라오기 때문입니다. 장소를 이동한다고
해서 나라는 사람이 바뀌지 않듯, 후회에 회한을 더하고,
고통에 과오를 더할 뿐입니다.

세실

이탈리아, 이탈리아°

○ 베르길리우스, 「아이네이스」, III, 523행.
부제의 이 인용구는 콩스탕의 『일기』 1811년 12월에 언급된 로마 여행 계획과 연관 지어볼 수 있다. 이 시기는 콩스탕이 『세실』을 집필한 시기와 겹친다.

첫 번째 시기

1793년 1월 11일-1793년 5월 31일

　내가 지금의 아내인 세실 드 발터부르°를 알게 된 때는 1793년 1월 11일이었다. 당시 그녀는 그녀보다 훨씬 나이가 많은 바른헬름 백작과 결혼한 지 이 년이 지난 상태였다. 결혼을 주선한 건 그녀의 친언니였다. 잘츠도르프 남작 부인이었던 그녀의 친언니는 바른헬름 백작과는 이십 년 동안 연인 관계였는데, 계속해서 그와 관계를 유지하기 위해 그를 매제로 삼기로 했던 것이었다. 이 끔찍한 음모의 희생양이 된 세실은 결혼 직후 언니와 남편의 사이를 알게 되었고, 연로한 아버지가 받을 충격을 걱정해 가족에게 그 사실을 밝히지는 않았지만, 자신에게 어울리지 않는다고 판단한 남편과는 어떤 내밀한 관계도 가지지 않

○　실제 콩스탕의 두 번째 부인 샤를로트 드 하르덴베르크(Charlotte de Harden-berg)를 가리킨다. 콩스탕과 만났을 당시 그녀는 마렌홀츠(Marenholz) 남작과 결혼한 지 5년이 되었을 때였다.

기로 결심했다. 오랜 고뇌 끝에 내린 그녀의 이 결단은 그녀에게 기이한 평판을 안겨주었고, 세실은 어떠한 변명도 하지 않고 상황을 묵묵히 받아들였다.

세실은 바른헬름 백작의 집에서 홀로 살면서 사람들을 거의 만나지 않았고, 그녀의 남편이 일하고 있던 브론스비크 궁정에도 거의 모습을 드러내지 않았다.

브론스비크 공작을 모시고 있었던 나 역시, 마지못해 받아들였던 결혼 생활을 이어가던 중이었다. 아내의 마음이나 성정은 나와 맞는 구석이라곤 거의 없었다. 내가 스위스로 떠나면서 잠시 집을 비운 사이, 아내는 열여덟 살이었던 러시아 대공과 가까운 사이로 발전했다. 아내의 연정은 내가 집으로 돌아왔을 때 숨길 수 없는 지경에 이르렀고, 그를 확인한 나는 상처를 받기보다는 무례함에 기분이 나빴다. 그때의 나는 매우 어렸고 성급했지만, 의욕이 있다 해도 좀처럼 실천으로 옮기는 법이 없었고, 아내를 휘두를 만한 위엄을 가지고 있지도 않았다. 내가 아내에게 품었던 애정은 일종의 호의에 불과한 정도였기에, 그녀가 나의 애정을 더는 필요로 하지 않는다는 사실을 알게 된 즉시 마음을 거두었다. 다정하거나 달콤한 태도로 그녀의 마음을 굳이 되돌리려고 노력할 필요가 없었다. 이따금씩 남편으로서 따끔하게 명령하고 싶다는 마음이 생기기도 했지만, 그것도 지긋지긋하게 느껴져 금세 단념했다. 아내와 대공의 관계는 바람 잘 날 없이 때때로 격렬한 싸움으로 번지곤 했지만, 다툼은 오래가지 않았다. 나는 어쩔 수 없이 두 사람을 가만히 지켜보기만 했다. 때로는 내 처지를 잊은 채 그들 사이에 낀 나의 존재를 스스로 거북하게 느끼면서, 사랑에 도취된 두 사람의 마음을 마냥 부러워하기도 했다.

하루는 대공과 셋이서 꽤나 무거운 침묵 속에서 저녁 시간을 보냈다. 비록 말로는 드러내지 않았지만, 은밀하게 서로 주고받는 눈빛과 같이, 아주 사소한 행위에도 숨겨지지 않았던 두 연인의 행복감은 나를 깊은 몽상 속으로 밀어 넣었다. 나는 내 방으로 들어가며 생각에 잠겼다. '저 두 사람은 저렇게나 행복하구나! 어째서 나는 그런 행복을 누리려 하지 않는 것인가? 내 나이 고작 스물여섯에 저들과 같은 애정을 더는 느끼지 못하는 이유는 대체 뭐란 말인가?' 그러한 생각에 잠겨 밤을 보내면서 브론스비크 내에서 내가 아는 모든 여성들을 떠올려보았지만, 연인이 되고 싶다는 생각을 들게 하는 이는 아무도 없었다.

하루는 궁정으로부터 업무상 부름을 받고, 공작의 모친이었던 선대 공작 부인의 저택에서 저녁 식사에 참여하게 되었다. 식사가 끝난 뒤 공작 부인과 나는 잠시 대화를 나눴다. 부인은 대뜸 내게 바른헬름 백작 부인을 아느 냐고 물었다. 당시의 세실은 매우 고독하게 지내고 있었 기 때문에 그때까지 나는 그녀를 미처 생각하지 못했고, 새벽녘의 몽상 속에서도 그녀를 떠올리지 못했었다. 하지 만 그녀의 이름을 듣는 순간, 이제껏 마음속으로 그려보 려 애썼던 여인들 중 그녀가 가장 내 목적과 잘 부합할지 도 모른다는 생각이 들었다.

공작 부인의 저택을 나서면서 나는 그 길로 그녀를 만 나러 갔다. 바른헬름 백작은 실내복 차림으로 바이올린 을 켜고 있었고, 백작 부인은 눈에 띄는 지루한 기색으로 소파에 앉아 있었다. 눈길을 끄는 외모에 피부는 매우 희 었고, 목소리는 나긋나긋했고, 머리칼은 아름다웠으며 두 팔과 가슴의 자태가 고왔다. 그날 저녁, 나는 그녀에게 사 랑을 고백하는 편지를 썼다. 편지를 쓸 당시에는 사랑의 감정을 조금도 품고 있지 않았지만, 그녀로부터 답장을 받고 난 뒤에는 격렬한 애정을 느끼게 되었는데, 어쩌면 그렇게 믿었던 것도 같다. 답장은 나를 다시는 보지 않겠 다는 명확한 거절의 의사를 담고 있었다. 그녀는 공손하 면서도 재치가 넘쳤고, 차가우면서도 정중했다. 나는 재 차 편지를 썼다. 무례에 대한 용서를 구하면서, 나의 감정 을 진술하고 열렬한 우정이라 부를 테니, 부디 나의 감정을 용인해 달라고 간청했다. 며칠 동안 편지로 매달린 끝에 그녀에게서 다시 만나주겠다는 허락을 간신히 얻어냈다. 나는 차츰 방문 횟수를 늘려 나갔다. 그녀에게 함께 책을 읽자고 청하기도 하면서, 매일 한 시간가량 같이 보내는 것이 일상으로 자리 잡게 되었다.

그런 식으로 그녀와 어울리는 것 말고는 다른 어떤 시도도 하지 않은 채, 한 달이라는 시간이 흘렀다. 날이 갈수록 세실은 애정 어린 태도로 나를 맞이해주었고, 나와의 관계에 익숙해졌다. 당시로는 그런 날들이 얼마나 지속될지 미처 알지 못했다. 하지만 바른헬름 백작은 아내의 친언니와의 부적절한 관계, 그와 아내 사이를 오랫동안 가로막고 있었던 거대한 장벽에도 불구하고 질투심이 불쑥 샘솟았던 모양인지, 나의 방문을 금지했다. 세실도 나만큼이나 슬퍼 보였다. 그녀는 백작이 그런 방어적 태도를 취할 권리가 없다고 여겼고, 내가 너무도 낙심하자 백작의 명령을 조금씩 어겼다. 우리는 산책길과 극장, 몇몇 모임에서 만남을 가졌지만, 그녀의 집에서나 단둘이서 만나는 일은 없었다.

그러나 바른헬름 백작은 잘츠도르프 남작 부인과의 공공연하고 파렴치한 관계를 여전히 지속하면서, 세실에게 더욱더 많은 요구와 난폭한 언행을 일삼았다. 그것은 두 사람 사이에 갈등과 다툼을 초래했고, 세실을 깊은 슬픔에 빠트렸다. 백작의 질투심은 오로지 그의 허영심에서 비롯된 것이었고, 나태하고 이기적인 백작의 성정을 봤을 때 그리 오래가지 못할 감정으로 보였다. 곧 그는 자신의 내면의 불안과 우울을 들여다보는 일에 권태를 느꼈다. 그는 모질기보다는 이기적인 사내였다. 대부분의 시간을 눈물로 보내는 어린 아내의 모습은 그를 고통스럽고 피로하게 만들었다. 결국 그는 독일의 법과 관습에 따라 그녀에게 독립적인 삶을 돌려줄 이혼을 제안했다. 그의 허울뿐인 아내였던 세실은 반색하며 그 제안을 받아들였다. 다시 찾은 자유가 그녀와 나의 운명을 하나로 이어줄 것이라고는 그녀도 나도 미처 예상하지 못한 채, 상황이 전개되고 있었다. 사실 나는 결혼한 상태였고, 사실 당시 내가 맺고 있던 모든 관계가 그다지 불만스럽지 않았다. 어린 대공에 대한 내 아내의 연정도, 세실에 대한 나의 마음도 지금의 관계를 깨부수겠다는 열망을 불러일으킬 정도는 아니었다.

　하지만 별안간, 단 한 번도 바란 적 없던 자유를 나 역시 얻어내게 되는 한 사건이 일어났다. 잘츠도르프 남작부인이 성대한 연회를 열어 궁정 사람들을 모두 초대한 것이었다. 아내의 어린 연인인 나리시킨 대공이 초대를 받았고, 아내 역시 초대를 받았다. 오직 나만이 배제되었는데, 그 이유는 잘츠도르프 남작 부인이 바른헬름 백작이 나를 만나면 거북할 것이라 여겼기 때문이었다. 부인은 두 사람의 이혼 계획을 전혀 모르고 있었다. 백작은 그녀가 반대할 것이 두려워 계획을 숨겼고, 자신의 비참한 혼인을 주선한 언니에게 불만을 품고 있었던 세실 역시 그 사실을 비밀에 부쳤던 것이다.

연회가 열리기 전날, 나는 궁정에서 저녁 식사를 하면서 늙고 추한 용모의 시녀 옆에 자리를 잡았다. 나는 그녀에게 잘츠도르프 남작 부인이 나를 연회에 초대하지 않은 사실을 전하면서 당혹감을 표했다. 사실 나는 그것을 대수롭지 않게 여기고 있었다. 하지만 내 아내가 나의 동행 없이 외따로 초대받았다는 걸 알게 된 그녀는 조심스럽게 내 가정사에 대해 이러쿵저러쿵 말하기 시작했다. 그녀는 자신이 나이도 먹을 대로 먹었겠다, 가정도 제대로 이끌어 나가지 못하는 데다 불만 많아 보이는 젊은이의 개인사에 얼마든지 간섭해도 된다고 생각한 모양이었다. 게다가 나는 사람들이 나에 대해 할 말, 못 할 말을 가리게 만드는 법을 알지 못했다. 사람들은 모두 내가 그들에게서 조언을 바란다고 믿었다. 나 자신에게 관심이 없었던 나는 나 자신을 하찮게 여겼다. 사람들에게도 하등 관심이

없었기 때문에 그들의 말을 가만히 듣고만 있을 때가 많
았다. 무관심에서 비롯된 나의 고분고분하고 착한 아이
같은 태도가 사람들로 하여금 내게 조언하도록 부추긴 셈
이었다. 거기에다 내가 대화를 나누던 상대는 방금 말했
듯 늙고 추했다. 내 아내는 빼어난 용모는 아니었어도 젊
은 나이와 고운 자태를 가졌다는 장점이 있었다. 여인들
은 서로 은밀한 적의를 가지고 있었는데, 나이대가 다른
여인들 사이에서 그것은 더욱 심했다. 대화의 열기는 고
조되었다. 여느 때처럼 사람들은 증오는 우정으로, 비방
은 관심으로 정당화하며 운을 뗀 다음, 마지막에는 슬며
시 본심을 드러냈다. 사람들이 들려준 별의별 이야기들은
나를 경악하게 만들었고, 온갖 충고들은 내게 상처를 입
혔다. 사람들은 내게 너그러운 남편이라는 불명예스러운
이름과 배신당한 남편이라는 우스꽝스러운 이름을 붙여
주었다.

불편한 마음으로 집으로 돌아왔지만, 좀처럼 흥분이 가
시지 않았다. 아내는 혼자였다. 나는 아내와 대화를 시작
했는데, 서로가 서로에 대해 아무런 감정이 없었기 때문
에 대화는 거칠고 쓰라렸다. 아내가 자리를 떠나려 하자,
나는 자리에 앉아 이야기를 들으라고 명령했다. 그녀는
내 말에 따랐다. 권위에 익숙하지 않았던 나는 내 말에 순

순히 따르는 아내의 모습에 잠시 당황했지만, 치미는 분노를 참지 못했다. 나는 남편으로서의 권리와 나의 의지와 권력에 대해 이야기했다. 나조차 내가 무엇을 원하는지 알지 못했다. 나는 상대에게 실제로 고통을 줄 만한 요구라면 하지 않겠다는 선한 마음을 가지고 있었다. 하지만 기묘하게도 내가 하는 말들은 내게 질투심을 유발하는 사내와 영영 관계를 끊으라는 결론을 내리고 있었다. 그런 명령을 내리면서도 나는 주저했다. 그것은 내 눈에도 부당해 보였다. 나 또한 세실에게 애정을 품고 있었고, 아내에게 그러한 희생을 요구한다 한들 달리 보상할 길도 없었기 때문에 그런 명령을 내릴 권한이 내게는 없다고 여겨졌다. 만약 아내가 내 마음속에서 어떤 일이 벌어지는지 알아낼 재간이 있었다면, 우리는 냉정을 되찾고 전과 같은 일상으로 되돌아갔을 것이다. 하지만 아내는 자신의 사랑이 위험에 처했다고 믿었고, 지금까지 내가 전혀 입 밖으로 꺼내지 않았던 말들을 지레짐작한 듯, 자신의 명예를 걸고 사랑을 포기하겠지만 자신을 사랑하지도 않으면서 그런 고통을 주는 사내와는 더는 같이 살고 싶지 않다고 말했다. 날카로운 말들과 함께 날아온 아내의 선언은 나의 분노를 자극했고, 지금껏 전혀 생각해보지 않은 제안을 수락하게 만들었다. 우리는 그것을 비밀에 부치고, 누구에게도 털어놓지 않기로 합의했다.

그녀가 제안한 것은 이혼이 아니었다. 우리는 서로의 거주지에 다시는 발을 들여놓지 않고, 서로의 이해득실에 간섭하지 않고, 단둘이서는 만나지 않고, 예측하지 못한 상황에서는 서로에게 해가 되지 않는 선에서 서로 만나지 않는 방향으로 일을 해결하기로 약속했다. 우리는 일종의 서약서도 작성했다. 다음 날이 되어서는 약속한 대로 필요한 조치를 취하기 시작했다. 나는 별도의 거처로 옮길 내 몫의 가구들을 골랐다. 그중에는 내게 매우 소중한, 아버지로부터 물려받은 오래된 피아노도 있었다.

그렇게 며칠이 지났다. 아내는 나리시킨 대공을 만나지 않겠다는 약속을 굳이 지켜야 한다고 생각하지 않는 모양이었다. 폭풍우와 같은 내면의 고뇌에 너무나도 지친 나머지, 약속을 어겼다고 항의할 생각도 들지 않았다. 우리의 별거는 공공연한 사실은 아니었지만 어쩔 수 없이 좁은 궁정의 한가한 호사가들의 입방아에 오르내리게 되었다. 내가 속내를 터놓을 수 있는 사람이자, 아무 이유도 없이 우리 부부 사이에 끼게 된 세실은 사람들이 모든 원인이 자신에게 있다고 여길까 봐 두려워했다. 나는 세실의 부탁대로, 찾아오는 사람들을 모두 만나지 않고 그녀의 상황을 더욱 복잡하게 만드는 소문이 잦아들도록 힘썼다.

어느 날 저녁에 나는 홀로 집에서 쓸쓸한 처지를 비통해하고 있었다. 아내가 보내준 피아노를 열었을 때, 편지 한 통이 눈에 들어왔다. 대공이 아내에게 쓴 편지였다. 편지는 두 사람의 관계와 그 관계로부터 생겨날 수 있었던 일들을 의심의 여지 없이 명백히 담고 있었다. 대공은 그 일에 대해 아내를 안심시키려고 노력하고 있었다. 편지를 읽자 죽은 듯 잠들어 있던 명예가 깨어나는 듯했다. 거기엔 의심했고 외면하려 했지만 도저히 참고 봐줄 수 없었던 것들의 증거가 빼곡히 적혀 있었다. 난 아내의 집으로 향했다. 편지를 들이밀며 내가 말했다. "당신을 파멸시킬 수도 있지만 그러긴 싫습니다. 하지만 이렇게 관계를 계속 유지할 수는 없어요. 이혼을 요구하세요. 내게 모든 잘못을 돌린다 해도 내 명예는 실추되지 않을 겁니다. 당신을 원망하는 건 아닙니다. 내가 원하는 건 자유로워지고, 평생 자신의 엄마를 미워하게 만들 아이에게 내 이름을 물려주지 않는 겁니다." 아내는 변명을 하려 했지만 나는 아무 말도 듣고 싶지 않았다. 아내에게는 다음 날까지 결정할 시간을 주고, 편지를 손에 쥔 채 집 밖으로 나왔다. 아내의 한 친척이 앞으로 취해야 할 일들에 대해 상의하기 위해 나를 찾아왔다. 나는 모든 마음의 준비를 끝낸 상태였고, 재산의 일부를 기꺼이 포기했다. 이혼은 서로의 합의하에 신청되었다. 사람들은 나를 탓했고, 아내를 가엾이 여겼다. 무수한 비난이 나를 향했다. 나는 침묵하면서 나 자신을 달랬다.

세실과 나는 머잖아 자유의 몸이 될 터였다. 아마 다가올 자유를 서로의 행복을 위해 쓰는 게 자연스러울 테지만, 지난 결혼 생활의 경험은 새로운 관계에 대한 반감을 갖게 했다. 독일에서는 부부가 이혼한 뒤에도 남편이 아내를 보살피는 것이 관습이었다. 이런 선량한 관습은 다른 곳에서라면 파문을 일으킬 만한 모든 것을 단순하게 만들었다. 세실과 나의 관계는 매우 순수했다. 세실은 나와 자주 만나게 돼 기뻐했고, 어쩌면 나와 결혼하고 싶다는 생각을 하지 않았을지도 모른다. 그런 그녀에게 결혼 생각을 심어준 것은 다름 아닌 바른헬름 백작이었다. 이혼을 요구한 이후로 백작과 세실 사이에는 일종의 우정과 같은 관계가 싹텄는데, 자연스러운 복수심으로 세실은 잘츠도르프 남작 부인의 정숙하지 못한 성품과 행실을 백작에게 자세히 고했다. 그 결과로 백작은 세실과의 이혼과 거의 동시에 잘츠도르프 남작 부인과도 헤어졌다. 백작은 세실을 위해 우리 두 사람을 이어줘야 한다고 믿었다. 세실에게서 결혼 계획을 듣고 매우 놀랐던 나는 강한 저항감을 느꼈는데, 알고 보니 저항감의 대상은 세실이 아닌 백작이었다.

나의 저항은 그리 오래가지 못했다. 세실의 온화함과 세실에 대한 애정, 그리고 일종의 연민이 처음에는 마음 속 깊이 두려워했던 것을 갈망하게 만들었다. 이 연민은 우리를 늘 이어주었고 여전히 이어주고 있으며, 그녀의 곁에서 시간을 보내면 보낼수록 난 더욱 큰 행복을 느꼈다. 그러나 사람들이 내가 첫 번째 결혼 생활을 깨트린 유일한 목적이 바로 다른 인연을 맺는 데 있다고 의심하지 않도록 나는 브론스비크를 잠시 떠나 있기로 했다. 떠나기 전, 세실과 나는 서로에 대한 사랑과 신의를 굳게 맹세했다.

세실에게는 서로의 이혼이 선고되기 전까지 우리의 결혼 계획은 비밀에 부치자고 했고, 나는 피르몬트°로 떠났다. 그곳은 내가 한가할 때나, 불안정한 생각과 우유부단한 성격 때문에 마음이 어지러울 때면 찾는 곳이었다. 서글프고 불안한 일상에서 벗어나자 유희, 수많은 사람 사이에서의 고독함, 휴식, 공중목욕을 즐기는 자유, 이 모든 것이 기쁨처럼 여겨졌다. 하지만 내가 세실에게 얽매여 있으며 그녀를 반드시 사랑해야 한다고 생각하니, 누군가

○ 독일 발데크(Waldeck) 지역의 휴양지.

의 삶과 운명이 또다시 나의 책임이 된다는 사실이 두렵게 느껴지기도 했다. 그럼에도 불구하고 세실에게는 매일 다정한 편지를 써 보냈다. 그녀의 편지는 내가 그녀에게 품었었던 감정을 되살려주었고 생생한 기쁨을 느끼게 해 주었지만, 상황이 바뀌어 그녀와 혼인할 때가 오기를 바라게 만들 정도는 아니었다.

한 달이 채 지나지 않은 무렵, 세실은 중요하게 할 말이 있으니 카셀°에서 만나자며, 약속 날짜를 편지로 전해 왔다. 나는 말에 올라타 카셀로 향했지만, 세실을 다시 볼 수 있다는 열의보다 그녀에게 고통을 줄지도 모른다는 걱정이 앞섰고, 그녀와의 만남이 문득 성가시게 느껴지기도 했다. 카셀에 도착해서는 세실을 찾을 수 없어 하루를 꼬박 기다려야 했다. 만남이 지연되자 마음이 불안해졌고, 우리의 계획에 차질을 줄 예상치 못한 일이 생긴 건 아닌지 걱정되었다. 세실을 잃을지도 모른다는 두려움이 애정을 다시 솟구치게 했고, 세실을 기다리는 세 시간 동안 사랑으로 인한 불안함이 나를 사로잡았다. 마침내 마차에서 내리는 세실을 보자 안도감이 들면서 처음의 마음가짐을 조금이나마 되찾을 수 있었다. 세실이 완전한 자유의

○ 독일 헤센주에 위치한 도시.

순간에 이르렀다는 걸 알 수 있었다. 내가 자유로워질 날도 머지않았다. 세실과의 혼인이 코앞으로 다가온 것 같았고, 그렇게 생각하자 불쑥 거북한 마음이 들었다. 세실은 마음속에 비밀을 품고 있었는데, 그것을 내게 숨기느라 그런 나의 마음을 눈치채지 못했다. 그리고 나는 내 문제에만 골몰하고 있었기에 그런 세실의 난처함을 알아차리지 못했다.

우리는 그렇게 사흘을 함께 보냈다. 우리는 서로 사랑했고, 많은 것들에 대해 대화를 나누었지만 함께할 미래에 관해서는 언급하지 않았다. 세실의 자태는 매우 유혹적이었지만, 낯선 도시 한복판에서 단둘이서만 보내는 순간을 이용해 그녀를 취할 생각은 없었다. 나는 세실을 장차 내 아내가 될지도 모르는 한 사람으로 여겼고 그녀를 존중하고 싶었다. 어쩌면, 혹시라도 마음대로 됐을 때, 도를 넘은 시도로 세실을 모욕하고 그녀와 더욱 가까운 관계로 엮일 것을 두려워했기 때문인지도 몰랐다.

세실은 나흘째 되는 날 떠나기로 되어 있었다. 이렇게 멀리 떨어진 곳까지 달려와 서로 만나야만 했던 이유를 알아내지 못한 채로 사흘의 시간이 끝나가고 있었다. 마침내 세실은 곧 자유를 되찾을 테지만, 이혼을 극심히 반대했던 그녀의 부친이 향후 수년간 재혼하지 않는다는 조건하에만 이혼을 승낙했다는 소식을 전했다. 우리 사이를 가로막는 예상치 못한 난관이 바로 거기에 있었다. 세실은 아직 미성년이었다. 만약 성년이었더라도 부친의 명령을 거스를 순 없었을 것이다. 그것은 어떠한 소식보다 나를 한없는 절망 속으로 밀어 넣었다. 나는 세실의 발치에서 울면서 밤을 보냈다. 세실은 나의 슬픔이 급작스러운 것이며, 그전의 마음 상태와 비교했을 때 퍽 일관되지 않는다는 사실은 꿈에도 모른 채 나를 달래주었다.

나는 세실 친오빠의 영지까지 동행했다. 그의 가족은 나를 매우 차갑게 맞이했다. 세실의 올케는 세실에게 다음 날 날이 밝는 대로 내가 떠나주면 좋겠다고 말을 전했다. 난처한 상황은 나의 분노를 자극했고, 결과적으로는 사랑을 더욱 부채질하는 꼴이 되었다. 나는 세실에게 당장 그곳을 떠나자고 제안했지만, 세실이 응하지 않아 서글픈 마음으로 피르몬트로 돌아갔다. 닷새 전, 그녀와의 만남을 성가시게 여기며 지나왔던 길들을 지나면서 나는 세상에서 가장 가슴 아픈 연인이 되어 슬퍼했다. 고통이 너무나도 극심해서 말 위에 온전히 앉아 있기가 힘들었고, 때때로 말에서 내려 바닥에 누워 절규하면서 눈물을 쏟아내기도 했다.

피르몬트로 돌아오자, 스위스에서 편지가 한 통 와 있

었다. 편지는 측근의 파산으로 인해 내가 전 재산에 가까운 돈을 잃을 위기에 처했으니 당장 스위스로 돌아오라는 내용을 담고 있었다. 그 길로 세실에게 돌아간 나는 그녀와 아주 잠시 동안 몰래 만났다. 그녀는 올케로부터 감시를 받고 있었고 부친을 노하게 만들까 봐 염려하고 있었다. 우리는 함께 비통해했고, 나는 세실에게 수없이 많은 사랑을 맹세했다. 가능할지는 모르지만, 재산을 구해내기 위해 역마차에 몸을 실었다. 그리고 무슨 일이 일어나든, 그녀에게로 곧장 돌아와서 서로 자주 만나지는 못할지라도 그녀가 머무르는 곳 근처에 숙소를 구하겠다고 약속했다.

두 번째 시기

1793년 5월 31일-1794년 8월 18일

그렇게 나는 1793년 5월 31일 스위스 로잔으로 돌아왔
다. 나를 두려움에 떨게 했던 파산 위기는 알고 보니 그리
심각한 수준은 아니었고, 내게 고작 이천 에큐°를 치르게
했을 뿐이었다. 요구된 형식적 절차를 모두 치른 뒤, 나는
로잔을 떠나 오랜 벗을 만나러 갔다. 뛰어난 지성으로 훌
륭한 저서를 여러 권 써낸 슌비에르 부인이었다. 그녀의
정신은 기발했고 이미 나이가 지긋했지만, 나는 그녀에게
사랑과 비슷한 감정을 느꼈다.

슌비에르 부인은 가족들이 극구 반대한 연애결혼을 했
고, 꽤나 파란만장한 삶을 살았다. 지금은 뇌샤텔주 근방
의 마을에서 거의 홀로 지내고 있었다. 남편은 그녀에게
많은 존경을 표했지만, 그의 냉담한 성정과 나태한 습관

○ 19세기의 5프랑 은화.

은 그녀의 이성과 감성을 모두 충족시키지 못했다. 그런 그녀는 나와의 나이 차이에도 불구하고, 몇 번이고 나를 곁에 붙잡아두려고 했었다. 부인은 나의 첫 번째 결혼을 강하게 비난했었지만, 내가 이혼을 고심하며 편지를 썼을 때는 그래야만 한다고 믿었던 모양인지 이혼을 만류하기도 했었다. 그럼에도 불구하고 법원이 이혼을 선고하기 직전인 지금, 내가 완전히, 혹은 거의 자유로운 상태로 자신에게 온다고 여겼는지 뛸 듯이 기뻐했다. 하지만 이윽고 내게 새로운 사랑이 생겼다는 걸 알게 되고는 놀라워하면서도 서글퍼했다.

부인에게로 향하는 길에 자유에 대한 열망이 다시 마음속에 솟아올랐다. 부인은 어렵지 않게 그러한 생각을 더욱 굳어지게 만들었다. 세실 부친의 그 확고한 의지를 떠올리자, 세실과의 결합은 불확실한 먼 미래의 일처럼 여겨졌고, 자연스레 지금 당장의 일이 아닌 불확실한 것은 일어나지 않을 가능성이 높다고 생각하게 됐다. 이렇게 우유부단한 마음을 가지고 있는 와중에도 나는 세실에 대한 애정을 품고 있었고, 착실히 편지를 보냈다. 그녀가 꼬박꼬박 답장을 보내오는 만큼 오랫동안 편지는 이어졌다. 그녀와의 편지 교환은 언제나 즐거웠고, 단 한 번도 지겹게 느껴지지 않았다. 하지만 어느 순간 세실의 편지가 뚝

끊겼다. 날이 갈수록 슈비에르 부인과의 교류는 즐거워졌다. 부인의 독창적이고 대담하며 폭넓은 지성은 나를 완전히 사로잡았는데, 당시의 나는 지금보다 지적인 교류를 더욱 높게 샀다. 세실의 모습은 점차 머릿속에서 희미해졌다. 이혼에 관련한 형식적 절차를 수행할 때마다 브론스비크를 떠올렸지만, 세실과의 혼인 계획은 더는 떠올리지 않게 되었고, 나와 마찬가지로 그녀에게서도 그런 계획이 잊혔을 거라 여겼다. 그렇게 세실은 달콤하지만 희미한 추억으로만 남게 되었다.

내가 브론스비크로 돌아온 건 1794년 4월 28일이었다. 아내의 가족은 내가 없는 동안 나를 비난하기 위해 많은 손을 써두었다. 사교계는 나를 은근히 배척했지만, 나의 신분과 지위로 인해 궁정 출입을 막을 수는 없었던 모양이었다. 하지만 다시 돌아온 첫날부터 궁정에서 사람들의 냉대를 받자 나는 다시는 그곳에 발을 들이지 않겠다 다짐했고, 그 다짐을 지켰다. 그러한 결심으로 고독해진 상황에서 나는 기분을 전환할 방법을 찾기로 했다. 당시 브론스비크에는 사십 대 과부가 한 명 있었다. 그녀는 내가 스위스를 다녀오는 동안 세상을 떠난 나의 절친한 벗이었던 한 문학가의 아내였다. 그녀의 남편과 나는 매우 친밀한 사이였기에 그녀와 나는 매우 가까워졌다. 그녀로부터 세실에 관한 소식을 접할 수 있었는데, 그녀의 말에 따르면 세실은 내 이야기에 아무런 관심을 보이지 않으며, 사람들과 여전히 동떨어져 전과 다름없는 생활을 하고 있었다. 나와 헤어졌음에도 슬퍼 보이지도, 나와 다시 만나기를 고대하는 것 같지도 않다고 했다. 세실로부터 아무런 연락이 없었던 것도 그러한 이야기에 신빙성을 부여했다.

하지만 나는 그녀를 보러 가고 싶었다. 그녀의 집으로 다가갈수록 수많은 감정이 차올랐다. 세실은 내 방문을 거절했다. 나는 앞서 말한 나의 새로운 벗인 마르시용 부인에게 되돌아갔다. 창문을 통해 세실의 모습을 본 것도 같았기에 더욱 마음이 상했다. 대화는 자연스럽게 세실에 관한 주제로 흘러갔다. 마르시용 부인이 한 사람과의 의존적 관계에 다시 종속되었을 때, 나의 삶이 얼마나 불행해질지 너무나도 생생히 묘사한 탓에 나는 완전한 자유가 줄 행복을 상상하면서, 무슨 수를 써서든 세실과는 다시 만나지 않고 혼인도 하지 않겠다는 결심을 하기에 이르렀다. 다음 날 세실의 편지가 도착했다. 그녀는 전날 나의 방문을 거절했던 것을 후회한다며, 자신을 만나 달라 청하고 있었다. 나는 정중하지만 냉담하고, 결론적으로 거절을 의미하는 쪽지를 보냈다. 세실은 포기하지 않고 재차 만남을 청했지만, 나도 계속해서 거절했다. 세실은 단 십오 분만 시간을 내서 이야기를 들어 달라고 간곡하게 부탁했다. 하지만 나는 이 글을 쓰는 지금까지도 설명할 수 없는 고집을 부리며 입장을 고수했다. 급기야 그녀에 대한 애정으로 빚어진 이혼에 관련한 소문들, 그 소문들을 잠재우기 위해 내가 치러야 했던 대가, 그리고 수개월 동안 이어진 그녀의 침묵이 내게 그녀와 다시는 만나지 않겠다는 결심을 하게 만들었다고 선언하기에 이르렀다. 세실을 밀어내면서 나는 내가 매우 강하다고 믿었다. 하지만 실제로는 다른 여인의 입김에 굴복한 것이나 다름없었다. 그 여인은 특별한 의도도 없이 여인네들이 서로에 대해 은밀하게 품는 증오로, 내가 괴로워하는 것을 지켜보고 자신이 알지도 못하는 사람을 모욕하는 것에서 즐거움을 얻었을 뿐이었다.

이틀 후 세실은 함부르크로 떠났다. 그녀로부터 장문의 편지를 받은 건 그로부터 얼마 지나지 않은 때였다. 세실은 내게 상처를 준 자신의 침묵에 대해 변명하면서, 자신을 영영 만나주지 않겠다는 나의 기이한 거절로 마음이 다쳤다며, 앞으로는 나와 어떠한 관계도 맺지 않을 것이며, 어떤 편지도 주고받지 않겠다고 밝히고 있었다. 편지에서 느껴지는 그녀의 서글픈 감정은 그녀의 애정을 밀어냈던 것을 후회하게 만들었다. 나는 다정한 문투로 답장을 쓰면서, 그날의 기묘했던 행동에 대해 설명했다. 그것은 나의 감정이 너무나도 강렬했고, 내게서 잊혔다고 생각했던 사람을 향한 애착이 너무나도 컸기 때문이라고 말했다. 그러면서 함부르크에서 나를 만나줄 것을 청하며 부디 호의를 베풀어 달라고 애원했다. 세실은 나의 요청을 단순하고 호쾌하게 승낙했다.

하지만 당시 쓰고 있던 작품과 착수했던 업무, 그리고 나의 나태함은 세실과의 만남이 조속히 성사되는 것을 가로막았다. 이렇게 고백하기 부끄럽지만, 세실의 마음을 확인하고 난 뒤로 더는 그녀를 잃을 걱정을 하지 않아도 되었기에, 그녀와의 만남이 그리 중요하게 여겨지지 않았던 것 같다. 나는 다시 수없이 많은 사랑의 맹세와 함께, 자유가 주는 행복에 대해 이야기하기 시작했다. 나의 오락가락하는 마음을 조금도 이해하지 못한 세실은 그럼에도 편지 속에서 불만을 표현하지 않았고, 대신 만남을 통해 서로를 이해할 수 있기를 바란다고 말했다. 나는 날을 차일피일 미뤘다. 그사이 시간은 훌쩍 지나갔다. 당시 국민의회의 법령에 따라 종신연금 소유자는 의무적으로 중립국 대사大使가 인증한 증서를 발급받아야 했다. 함부르크에서 해도 되었을 일이었지만 나는 스위스로 돌아가야겠다고 생각했다. 세실에게는 스위스에서 돌아올 때에나 우리의 만남이 가능하겠다고 전했고, 그리 오래 걸리지 않을 거라 말했다. 그렇게 나는 다시 스위스로 떠났고, 스위스에 도착했을 때는 1794년 8월 18일이었다. 세실은 계획에 큰 변화가 생겨 조금 놀랐지만, 마음속으로 나를 이해하려 노력했다. 내가 중요한 일을 하는 거라 믿었던 것이다.

이미 나는 그녀와의 관계에 소홀해진 뒤였지만, 따뜻하고 애정 넘치는 세실의 편지가 그때까지만 해도 내 마음을 그녀에게로 되돌릴 수 있었을 것이다. 하지만 말베 부인°을 만나고부터 이야기는 달라졌다. 말베 부인은 저술들과 담화로 당대의 가장 저명했던 인물로, 내 삶에 걸쳐 아주 오랫동안 영향력을 미쳤다. 나는 부인과 같은 사람은 이제껏 본 적이 없었다. 나는 그녀를 열렬히 사랑하게 됐다. 처음으로 세실이 기억 속에서 완전히 잊혔다. 더는 그녀에게 답장을 보내지 않았고, 끝내 세실도 편지 보내는 것을 그만두었다. 이때부터 세실과 나의 역사에 거대한 공백이 생겨난다. 공백은 중간중간 사소해 보이는 몇몇 사건들로 인해 메꾸어지며, 유럽의 끝과 끝에서 우리

○ 프랑스의 소설가 마담 드 스탈(Mme de Staël)을 가리킨다. 드 스탈과 콩스탕은 실제 연인 관계였다.

두 사람의 운명이 여전히 이어지고 있음을 알려주는 듯했
다.

세 번째 시기

1795년 6월 3일-1796년 8월 4일

여기서 십오 년이라는 시간 동안 말베 부인과 나 사이에 무슨 일이 있었는지 다 적을 필요는 없지만, 부인의 성정과 정열, 매력과 단점, 결점과 자질이 세실과 나의 운명에 얼마나 커다란 영향을 미쳤는지 자세히 설명하지 않을 수 없다.

내가 말베 부인을 만났을 때, 그녀는 스물일곱의 나이였다. 키는 작은 편이었고, 호리호리하다고 보기엔 체격이 매우 좋았으며, 전형적인 미인은 아니지만 이목구비가 아주 뚜렷했고, 팔의 자태는 아름다웠고, 손은 아주 약간 컸다. 눈부신 흰 피부, 근사한 목, 매우 민첩한 움직임, 지나칠 정도로 남성적인 태도, 감정이 북받칠 때면 독특한 방식으로 애틋하게 갈라지는 아주 부드러운 목소리가 한데 모여 첫눈에는 탐탁지 않았으나, 부인이 말을 하거나 격양될 때면 저항할 수가 없이 유혹적으로 느껴졌다.

부인은 지금껏 그 어떤 여인도, 어쩌면 그 어떤 사내도 가지지 못했을 정도로 폭넓은 지성을 가지고 있었다. 심각한 상황 속에서는 우아함보다는 힘이 넘쳤으며, 감성을 자극하는 상황 속에서는 엄숙하고 정열적인 모습을 보였다. 부인의 쾌활함 속에는 뭐라 정의할 수 없는 묘한 매력이 있었다. 이야기를 듣는 상대방에게 완전한 친밀함을 갖게 하면서, 상대의 마음을 사로잡는 일종의 어린아이 같은 순박한 면도 가지고 있었다. 이런 면모는 모든 사람들이 내면에 가지고 있는, 우정조차 깨트릴 수 없는 신중함, 경계심, 비밀스러운 제약이라는 장벽을 무너뜨렸다.

말베 부인은 혁명으로 인해 은거하게 되면서 스위스에서 일 년 정도 지내고 있었다. 프랑스의 가장 우수한 사회에서 나고 자란 그녀의 몸에는 사교계 특유의 기품이 배어 있었고, 최상층 프랑스 귀족 특유의 칭찬하는 습관을 가지고 있었다. 나는 부인의 지성에 경탄했고, 쾌활함에 매혹되었고, 부인의 칭찬에 정신을 차리지 못했다. 부인은 한 시간 만에 세상의 그 어떤 여인도 행사할 수 없을 정도로 무한한 영향력을 내게 미칠 수 있었다. 나는 그녀의 곁을 떠나지 않았고, 나중에는 아예 그녀의 집에서 머물렀다. 나는 그해 겨울을 온통 그녀를 사랑하는 데 썼다.

1795년 봄, 나는 부인을 따라 프랑스로 갔다. 나는 혈기 넘치는 성정 그리고 나이보다 젊은 정신으로 혁명적 사상에 몰두했다. 야망이 나를 사로잡았고, 오로지 공화국의 시민이 되는 것과 정당을 이끄는 것만을 갈망하게 되었다. 부인은 그런 나의 야망과 종종 대립하기도 했지만, 그렇다고 해서 부인이 내게 미치는 영향력이 줄어들지는 않았다. 부인이 나와 다른 사상을 가졌거나, 서로 바라는 것이 달랐던 것이 아니다. 부인의 경솔함, 사람들에게 강한 인상을 주려는 의지, 부인의 명성, 너무도 많고 모순적인 인간관계들이 수많은 불신과 경계심을 부인에게로 불러모으고 있었다. 격렬하고 거친 사내들로 이루어진 프랑스 공화국 수장들은 그들의 미움을 사지 않는 사람만이 자신들과 같은 원칙을 나눈다고 믿었다. 그들은 기질적으로 불안이 많았고, 상황도 상황이었기에 의심이 많았다. 그래서 자신들과 공모하는 이들만을 자신들의 편이라 여겼다. 말베 부인은 그들을 사로잡기 위해 노력했는데, 그러한 노력이 오히려 그들의 눈에는 수상쩍게 보였다. 부인에 대한 의심은 곧 나에 대한 의심으로 번졌다. 나는 그러한 상황이 너무나도 괴로웠다. 공화국의 대의에 대한 나의 헌신을 증명할 수만 있다면 재산 절반과 십 년의 세월은 아무렇지도 않게 내어줄 수 있을 정도로 나는 선의의 지지자였기 때문이었다. 하지만 그런 상황 속에서도 부인의 영향력은 여전히 내게 유효했다. 프랑스에서 나의 역할을 다하기 위해 시작했던 일을 중단해야 했음에도 불구하고, 나는 부인과 함께 스위스로 돌아왔다.

세실의 이름을 입 밖으로 내지도, 귀로 듣지도 못했던 일 년 이상의 공백 이후, 스위스로 돌아온 내가 발견했던 것은 도착한 지 오래되어 보이는 세실의 편지였다. 그때는 1795년 12월 25일이었는데, 편지는 그해 6월 3일에 쓰인 것이었다. 세실은 스위스 일주 여행을 하면서 며칠 콘스탄츠에서 머무르고 있을 당시 내게 편지를 보냈던 것이었다. 그녀는 내가 로잔에서 지내는 줄 알았던 모양인지 자신을 보러 오라고 말하고 있었다. 전혀 예상하지 못했던 세실의 편지는 내게 그녀의 모습을 떠올리게 했고, 그러자 강렬한 감정이 솟구쳤다. 세실은 이미 그곳을 떠나고 없겠지만, 나는 얼른 편지를 보내 사랑의 답변을 주고 싶었다. 나의 답장은 세실에게 닿지 못했다. 아무도 그것을 그녀에게로 전달해주지 못했다. 세실의 필체를 본 뒤, 순간적으로 솟구쳐 올랐던 감정은 저절로 수그러들었고, 그렇게 또 한 번 세실의 흔적을 놓치고 말았다. 독일에서 수소문한다면 그녀를 찾을 수야 있겠지만 나는 시도조차 하지 않았다.

네 번째 시기

1803년 8월 7일-1804년 12월 27일

세실을 떠올리는 일 없이, 수년의 세월이 더 지나갔다. 그동안 나는 혁명에 가담하려 끈질기게 노력했고, 그 결과 많은 적이 생기기도 했지만 문학적인 성과도 어느 정도 거둘 수 있었다. 혁명의 중심에서 정치적인 소용돌이에 휘말리며, 소란한 일상을 보내면서 나는 기억 속에서 세실이 지워졌다고 믿었다. 하지만 바로 그때, 생 엘름 백작과 세실의 결혼 소식이 우연히 들려왔다. 생 엘름 백작은 프랑스 출신의 망명 귀족이었고, 결혼식은 독일에서 올렸다고 했다. 나와는 아무런 상관도 없는 소식이었지만, 초조한 마음이 들어 나는 놀랐다. 소식을 접한 뒤로 며칠간 계속 신경이 쓰였고, 서글픈 감정도 들었다. 당시 수치스럽게 통치되던 공화국은 혼란 속에서 독재 권력을 탄생시켰고, 나는 법제심의원 위원으로서 이를 제한하기 위해 수개월간 고군분투했다. 독재 권력에 호의적이지 않았던 우리 위원들에게 위협이 임박해 있었던 탓에 중대한 문제가 아니고서야 한눈팔 겨를이 없었다. 싸움은 불공정했고, 거대한 세력을 상대해야 했던 우리는 열세일 수밖에 없었다. 나는 동료 위원 열아홉 명과 함께 의회에서 제명되었다. 그렇게 난도질당한 의회는 머지않아 파괴될 조짐을 보이고 있었다. 그렇게 나는 다시 사적인 생활로 복귀하게 되었다.

말베 부인과 나의 관계는 더욱 긴밀해졌지만 우리는 행복하지 않았다. 나는 부인과의 관계를 정리할 생각이었다. 때는 1803년 8월 7일, 작고 구석진 별장에서 여름을 보내던 나는 마침 세실로부터 편지를 받았고, 그런 마음으로 답장을 보내게 되었다. 오랜만에 보는 그녀의 필체에 심장이 빠르게 뛰기 시작했다. 세실은 삼 개월 전부터 파리에서 지내고 있다고 했다. 내가 위원직에서 물러나고, 말베 부인과의 사이도 엉망인 채로 홀로 초라한 은둔 생활을 하고 있다는 소문을 들었다며, 내게 자신의 재산 일부를 받아 달라고 권했다. 결혼에 대한 소식은 차마 숨길 수 없었던 건지 조심스럽게 그 소식을 전하면서, 꽤나 애틋하고 서글픈 기색을 내비쳤다. 그녀가 나를 잊지 않고 기억하고 있다는 사실에 기뻤고, 그녀의 제안에 감격했다. 하지만 다른 이의 아내가 된 그녀를 만난다고 생각하니 초조한 마음이 드는 것도 사실이었다.

이튿날 나는 파리로 떠났다. 세실이 머무는 곳으로 달려갔지만, 그녀는 바로 전날 제네바로 떠났다는 이야기만 들을 수 있었다. 나는 세실에게 답장을 써서, 그녀의 편지에 내가 얼마나 감사함을 느꼈는지 열성적으로 표현했다. 의도하지 않은 교태로, 당신의 새로운 인연에 대하여 느끼는 아쉬움을 과장하기도 했다. 당신이 제안한 돈은 내게 조금도 필요하지 않았기에 그것을 받아들일 수 없다고 설명했고, 못다 나눈 당신의 이야기를 들려준다면 서글프지만 최소한의 기쁨이라도 느낄 수 있을 거라 했다. 당신이 어디에 정착했는지 알려준다면 그곳으로 만나러 가겠다고 전했다.

세실은 곧 편지를 보내왔고, 내가 원했던 모든 이야기를 들려주었다. 나와 헤어진 지 십 년, 소식이 끊긴 지는 구 년째가 되었을 무렵, 세실은 여전히 부친의 집에서 살고 있었다. 세실은 내게 여러 차례 편지를 보냈었지만 그 편지들이 내게 무사히 당도했는지 알 길이 없었다. 살아 계실 적 나와의 혼인을 탐탁지 않아 했던 그녀의 부친은 내가 아무런 연락도 하지 않는다는 사실에 힘입어, 내가 그녀에게 더는 관심을 보이지 않는다며 세실을 단념하게 만들었다. 당시 그녀의 부친은 아들 셋과 딸 하나를 데리고 프랑스에서 망명을 온 생 엘름 백작을 자신의 성에 머물도록 했고, 생 엘름 백작과 세실의 부친인 발터부르 씨가 거의 비슷한 시기에 세상을 떠나면서, 세실은 음울한 분위기로 가득한 집 안에 홀로 남겨졌다. 백작의 맏아들인 바츨라프 드 생 엘름은 그런 그녀를 위로해주었고, 고독에서 그녀를 꺼내주었다. 세실을 열렬히 사랑하게 된 그는 오랫동안 구혼했으나 세실은 계속해서 거절했다.

세실은 다시 한번 내게 편지를 썼고, 그것을 한 프랑스인 부인에게 맡겼었다고 했다. 그 부인은 아마도 공화당이었던 나를 만나는 것이 두려웠던 건지, 나와 안면을 트게 되면 자신에게도 해가 갈 것이라 염려해 심부름을 제대로 수행하지 않았고, 그 사실을 숨기고 세실에게는 편지를 무사히 보냈다고 전했다. 또한 그 부인은 세실에게 말베 부인과 내가 공적으로도, 사적으로도 깊은 관계를 맺고 있다고 전했다. 이후 세실은 내게 또다시 편지를 써서 그녀의 고독한 상황, 생 엘름 씨에 대한 자신의 의무, 그가 그녀에게 보여줬던 애정과 가장 힘들었던 순간에 자신을 보살펴준 감사함을 설명했다. 그리고 망명과 가난이라는 불행한 상황에 처하기엔 아까운 한 사내와 그의 가족을 구해내는 데 자신의 재산을 사용하고 싶다며, 전혀 사랑하지 않음에도 불구하고 그와의 혼인을 결심했다

189

고 밝혔다. 하지만 자유로움을 느끼지 못하고 있으며, 자신이 아주 오랫동안 사랑했던 사람에게 헌신하는 편이 더 행복할 것이라고 덧붙였다. 그러면서 아직은 아무런 약속도 하지 않았기에 나의 대답이 자신의 운명을 결정지을 것이라고 했다. 하지만 그 편지 역시 이전의 편지들과 같은 운명에 처해졌다. 내게서 아무런 답도 없자, 버려졌다고 믿은 세실은 커다란 상처를 입었고, 자기 자신의 불행으로 이득을 취하고 동정심을 산 생 엘름 씨와 1798년 6월 14일 결혼하게 된 것이었다.

상세한 설명 뒤로 세실은 남편의 성품에 대한 찬사를 길게 늘어놓았다. 하지만 그것은 아내의 의무감에 의한 것이 분명해 보였다. 칭찬의 속성을 보니, 그녀의 남편은 아무런 재치도 기품도 없는 사내인 것 같았다. 이미 해버린 결혼에 대해 단 한 번도 후회한 적 없다고 강조하는 그 모습이 오히려 그녀가 이미 극심한 후회를 느끼고 있다는 사실을 확신하게 했다. 그 밖에도 그녀의 불편함과 불행을 짐작할 수 있는 증거가 편지 이곳저곳에서 엿보였다. 세실은 내게 유치 우편으로 답장을 보내 달라고 요청했는데, 그것으로 생 엘름 씨가 지루할 뿐만 아니라, 폭군적이고 질투심 많은 사내임을 짐작할 수 있었다.

세실과 다시 연락을 취하는 동안, 말베 부인과의 관계

는 더욱더 엉망이 되어갔다. 세실이 언젠가 부인과의 관계를 끊을 구실이 될지 아닐지 불확실해진 데다 일상까지 불안정해지자, 세실에 대한 마음을 정할 새도 없이 세실을 더는 생각하지 않게 되었다. 그럼에도 불구하고 답장을 보내는 것만은 빼먹지 않았다. 세실은 모든 편지에서 자신도 모르게 자기 자신을 슬프고 억압된 모습으로 묘사하며 더욱 나의 흥미를 자극했지만, 나는 아무런 결론도 내지 못했다. 그 무렵 말베 부인은 추방당한 프랑스로 돌아오겠다는 의지를 밝혔고, 나는 부인을 기다리기로 결심했다. 그것은 제네바로 떠나는 것을 포기한다는 뜻이었고, 세실과 다시 만날 수 있는 모든 가능성을 단념한다는 뜻이었다. 그래도 세실을 떠올릴 때면 달콤했다. 말베 부인이 내게 비난을 퍼부을 때면 애정을 담아 세실을 생각했다. 나를 아무런 앙심 없이 판단해줄 누군가가 이 세상에 있다는 사실을 떠올리고 싶었던 것이다.

마침내 말베 부인이 프랑스에 도착했다. 초반에는 부인과의 관계가 서먹하기만 했다. 부인은 내가 머물던 곳과 인접한 별장에 거처를 정했는데, 그로부터 십이 일이 지났을 무렵 한 번 더 추방을 당하게 되면서 우리는 또다시 헤어질 위기에 처하게 되었다. 하지만 추방당한 여인을 버리는 것은 내 성품과 맞지 않았고, 마음으로도 내키

지 않는 일이었다. 나는 그녀와 화해한 뒤, 함께 독일로 떠
났다. 독일에서는 삼 개월 정도 머물렀다. 말베 부인은 베
를린을 방문하고 싶어 했다. 하지만 정규 여권 없이 프랑
스를 떠나왔고, 집정정부˚와 관계가 좋지 못했던 나는 프
랑스 대사가 있던 궁정에 모습을 드러내 괜한 반감을 사
고 싶지 않았다. 그렇게 나는 라이프치히에서 말베 부인
과 이별했다. 부인은 헤어지면서 내가 다른 어떤 여인과
도 혼인하지 않는다고 약속해주길 요구했고, 나는 파리를
향해 길을 떠났다.

　독일 이곳저곳을 돌아다니던 때에 나는 세실에게 여러
차례 편지를 보냈었다. 세실이 보낸 편지에서는 언제나
신뢰와 우정을 느낄 수 있었다. 그녀를 다시 만나게 된다
면 열렬한 기쁨을 표현하리라 결심했고, 중간에 제네바에
들러 그녀가 여전히 그곳에서 지내는지만 확인할 생각이
었다. 하지만 언제나 예상을 빗나가는 운명은 잔혹한 놀
라움과 함께 나를 기다리고 있었다.

　제네바까지 약 이 킬로미터만을 남겨둔 곳에서 말베 부
인의 부친이 세상을 떠났다는 소식을 접했다. 부친에 대

○　프랑스 혁명기에 나폴레옹의 쿠데타로 1799년부터 1804년까지 존립한
　　정부.

한 부인의 사랑은 한없이 열렬했고, 그는 부인이 완전한 사랑을 준 유일한 사람이었다. 부인이 자신의 고통을 헤아려주고 그것을 함께 나눌 벗 하나 없이 낯선 곳에서 오롯이 홀로 절망하고 있을 것을 상상하자, 곧장 부인에게로 달려가야겠다는 생각이 들었다. 아홉 날하고 아홉 시간을 달려간 끝에 나는 부인의 곁에 도달했다. 나는 부인을 스위스로 데려가 그곳에서 그해 말까지 함께 지냈다.

계획에 변화가 생겼다는 사실을 알게 되었지만, 내게 아무런 권리도 행사할 수 없다는 걸 알았던 세실은 나의 헌신적인 우정을 이해했고, 또 받아들였다. 부친을 잃은 말베 부인의 슬픔은 진실했으나, 얼마 못 가 권태를 느꼈고, 이탈리아로 떠나 기분을 전환하길 원했다. 나는 파리에서 일이 있다는 핑계를 댔다. 세실이 파리로 돌아왔던 것이다. 그리고 마침내, 1804년 12월 27일 나는 파리에 도착했다.

다섯 번째 시기

1804년 12월 28일-1806년 10월 11일

세실과 다시 만난 건 1804년 12월 28일이었다. 내가 그녀를 떠난 지 무려 11년 7개월 9일 만이었다. 세실은 나를 열렬히 환대해주었지만, 내가 느낀 감격은 기대에 미치지 못했다. 그래도 세실은 여전히 아름다웠고, 행동 하나하나에 나를 기분 좋게 만드는 부드러움과 조화로움이 돋보였다. 세실의 남편과 인사를 나눴는데, 그는 그녀의 편지 속에서 짐작했던 대로 가벼운 성정과 경박한 취향을 가진, 지루하지 않을 수 없는 프랑스인이었다. 세실은 재회의 기쁨에 푹 빠져 솔직하고 사랑스러운 본연의 모습을 마음껏 드러냈다. 세실이 그런 태도를 보일 줄 알았더라면 그녀에게 오지 않았을 것이다.

오래 지나지 않아 나는 두 가지 사실을 알아차렸다. 그녀가 나에게 다시 열렬한 애정을 느끼기 시작했다는 것과 그녀의 남편이 질투를 느끼기 시작했다는 것이었다. 나는

세실에게 그녀의 어린 시절을 떠올리게 했다. 어린 시절
은 현재에서 멀어지면 멀어질수록 더욱 아름다워 보이는
법이었다. 나는 그녀가 처음 사랑에 빠졌을 시절을 떠올
리게 했다. 생 엘름 씨는 자신의 아내가 나를 사랑했었다
는 것과 두 사람의 결합을 방해한 것이 바로 나였다는 걸
이미 알고 있었다. 당시에는 말도 안 된다 여겼지만, 무슨
예감에선지 그는 내가 어떠한 목적을 가지고 있을지도 모
른다는 모호한 걱정을 품고 있었다.

우리의 삶에서 종종 예감은 실현되지 않게 조심을 하면
할수록 어김없이 실현되곤 한다. 생 엘름 씨는 처음에는
세실이 나를 초대하지 못하게 방해했다. 하지만 신랄하고
거북한 농담, 지속적인 신경질적 태도, 자연스럽게 세실
을 내게로 더욱 빠져들게 만드는 다툼, 변덕스러운 행동,
유약함과 강경함, 엄격함과 무관심이 뒤섞인 그의 태도는
때로는 내 눈에조차 무례하게 보였다. 그리고 세실은 그
녀를 위해 그것들을 참아내는 나의 모습에서 절제력과 미
덕을 발견했다. 이 모든 것이 나와 세실의 관계를 더욱 돈
독하게 만들었다. 나는 그녀와의 내밀한 관계를 어떻게
거부해야 하는지 몰랐다. 만일 내가 그것을 의도했다 하
더라도, 나의 의도는 더없이 순수했을 것이다.

나는 내가 이미 세실의 삶을 한 번 뒤흔든 적이 있었다

는 사실을 떠올렸다. 의도한 것은 아니었지만 내가 일조한 두 번째 결혼으로 인해 고통을 겪는 그녀가 안타까웠다. 지금의 세실은 첫 번째 남편과의 결혼에서보다 훨씬 더 불행했다. 그때는 가족과 고향에서 함께 지내고 있었지만, 지금은 이방인의 아내가 되어, 자신이 끔찍이도 싫어하는 나라로 이주해, 자신의 의견이나 관습, 취향과 반대되는 사회 속에서 아무런 지지도, 우정도 없이, 자연스러운 인연도 맺지 못하고 살아가야 했다. 그렇다고 해서 그녀가 또다시 이혼을 해야 한다고는 생각하지 않았다. 슬프긴 했지만, 그녀가 자신의 운명을 감내하는 것만이 유일한 방편 같았고, 최소한 그 운명을 다시 혼란스럽게 만들어서는 안 된다고 생각했다. 나는 일부러 그녀와 거리를 두었다. 나는 근교로 떠나, 때로는 수 주일 내내 그녀와 아예 만나지 않으려 했다. 하지만 세실의 편지는 너무나도 슬펐고, 마음이 절로 이끌렸던 나는 그녀 앞에서 다정한 어투를 다시 사용하고 말았다. 나는 여인들과 함께 있을 때면 사랑의 언어를 사용하지 않는 법을 몰랐고, 내가 떠나 있는 동안 그녀에게 해줄 수 있었던 모든 선행을, 단 한 번의 방문으로 망가뜨리는 결과를 낳았다.

그리고 우려했던 일이 일어났다. 세실이 내게 완전히 사랑을 느끼기 시작한 것이었다. 겉으로 보기에 나는 무심한 듯 보였지만, 나의 말과 글은 온통 사랑의 표현으로 가득했다. 결국 생 엘름 씨의 질투심은 최고조에 달했다. 세실은 공포에 차서 내게 그 사실을 알렸다. 나는 최선의 조언을 해주었다. 그녀가 더는 내게 아무것도 숨기지 않는다는 사실에 감동하긴 했지만, 가장 합리적인 선택은 우리가 서로 만나지 않는 것이라고 계속해서 말했다. 하지만 파리에서 나는 그녀의 유일한 벗이자, 고민을 털어놓을 수 있는 유일한 사내였다. 그녀에게 남은 미약한 위안마저 사라진다면 너무나도 끔찍할 것 같았고, 그것을 내 의지로 빼앗는다는 것이 너무도 모질게 느껴졌던 것 같다. 나는 상황에 몸을 맡기기로 했다. 어차피 생 엘름 씨에게는 빚진 것이 없다고 생각했다. 나는 내가 할 수 있을 때까지 최선을 다해 세실을 위로해주기만 하면 되었다. 머지않아 그러지 못하게 될 날이 올 것이기 때문이었다. 언젠가 생 엘름 씨가 남편의 권한으로 아내를 데리고 떠나거나, 내가 그곳을 방문하지 못하게 막을 테니 말이다.

상황은 예상했던 대로 흘러갔다. 어느 날 저녁, 세실은 눈물을 참으려 애쓰면서 내게 편지를 보내겠다고 말했고, 그날이 나와 만나는 마지막 날이 될 것이라고 했다. 세실이 슬퍼하는 모습에 마음이 약해졌지만, 그녀를 내 삶에 연루시키지 않겠다는 결심은 흔들리지 않았다. 나는 세실에게 남편의 말에 복종해야 할 필요성에 대해 이야기했고, 더욱 행복한 날들이 올 거라 약속하면서 그녀를 떠났다. 세실은 절망에 빠졌고, 나 또한 마음이 아팠다. 세실은 그 뒤로도 편지를 보내왔다. 그녀가 그의 말에 복종했음에도 불구하고 생 엘름 씨는 화를 누그러뜨리지 못했고, 그와의 불화가 잦다고 했다. 나는 이성적이지만 애정이 듬뿍 담긴 답장을 보냈다. 그것은 오로지 마르지 않을 나의 우정을 표현하고 그녀를 위로함으로써, 그녀가 가족의 품으로 되돌아가고, 부당한 배우자의 핍박으로부터 벗어날 방법을 스스로 찾도록 하기 위함이었다.

어느 날, 세실은 생 엘름 씨가 자신의 운명을 스스로 결정하도록 허락해주었다며, 내게 자신의 운명을 맡기고 싶으니 만나 달라는 편지를 보냈다. 그녀가 남편과 헤어지겠다고 말하리란 걸 짐작할 수 있었다. 우선 만나자는 그녀의 요청을 수락한 뒤, 나머지에 대해서는 곰곰이 생각해보기로 했다. 한편으로는 두 번의 이혼에 뒤이은 결혼보다 불확실한 것은 없다는 생각과 함께, 세실이라면 자신의 운명의 선택권을 넘길 것 같다는 생각이 들었다. 나는 세실과 독일의 사회적 분위기를 잘 알고 있었기 때문에 그녀가 결혼을 바라지 않을 것이라 여겼다. 무엇보다 내가 두려워했던 것은 프랑스의 여론이었다. 프랑스인들

은 모든 악행에 너그러웠지만 혼인에 있어서만큼은 준엄
했고, 위선을 일종의 예의로 받아들였다. 정부는 나를 적
대시하고 있었고, 사교계는 공화주의 사상으로 인해 나를
배척하고 있었다. 이혼은 비이성적이고 끔찍했던 혁명기
동안 사람들에 의해 남용되어왔고, 이런 상황 속에서 이
혼에 대한 사람들의 편견과 반감으로부터 한 여인을 지킬
수 있을 정도로 나는 강하지 못했다. 하지만 다른 한편으
로는 비로소 세실을 행복하게 만들 수 있고, 나의 잘못들
과 그로 말미암아 저지르게 했던 그녀의 어리석은 짓들을
바로잡을 수 있을 거란 생각에 기뻤다.

　조금 더 불순하고 이기적인 생각들이 선한 마음에 섞
여 들기 시작했다. 이탈리아에서 겨울을 보낸 말베 부인
이 마침 돌아올 무렵이었다. 언제나 그랬듯이, 부인은 정
해진 날짜에 내가 부인의 곁에 있어주기를 강요했다. 부
인의 요구에 내가 명확한 의사를 밝히지 않자, 부인은 재
차 편지를 보냈다. 편지 속 부인은 폭력적이고 위협적이
었다. 부인의 그런 점은 종종 내게 부인의 영향력과 나의
유약함에 대한 분노를 느끼게 하는 것이었다. 세실의 계
획에 많은 난관이 닥칠 것이고, 그 계획이 이루어지기 전
까지 아주 오랜 시간이 걸릴 것 같다는 막연한 예감이 들
었다. 이전에 한 다짐은 내 안에서 희미해졌다. 어찌 되었

건 괴팍하고, 보잘것없고, 질투심 많은 남편과 헤어지는
것이 세실에게는 무조건 이득이며, 비록 내가 그녀와 재
혼하지 않더라도 다시 자유로운 상황이 되는 것이 그녀에
게는 더없이 좋은 일이라고 생각하게 되었다. 게다가, 그
녀가 내게 결혼을 제안할지 확신할 수도 없었다. 그렇게
나의 우유부단한 마음은 상황의 불확실함 뒤로 몸을 숨겼
다.

그렇게 나는 아무런 결단도 내리지 못하고 세실을 기다
렸다. 나를 만나러 온 세실은 만약 자신이 재산을 포기하
면서 속박에서 벗어날 수 있다면 자신과 결혼하겠느냐고
물었다. 대답을 미룬다면 완강한 거절의 뜻일 터였지만,
승낙한대도 그녀가 계획한 대로 일이 흘러간다는 보장은
없었으므로 구애받지 않아도 될 터였다. 게다가 그녀의
다정함, 한결같았던 그녀의 오랜 사랑, 내가 주저했을 때
그녀가 느낄 슬픔, 이 모든 것이 긍정적인 대답을 할 수밖
에 없게 만들었다. 세실은 생 엘름 씨를 나와의 관계를 방
해하는 불행과 같은 존재로 대하고 있었다. 그녀는 결국
하루도 빠짐없이 이어진 불화와 말다툼 끝에 생 엘름 씨
가 다른 사람에게 빠져 있는 당신을 보느니 차라리 이혼
하는 것이 좋겠다고 선언했다고 했다. 세실과 생 엘름 씨
의 결혼은 독일에서만 치러졌고, 프랑스에서는 치러지지

못했다. 세실은 이혼 경험이 있으니, 따라서 그들의 결혼은 이혼을 금지하는 가톨릭 교리에 반하는 것이었기에 어떤 사제도 축복을 내리려 하지 않았던 것이다. 그랬기에 생 엘름 씨는 독일 법정에서 혼인을 무효화하거나, 이혼 소송을 제기할 수 있도록 해주겠다 제안했다.

세실과는 더욱 자주 만나게 되었다. 세실은 홀로 나의 집을 방문했지만, 그녀에게서 어떤 것도 취할 생각은 없었다. 만약 그녀가 다른 이의 아내로 남게 된다면 그 일이 후회가 될 것이고, 나의 아내가 된다면 불쾌한 기억으로 남을 것이었기 때문이다. 생 엘름 씨는 세실에게 필요하다고 생각되는 서류들을 모두 넘겨주었다. 그녀는 떠날 날짜를 정했고, 우리는 그 전날 만났다. 나는 그녀의 애정 표현에 온 마음을 빼앗겼다. 우리는 앞으로의 일들에 동의했지만, 그때까지만 해도 세실의 계획은 내게 비현실적으로 느껴졌다. 세실은 가족들의 동의 없이는 어떤 일도 하지 않으려 했고, 세실의 가족들이 그녀의 결단에 응할지 미지수였다.

세실은 떠났다. 가는 길에도, 독일에 도착해서도 세실은 내게 편지를 썼는데, 이따금씩 그녀의 결심과 문투가 달라지는 것을 볼 수 있었다. 이혼에 대한 생 엘름 씨의 동의는 유효하지 않았다. 그가 세실에게 보낸 편지는 그러한 동의를 했던 것을 후회한다는 표현을 담고 있었고, 세실은 충격을 받았다. 나는 여전히 세실에게 잘 생각해 보라고 조언할 수밖에 없었다. 나는 그녀의 이혼이 불러올 불편한 점들을 하나도 숨기지 않고 말했다. 당시의 나는 말베 부인의 집에 머무르고 있었고, 부인은 다시 내게 영향력을 미치기 시작했다. 그러나 부인과는 걸핏하면 말다툼을 벌였고, 그때마다 절로 세실과의 결혼을 생각해보게 되었다. 그리고 그런 마음으로 세실에게 편지를 보내곤 했다.

1806년 봄, 나는 파리로 복귀하려는 말베 부인의 길고 서글픈 여정에 마지못해 동행하게 되었다. 세실의 편지는 또다시 갈 곳을 잃었다. 그녀에게 편지를 썼으나 답장을 받지 못했고, 그녀가 나를 잊었다고 생각하게 되었다. 나도 그러고 싶진 않았다. 하지만 그녀가 자발적으로 바라는 일이라면 또 모를까, 그녀에게 회한과 커다란 고통을 줄 수도 있는 일을 강요할 수는 없다고 생각했다. 서로의 소식을 듣지 못한 채 여섯 달이 그렇게 흘러갔다. 그리고 이번에는 세실이 나와 영영 헤어진 채로 독일에 남았다고 믿게 되었다.

여섯 번째 시기

1806년 10월 12일-1807년 12월 3일

나는 말베 부인을 섬기는 데 전력을 다하며 부인의 여행길을 따라다녔고, 당시에는 루앙에서 지내고 있었다. 나는 길 위에서 인생을 보내야 하는 것을 애석하게 여겼고, 부인의 가혹한 말들과 매서운 비난들은 나의 헌신적 노력들을 변질시켰다. 그러던 중, 1806년 10월 12일, 세실로부터 편지가 도착했다. 그녀는 파리에 와 있었다. 그녀는 여러 번 내게 편지를 보냈었지만 아무런 답장도 받지 못했고, 그런 나의 침묵을 납득할 수 없어 돌아왔다고 했다. 그녀는 우리의 결합을 머릿속에서 지울 수 없었고, 우리 두 사람이 정말로 헤어져야만 하는지 알고 싶다며 만남을 청해왔다.

세실의 뜻밖의 편지는 견딜 수 없어진 부인과의 관계로부터 벗어날 절호의 기회처럼 느껴졌다. 나는 열정을 담아 답장을 보냈고, 일주일 후에 파리로 가겠다 약속했다.

203

나는 정확히 10월 20일 파리에 도착했고, 세실과는 다음 날 아침에 만났다. 생 엘름 씨는 멀리 떨어진 지방에 있었기 때문에 세실이 돌아온 것을 모르고 있었고, 세실은 완전한 자유의 몸이었다. 그녀는 저녁 식사를 들고 가라고 나를 붙잡았다. 그 상황이 당황스러웠던 나는 결단을 내릴 필요가 있다는 생각과 함께, 우유부단함이 스멀스멀 다시 피어오르는 것을 느끼며 일 핑계를 대고 그곳을 벗어났다. 세실에게는 저녁에 다시 돌아오겠다고 약속했다.

나는 한 친구의 집으로 저녁 식사를 하러 갔다. 세실과의 만남으로, 마음의 동요와 느닷없이 내게 닥친 미래에 대한 생각이 식사를 하는 내내 머릿속을 떠나지 않았고 점점 더 커져갔다. 여느 사내들처럼 우리의 대화도 여인들에 관한 주제로 흘러갔다. 나의 자만심은 마음속에 일종의 후회를 느끼게 했다. 나는 그간 세실에게 무려 십삼 년을 사랑받으면서도, 그녀의 사랑에 대한 확실한 증명을 단 한 번도 요구하지 않았던 것이다. 나는 그 길로 세실의 집으로 돌아갔고, 모든 것을 취하기로 결심했다. 그리고 나의 운명을 운에 맡기기로 했다.

초조하게 나를 기다리고 있던 세실은 나를 보자 기뻐했다. 문은 굳게 닫혔고, 때는 아직 이른 시각이었다. 하룻밤이 온전히 내게 남아 있었다. 세실은 전혀 경계심을 보이지 않았다. 그간의 나의 오랜 행실이 세실에게 믿을 수 있는 다정하고 익숙한 것처럼 여겨지게 만들었던 것이다. 그동안 수없이 만나며 때로는 아주 외진 장소에 함께 있었던 적도 많았지만, 나는 그녀에게 경계심을 줄 만한 아무런 시도도 하지 않았다. 우선, 나는 그녀가 자유를 되찾기 위해 독일에서 노력했던 모든 일에 대해 설명하도록 내버려두었다. 그리고 앞으로 우리가 해야 할 일들에 대해 이야기했다. 미래에 서로가 바라는 것들에 집중하며, 곧 현재에 무엇을 할지 마음을 맞추었다. 다가올 행복을 머릿속에 그리며 세실의 마음은 연약해졌다. 세실은 자신이 한 말들, 그리고 내가 한 말들에 도취되었고, 나의 손길은 그녀의 판단력을 흐리게 만들었다. 마침내 그녀는 내 것이 되었다. 한 번도 의심한 적 없었기에 저항할 엄두조차 내지 못한 채로, 세실은 충동만큼이나 당혹감을 느꼈다.

그녀를 취하면서 나는 아주 독특한 감정을 느꼈는데, 그것은 쾌락 한가운데에서도 떨칠 수 없던 수치심과 양심의 가책이었다. 나는 여인들과의 관계에서 그리 양심적인 편이 아니었다. 그랬기에 여인과의 관계는 해서는 안 되는 일이나, 자책해야 하는 것으로 여긴 적이 단 한 번도 없었다. 하지만 세실은 내게 너무나도 충실했고 선의만을

205

가지고 있었으며, 나와 있을 때 그녀가 경계하지 않는다
는 걸 내가 악용하리라고는 생각조차 못 하고 있었다. 그
랬기에 마치 길을 가르쳐 달라는 맹인을 약탈하거나, 내
손에 맡겨진 어린아이를 죽인 것만 같은 끔찍한 기분이
느껴졌던 것이다.

세실은 그런 내 곁에서 너무나도 당혹해했고, 곧 깊은
슬픔에 빠졌다. 하지만 내게 어떤 비난도 하지 않았다. 단
지 입을 꼭 다물고 가만히 눈물만 흘릴 뿐이었다. 나는 그
녀에게 말을 걸었고, 대답을 강요하면서 그녀의 생각이
완전히 변했음을 알아챘다. 세실은 더는 내게 아무런 권
리도 행사할 수 없다고 믿었다. 대답하는 그녀의 모습에
서는 수치심과 실망, 자기 자신에 대한 단념이 보였고, 오
랫동안 미래에 대해서는 아무런 말도 꺼내지 못했다. 세
실의 상태는 내게 큰 충격을 줬다. 다른 여인들과 그랬던
것처럼 맺은 지 얼마 안 된 관계일 때보다 나는 세실에게
서 더욱더 커다란 의무감을 느꼈고, 그 모습에 큰 감동을
받았다. 오히려 세실이 내게 아무것도 기대하지 않는 것
처럼 보였기에 더욱더 강한 의무감이 생기는 듯했다. 그
날 밤 내내 나는 세실을 설득해야 했다. 우리는 평생토록
하나로 결합되었고, 그녀가 몸을 허락한 사내는 신께 맹
세코 반드시 그녀의 배우자가 될 것이며, 생 엘름 씨가 이

미 이혼에 동의했었기 때문에 몇 가지 간단한 형식적 절차가 빠졌다 해도 크게 문제가 없으며, 그것이 당사자들의 의도나, 동의의 도의적 효력을 조금도 바꿀 수 없다고 말했다.

내 말을 들은 세실은 나를 믿었고, 내 손을 맞잡으며 말했다. "만약 당신이 나를 배신한다면, 그건 나를 죽이는 거예요. 당신이 그러지 않을 거라 믿고 싶어요. 그러니 평생토록 당신을 남편이자, 나의 주인으로 여기겠어요. 이제 당신은 나의 아주 사소한 일까지 결정해주어야 해요. 당신 말이라면 무엇이든지 복종하겠어요. 어떤 지시를 내리든 따를 거예요. 내 삶의 유일한 책임자는 당신이고, 이제 내게 주어진 의무는 신의와 순종뿐이에요." 그렇게 말하는 세실은 말과는 다르게 불안해 보였다. 그간의 일들, 그것들로 인한 괴로움, 내 성격의 결함들, 계속해서 바뀌는 나의 결심, 끝없이 흔들리는 나의 마음, 말베 부인이 내게 미치는 영향력과 그로 인해 자신이 입는 피해, 이 모든 것들에도 불구하고 세실은 스스로 정한 복종의 테두리에서 한 치도 벗어나지 않았다. 그녀는 내가 원할 때면 언제든 나를 따라왔고, 요구할 때면 언제든 내게서 멀어졌다. 내가 그녀의 연적戀敵과 더욱 자유롭게 지내기 위해 그녀에게 물러날 것을 요구할 때면, 그녀는 기꺼이 홀로 지냈다. 그리고 단 한 번도 불평하지 않았다. 눈물은 보였어도, 비난의 말은 하지 않았다. 세실은 내가 원하는 아주 사소한 요구도 들어주었고, 오랫동안 자신을 희생했으며, 더욱더 다정해졌고, 인내했으며, 또 체념했다.

세실이 자신의 운명을 내 손에 맡기면서 우리의 새로운 관계와 방식은 나를 그녀에게로 더욱 가까워지게 만들었다. 나는 그녀와 며칠간 함께 보낸 뒤, 말베 부인을 따라 루앙으로 돌아갔다. 하지만 내 마음은 온통 세실로 가득 차 있어서 모든 사람이 그런 내 마음의 동요를 알아챌 정도였다. 말베 부인은 이유를 알아내기 위해 열성적이었다. 부인에게 이유를 밝히고 싶었던 적도 여러 번이었다. 나와 세실과의 관계에 끼어들 수 없다는 것을 깨닫고, 나와 결별에 동의해주길 바라는 마음이었다. 나는 부인과의 이별을 언제나 바라왔지만, 세실과의 맹세 이후에는 그것을 절대적인 필요처럼 여기게 됐다.

하루는 세실에게 편지를 쓰고 있었는데, 말베 부인이 불쑥 내 방으로 들어왔다. 부인은 내 편지를 읽는 버릇이 있었고 내가 한 번도 거부한 적이 없었기에, 편지를 그리 중요하게 여기지 않았다. 그것은 부인에게 숨기고 싶은 편지들을 보여주지 않을 수 있는 쉬운 방법이었고, 부인이 내 편지를 읽은 지도 오래되었기에 그러한 습관을 두고 부인과 다툴 필요도 없었다. 하지만 이번에는 내 눈빛에서 어떤 불안을 읽은 모양이었다. 부인은 쓰고 있는 것을 가려야 한다는 나의 초조한 마음, 루앙으로 돌아온 이후에 내가 보였던 이상한 태도, 나도 모르게 뱉어버린 모호한 말들에 의문을 품었다. 부인은 위압적으로 편지를 보여줄 것을 요구했다. 나는 거부했고, 급기야 소동을 피하기 위해 부인 앞에서 편지를 불태웠다. 부인은 격노했다. 말다툼을 하는 동안 부인에게 모든 것을 털어놓고 싶다는 생각이 들었다. 그렇게 한다면 끔찍했던 위선과 나를 옥죄는 속박에서 벗어날 수 있을 것이었다. 이 결심은 나의 힘을 증명하고 싶다는 마음에서 비롯된 것이었지만, 어떻게 보면 그동안 말베 부인을 거역하지 못하게 만들었던 오랜 습관 같은 나약함에서 기인한 것일지도 몰랐다. 부인은 결국 나와 세실의 관계, 내가 그녀에게 한 약속에 대해 알게 되었다. 부인과 나 사이에 낮과 밤을 가리지 않고 폭풍우가 몰아치기 시작했다.

싸움에 지친 나는 부인의 화가 극단으로 치닫게 될까 두려웠다. 그래서 처음의 말들을 호도하려 애썼다. 나만큼이나 지쳐 있던 부인은 그것을 처음의 말들을 철회하는 걸로 해석했다. 종종 불안해하는 모습을 보이며 이따금씩 날 선 질문을 던지곤 했지만, 취조하듯 캐묻지는 않았다.

나는 부인에 대한 충실함과 솔직함의 범위에서 크게 벗어나지 않으며 상황을 모면할 수 있었다.

한편, 세실은 내가 곁을 떠난 뒤로 몸져누운 상태였다. 세실의 눈에는 말베 부인이 내게 여전히 영향을 미친다는 사실이 이해할 수 없게 느껴졌을 것이다. 나는 세실에게 인생에서 가장 격렬한 사랑의 감정을 느끼고 있었고, 세실이 외롭고 불행하다며 애원했음에도 불구하고, 11월 중순으로 정해져 있던 파리 여행 날짜를 앞당기려는 노력은 조금도 하지 않았다. 그러는 동안, 생 엘름 씨가 돌아왔다. 세실은 그에게 우리 사이에 있었던 거의 모든 일을 이야기했다. 그는 다시 한번 이혼에 동의하면서도, 일 년의 기한을 정해 그동안 나와 만나지 않는 것을 조건으로 내세웠다고 했다. 세실은 그의 마지막 요구를 수락하기까지 커다란 고민에 빠졌다. 솔직히 말하지만, 나는 그 요구를 생 엘름 씨의 변덕이라고만 여겼기에 세실에게 받아들이라고 충고했다. 그것을 반드시 지키지 않아도 된다고 믿었던 것이다. 약속이란 언제나 지켜야 하는 것이므로 내가 틀렸을지도 모른다. 하지만 그 요구를 수락하지 않아서 생 엘름 씨가 이혼 동의를 철회한다면 세실에게는 더욱 큰 불행이 닥칠 것이었고, 온 힘을 다해 잠깐의 이별을 겪어내는 것이 그런 위험을 감수하는 것보다야 낫다고 생각했다.

이보다 애석한 일이 또 있을까? 가엾은 세실은 일 년의 기한도 견디기 힘들다고 생각했을 텐데, 우리가 다시 결합되기까지 삼 년이라는 시간이 걸리리라고는 꿈에도 몰랐을 것이다. 세실은 생 엘름 씨와 합의하에 그에게 재산의 일부를 양도했고, 봄이 되면 독일로 돌아가기로 했다. 한편, 말베 부인은 파리에서 삼십이 킬로미터 떨어진 근방까지 접근할 수 있는 허가를 얻었다. 나는 교섭 과정에서 열의를 다해 부인을 도왔는데, 부인과 나의 삶이 끝나지 않는 언쟁 속에서 소모되지 않기를 바라는 마음에서였다. 부인의 신경질은 갈수록 심해졌다. 내가 얼버무렸던 세실과의 계획 때문이 아니라, 내가 계속해서 세실에게 편지를 쓰고, 그녀를 만나기 위해 파리로 자주 떠났기 때문이었다. 불같은 성미의 말베 부인이 나와 세실의 관계를 폭로하고, 그로 인해 생 엘름 씨의 허영심을 자극하고, 사람들의 관심을 집중시켜, 결국에는 세실을 파멸시킬까 봐 두려웠다. 그런 걱정은 내가 한발 앞서 계략을 세우게 만들었고, 나는 세실에 대한 신의를 저버리는 대신 부인의 머릿속에 불안함을 심어놓아, 부인이 오직 그것만을 생각하게 만들었다. 끔찍한 다툼 속에 겨울이 지나갔다. 부인과 나는 지쳤지만, 다툼은 다행히 두 사람만의 일로 그쳤고, 조용히 마무리됐다.

처음에 세실은 생 엘름 씨와 했던 약속을 어기고 싶어 하지 않았다. 하지만 그렇다고 나와 아예 만나지 않을 수는 없었기에 이따금씩 그에게 허락을 구하려 했고, 그때마다 생 엘름 씨의 화만 돋웠다. 하지만 생 엘름 씨가 시간이 지나면서 사교계, 무도회, 파리의 시시한 생활에 관심을 쏟게 되면서, 자신에게 그다지 중요하지 않은 일이라면 호의를 베풀 듯 청을 들어주기도 했다.

얼마 지나지 않아 세실은 그의 비위를 맞추는 데 신물이 났다. 한 번은 그가 세실에게 이렇게 계속해서 불쾌하게 할 거라면, 차라리 당신이 원하는 대로 하는 게 낫겠다고 말한 적도 있었다. 세실은 그 말을 있는 그대로 받아들이기로 했고, 내가 파리에 가는 날이면 항상 나와 만났다. 더 자주 만나지 못했던 것은 말베 부인이 나를 곁에 잡아두려 했기 때문이었는데, 부인은 자신의 기쁨을 위해서가 아니라, 오로지 나에게 고통을 주기 위해 그렇게 한 것이었다. 그럼에도 부인은 여전히 내게 영향력을 미쳤다.

일거수일투족을 내게 맞추겠다는 결심을 변함없이 지켜 나가며, 세실은 나의 꼭두각시처럼 살았다. 내가 곁에 없어도 조금의 불평도 하지 않았고, 다른 일을 하며 홀로 기분을 전환했다. 그리고 내가 곁으로 돌아올 때면, 다른 이들을 모두 제치고 오로지 나만을 위해 살았다. 때로는 우리가 만나는 순간을 위해서라면 온종일 기다리기도 했다.

나 역시 온통 세실에 대한 생각뿐이었다. 그녀와의 만남을 위해 모든 행동을 조율했고, 만날 기회가 생기면 다른 모든 약속은 제쳐두고 난관을 헤쳐 나갔다. 공연, 산책, 가면무도회는 우리의 일상이 되었다. 그러던 어느 날 밤, 우리는 둘 다 가면을 쓰고 아침 여덟 시까지 무도회에 머물렀다. 그날의 기억은 그로부터 오랜 시간이 흐른 지금까지도 행복했던 순간으로 생생히 남아 있다. 아무도 우리를 알지 못하는 곳의 인파 속에서 우리는 오로지 단둘이서만 존재했다. 그곳에서는 사람들의 호기심 어린 눈에서 벗어날 수 있었고, 사람들에게 둘러싸여 있으면서도 우리의 모습을 드러내지 않아도 되었다. 우리는 너무나 약하지만 깨트릴 수는 없는 장벽으로 타인과 구분되었고, 넘실거리는 군중의 파도를 지나 오로지 서로만을 위해 존재할 수 있었다. 그때의 존재 방식은 우리를 더욱 긴밀하게 결합시켰고, 우리의 마음은 기쁨과 사랑으로 가득 차올랐다.

그날 저녁, 나는 일기에 무도회에서의 시간들이 일생의

불행을 위로해줄 수 있었다고 썼다.° 그때 느꼈던 감정이 너무나도 황홀했기에 우리는 한 번 더 무도회를 즐기기로 했다. 그다음 주가 되어, 우리는 같은 무도회에 참석했다. 하지만 기대가 너무 컸던 탓인지 우리가 느낀 것은 오로지 실망뿐이었다. 우리의 비밀스러운 만남을 더욱 매력적으로 만들어준 일종의 걱정이 사라져버린 것이다. 군중을 더는 염려하지 않았더니, 오히려 그들이 성가시게 느껴졌다. 이때의 경험은 예측 불가능한 기쁨을 미리 계획된 일로 만들면 안 된다는 걸 우리에게 깨닫게 해주었다.

겨울이 지나갔다. 나는 추방된 말베 부인의 생활이 덜 혹독하도록 절차를 밟는 일에 있어 부인을 열심히 보조해왔고, 추방령이 완전히 거두어질 수 있기를 내심 바라고 있었다. 그러나 부인은 나의 조언을 무시하고 경솔한 언행을 이어 나갔으며, 결과적으로 새로운 피해를 불러왔다. 파리에서 백육십 킬로미터 떨어진 곳으로의 추방령이 떨어진 것이다. 나는 너무나도 충격적인 이 조치를 모면할 방법을 찾았다. 그동안 나는 부인을 최선을 다해 섬기

○ 콩스탕의 『일기』에서 이에 관한 문장을 볼 수 있다. "오페라 무도회. 샤를로트를 찾지 못하고 두 시간을 헤맸다. 결국에는 그녀와 만났다. 달콤한 세 시간을 보냈다. 그녀는 이 세상 누구보다도 더욱 달콤하고, 부드럽고, 유쾌하고, 천사 같다."

면, 혹여 내가 다른 이에게서 행복을 찾을 수 있도록 허락해주지는 않을까 간절히 소망했었다. 하지만 그것이 성공해서 부인이 내게 감사함을 느낀다 한들, 부인의 불같은 성정이 누그러지는 일은 없었으리란 걸 지금은 안다. 하지만 적어도 내 마음은 더욱 편안했을 것이고, 부인이 강요하는 부당함이 오히려 나를 위로했을 것이다.

나의 모든 노력은 수포로 돌아갔다. 추방령에 복종할 수밖에 없었다. 아무런 결실을 맺지 못한 이 주간의 협상 동안, 말베 부인은 조금도 내게 고마워하지 않았고, 마치 어린아이처럼 제멋대로 굴었다. 부인에 대한 나의 열의는 사랑보다 더 오래 잔존했음에도 부인은 고마워할 줄을 몰랐다. 자기 자신만큼이나 주변인까지 위험에 처해질 수 있다는 사실은 고려조차 하지 않았다. 그러나 그렇게 고통스러운 와중에도 부인의 변덕스러운 성정은 명랑함을 잃지 않게 했는데, 그 모습은 너무나 매력적이었다. 그랬기에 나는 그토록 부인을 못 견뎌 했고 세실을 열렬히 사랑하면서도 십삼 년이라는 세월 동안 내 삶을 좌지우지했던 여인과 마음을 나누고, 또다시 연결될 수밖에 없었다. 결국 부인은 몇 주 뒤, 부인에게로 다시 돌아오겠다는 약속을 내게서 받아낸 뒤에야 나를 떠났다.

부인의 부재가 내게 남겨준 자유는 오롯이 세실에게 할

애되었다. 나와 세실은 거의 매일 만났다. 생 엘름 씨도 더는 반대하지 않았다. 때때로 한 여인이 그가 아닌 다른 사내를 좋아할 수도 있다는 사실에 자존심의 상처를 입기도 했지만, 경박한 그의 성품은 그를 다른 모든 쾌락에 몰두하게 만들었고, 자존심의 소소한 상처쯤은 금세 잊어버리게 만들었다. 경박함 이외에도, 프랑스 망명자로서 그가 갖고 있던 종교적 편견은 그의 종교가 인정하지 않았던 결혼 생활을 끝내고 싶다는 마음이 들게 했다.

따라서 우리의 계획에는 별다른 변화가 없었다. 그러던 중, 어쩔 수 없이 말베 부인이 있는 곳으로 돌아가기로 했던 날이 하루 앞으로 다가왔다. 그에 대해서는 이미 세실의 동의를 구해놓은 뒤였다. 나는 오래전부터 착수해온 작품을 완성하겠다는 열망으로 과도하게 업무를 보고 독서를 했는데 때문에 눈에 갑작스러운 통증이 느껴졌다. 나는 극심한 공포에 빠졌다. 모든 일정을 중단하고 나는 안과의를 찾았고, 병을 진단받은 뒤로 걱정은 더욱 커졌다. 나는 불안감에 의사의 말에 고분고분히 따랐다.

글을 쓸 수 없었던 나는 편지를 대리 작성해 말베 부인에게 병에 대해 알렸지만, 부인은 약속을 지키지 않으려는 핑계로만 보았다. 당시 부인이 온갖 일을 시키던 하녀는 나를 부인에게로 보내기 위해 나를 끊임없이 괴롭혔

다. 나는 말베 부인의 모든 면을 인내하던 버릇으로 그녀
의 성가심을 참아냈다. 부인 역시 성급하고 불같은 성미
를 참지 못하고 내게 편지를 보내왔고, 부인의 감정과 상
처 입은 자존심은 편지 속에서 분노와 경멸, 증오의 언어
로 둔갑했다. 아주 오랜 세월 동안 이어진 부인과의 관계
에서 나는 매우 지쳐 있었다. 우리는 관계 속에서 난폭함
을 정당화했고, 서로에게 날 선 비수를 꽂으면서 모든 것
이 사랑하기 때문이라고 여겼고, 나는 부인을 극단으로
치닫게 할지도 모른다는 걱정을 내내 안고 살았다. 나의
이성은 무너졌고 마음은 고통으로 일그러졌다. 하루는 꽤
나 고통스러웠던 눈 수술을 받은 직후였는데, 나는 수술
중 피를 많이 흘려 거의 실신하듯 침대에 누워 있었다. 바
로 그때 말베 부인의 편지를 받았다. 부인은 세상 어떤 범
죄자에게도 하지 못할 모욕의 말로 나를 맹비난하고 있었
다.

　나는 오로지 세실의 곁에서만 안정을 되찾았다. 세실은
언제나 부드럽고 다정했다. 나의 감정들이 그녀를 아프게
할 때조차 나의 말에 귀를 기울였고, 나를 가엾이 여겼으
며, 나를 이해해주었다. 내가 다른 여인이 준 고통으로 괴
로워하는 것인데도 그것을 자신에 대한 부정이라 여기지
않았으며, 놀라운 인내심과 섬세한 애정으로 위로가 되어

주었다. 시간이 흘러 눈이 회복되었다. 말베 부인의 말도 안 되는 요구는 분노를 불러일으켰고, 내가 필요로 하던 원조를 끊겠다고 협박하면서, 나를 굴복시켜 자신의 의지에 따르게 하겠다는 부인의 행태가 내게 커다란 상처를 입혔다. 그럼에도 나는 여전히 부인과의 약속을 지켜야 한다고 믿었고, 마침 세실 역시 얼마 후에 독일에 다녀와야 했기에 나는 그곳을 떠났다.

그러나 길을 나서자마자, 한 여인에 대한 사랑과 다른 여인에 대한 불안감이 정반대의 마음을 먹게 했다. 나는 얼마 가지도 못하고 발걸음을 되돌렸다. 하지만 파리로 돌아오자마자 고통스럽기만 한 말베 부인의 환영이 다시 나를 엄습해왔다. 결과적으로는 내가 운이 좋았던 것이었고, 만약 운이 나빴더라면 내가 어떻게 되었을지 지금도 알 수가 없다. 부인의 친구이기도 했던 나의 친구 하나가 부인에게서 나에 대한 비난으로 빼곡한 편지를 한 통 받았는데, 그것을 내게 알려줘야겠다고 생각하여, 내가 미처 몰랐던 이야기를 들려주었다. 그의 말에 따르면, 말베 부인은 수개월 전 한 젊은 사내에게 내게 했던 것과 똑같은 비난과 협박을 가했다고 했다. 내가 알기로 그는 꽤 부인의 취향이었다. 그 사실을 알고 나자, 부인이 내게 했던 행동들이 대수롭지 않게 느껴졌다. 다른 사람도 그것을 똑같이 당했다고 생각하면 모욕처럼 여겨지기도 했지만, 내가 부인을 불행하게 만든 유일한 사람이 아니라고 생각하면 안심이 되었다.

어쩌면 사람들은 그 사실이 내가 부인에게서 완전히 마음을 떼는 계기가 될 거라 생각할 수도 있다. 하지만 나는 그렇지 않았다. 나는 부인을 나 자신만큼 훤히 알고 있었다. 부인의 행실에는 일관적이지 않은 구석이 있었고, 부인은 이기적이었지만, 거기에 악의는 없었다. 부인의 성정은 열정적이고 이상했다. 하지만 마치 나를 사랑하지 않는다는 듯, 부인의 애정이 나만을 향한 게 아니라는 것을 증명하려 애쓰는 그 모습은 오히려 내가 부인을 떠날 수 있다는 사실에 부인이 극심한 고통을 느낀다는 방증이었다.

두 번째 작별로 인한 고통을 덜어주고자 나는 세실의 일정을 앞당기게 했고, 대신 그녀와 며칠간 동행을 제안했다. 나는 샬롱Châlons까지 세실을 바래다주었다. 세실은 독일 법정이 아무런 지장 없이 이혼을 선고해주기를 바랐다. 나는 부인과 만나서도 지금처럼 굳건한 의지를 표현할 수 있고, 이번에야말로 부인에게 이별을 고할 수 있다는 기대를 품었다.

그동안 많은 우여곡절을 겪었던 나는 휴식을 취하고 싶

219

다는 생각이 간절했고, 말베 부인의 저택으로 가기 전에 잠시 아버지의 집에 들르기로 했다. 부인에게 다시 구속될 순간을 최대한 뒤로 미루면서 나는 그곳에서 이 주 정도 머물렀다. 아버지는 부인에게서 영영 벗어나라고 나를 설득했다. 너무나도 오래되었고 어떠한 마음의 떨림도 없는 부인과의 관계를 산산조각 낼 그런 결정을 어떻게 실행할지는 아직 생각해보지 못했다. 바로 그때, 말베 부인의 친구가 내 방에 불쑥 나타났다. 말베 부인 자녀들의 가정 교사였던 그는 나를 설득해 부인에게 데려가기 위해 찾아온 것이었다. 우리는 그 주제로 맹렬히 대화를 나눴다. 특히 내 입장은 매우 완고했다. 하지만 그는 인내심이 많고, 부드러우며 능수능란한 사내였다. 그는 내가 애써 외면하려 했던 것들을 떠올리게 했고, 잊힌 추억을 되살려냈다. 그는 부드러운 태도로, 내가 마지막 우정의 증표를 말베 부인에게 보여준다면 부인을 내가 원하는 대로 이끌 수 있을 거라며 헛된 기대를 품게 했다. 거기까지 이를 수 있도록 나를 돕겠다고도 했다. 그리고 겨울이 오기 전에 부인은 빈으로 떠나기로 이미 결정해두었다고 나를 안심시켰다. 마침 그때는 세실이 내게로 돌아올 시기였다. 그의 말대로 따르고 싶다는 마음이 들었다. 어차피 세실도 곁에 없는 지금, 내가 부인의 곁에 머무른다고 해서 누구에게도 해를 끼칠 것 같지 않았다. 하루가 꼬박 걸려서 나는 부인의 저택에 도착했다. 부인은 안뜰에서 나를 기다리고 있었다. 마차에서 내린 내가 더듬거리며 몇 단어를 채 내뱉기도 전에 부인은 내 팔을 낚아채 정원으로 끌고 갔다. 고함, 세실에 대한 욕설, 나에 대한 비난이 사방으로 울려 퍼졌다. 난폭한 부인의 말들을 가만히 듣고 있자니 언제나 그랬듯이 극심한 피로가 느껴졌다. 나는 부인이 스스로 진정하기만을 기다리면서 아무 말도 하지 않았는데, 부인은 그것을 마음대로 해석한 모양이었다. 부인은 내가 권태감에 잠시 흔들렸던 것으로 여겼고, 다음 날부터 우리는 원래의 생활을 계속해 나갔다. 부인과 나의 기운은 완전히 일치해서, 함께 있을 때면 다투거나 뜻이 맞거나 둘 중 하나였고, 다툼으로 육신이 지치고 나면 다툼이 아무리 끔찍했더라도 우리 사이에 불쑥 친밀감이 싹텄다. 말베 부인이 원했던 것은 우리의 관계를 예전처럼 되돌리는 것이었기 때문에 부인은 매우 만족해했고 화도 누그러졌다. 반면, 부인과의 관계를 중단하고 싶었던 나로서는 온통 벗어날 궁리만을 하며 침묵 속으로 빠져들었다. 하지만 겉으로 보기에 우리의 관계는 평화를 되찾았고, 그 상태는 꽤 오랫동안 유지되었다.

세실에게 자유를 되찾아 다시 그녀에게로 돌아가겠다

고 약속했던 몇 주의 기간이 지나고, 나는 말베 부인을 잠시 떠나 나의 친척들을 만나러 갔다. 친척들 중 누구도 나의 계획을 의심조차 못 했지만, 겉보기에 내가 말베 부인에게 종속되어 있는 것을 가슴 아프게 여겼다. 내게 조언할 권리가 있다고 믿는 이들은 자신들의 권한을 내세워 부인과 헤어지라고 강요했다. 내가 유산에 대한 기대를 약간 품을 만한 이들은 그런 면에서 이해득실을 따져 내게 조언했다. 마지막으로 우정이라는 명분만을 가진 이들은 내게 충고를 아끼지 않으며 애원했다. 이들 모두가 바라는 것이 곧 내가 바라 마지않는 것이었다. 하지만 대체 어떤 기이한 숙명 때문인지, 나의 은밀한 소원인 나의 행복까지 저버리면서, 나는 모두에게 저항하고 있었다.

친척들과 함께 있을 때면, 사방에서 모든 이들이 나를 공격해왔다. 말베 부인과 내가 정식으로 언약을 맺었다고 생각한 어떤 이들은 내게 부인과 혼인하라고 부추겼다. 그들은 내가 떠나 있는 동안, 라이프치히에서 말베 부인이 내가 했던 약속을 두고 공개적으로 나를 비난했었다는 사실을 들려주었다. 삼 년은 족히 지났을 무렵이라 그 약속은 내 머릿속에서 지워진 지 오래였다. 하지만 그 이후로 말베 부인은 내 삶을 송두리째 쥐고 흔들면서도, 나와는 혼인할 생각이 조금도 없다는 걸 증명하듯 행동해왔다. 내가 파리에 머무를 당시 부인이 보낸 대부분의 편지에서도 내가 애정, 배려, 감정에 있어서 자신에게 희생할 의무가 있다고 주장했지만, 동시에 나의 자유를 전적으로 인정하고 있었다. 그랬기에 무효가 된 줄로만 알았던 그 날의 약속이 다시 거론돼 나는 너무나도 놀랐고 한편으로는 염려가 되었다. 그것은 세실과 나에게 있어 매우 중요한 문제였기에 명확히 할 필요가 있었다.

말베 부인의 저택으로 돌아가자마자, 나는 그 주제로 이야기를 꺼냈다. 부인은 오직 나만이 자신과 관계를 맺어야 한다고 생각한 모양이었는데, 사실 그 약속은 부인에게도 똑같이 해당되는 것이었다. 나는 나의 자유를 두고 부인과 다퉈야 한다는 생각에 화가 났고, 우리의 약속을 법적으로 다루고 싶다면 더 미룰 것도 없이 당장 그러자고 요구했다. 부인은 그런 갑작스러운 결정에 마음의 준비가 되어 있지 않았고, 나의 그런 단호한 모습에도 익숙하지 않았다. 부인은 당황한 만큼 크게 분노했다. 부인이 소리치자, 자녀들이 방 안으로 들어왔다. 부인은 나를 가리키면서 그들에게 말했다. "얘들아. 바로 저 사내가 내게 혼인을 강요하면서 너희에게서 어머니를 빼앗으려고 한다." 나는 부인의 맏아들의 팔을 붙잡으면서 말했다. "아니네. 이 세상에서 자네 어머니와 혼인을 가장 원치 않는 사람이 있다면 그건 바로 나야."

다음 날 새벽, 나는 영원한 작별을 고하는 편지를 부인에게 남겨두고 그곳을 떠났다. 이런 충격적인 일을 겪고도 관계가 유지될 거라 생각하는 사람이 과연 있을까? 나는 한 번도 말에서 내리지 않고 두 시간 동안 내리 삼십이킬로미터를 달렸다. 속도가 너무도 빨라서 마음속에서 일어나는 동요를 느낄 새도 없었다. 내가 두려웠던 것은 무엇보다도 혼자가 되었다는 사실이었다. 나는 말베 부인을 반대했었던 친척 집에 도착하면서, 내게 위안을 주거나, 내 관심을 다른 곳으로 돌릴 수 있을 만한 소란스러움과 얘깃거리를 찾아 나섰다. 내가 어떤 결단을 내렸는지 듣고 난 친척은 매우 기뻐했고, 나의 행보가 매우 단호하다며 칭찬했다. 나는 그런 그녀에게 말했다. "오해하지 마세요. 만약 이곳으로 부인이 나를 뒤따라오지 않는다면 부인이 설령 편지를 보내와도 거부할 수 있을지 몰라도, 만약 부인이 이곳까지 온다면 나의 저항은 무용지물이 될 겁니다." 나는 시계에 시선을 고정하고, 분침과 초침의 움직임을 눈으로 좇았다. 가슴을 가득 옥죄고 있는 감정들을 억누르려고 노력하고 있는데, 갑자기 말베 부인의 목소리가 들렸다. 내 방까지 한달음에 달려온 부인은 나를 보고는 실신했다. 정신을 차린 뒤, 부인은 내게 두 달만 더 함께 지내자고 요구했고, 그 기간이 지나고 난 뒤에도 내가 자유를 원한다면 그렇게 해주겠다고 약속했다. 나는 부인과 함께 부인의 저택으로 돌아갔다. 친척 모두를 당혹스럽게 만든 채로, 겨우 한나절 만에 그곳으로 되돌아온 것이었다.

여기서 한 가지 설명하고 넘어가야 할 사실이 있다. 그 무렵, 특정한 한 사건이 내 행동에 커다란 영향을 주기 시작했기 때문이다. 이 사건은 이해할 수 없었고, 또 그렇게 보일 수밖에 없었던 그간의 내 행동들을 설명하기 위해 반드시 필요한 이야기이다.

당시 로잔에는 한 종파가 있었다. 이 종파는 페늘롱 신부와 귀용 부인°의 사상을 전파하고 가르치던 매우 다양한 유형의 신도들을 거느리고 있었고, 당시 많은 이들의 비난을 받던 경건주의ℭ의 일종으로 알려져 있었다. 이 종파의 신도였던 나의 여러 친척들은 다양한 시기에 걸쳐 나를 선교하려 노력했다. 어렸을 때 나는 매우 반종교적이었는데, 그건 나의 개인적 성향 때문이 아니라, 당시 내가 철학 원리들을 믿고 따르고 있었기 때문이었다. 하지

○ 각각 17세기 프랑스 대주교이자 사상가, 프랑스의 신비주의자.
ℭ 17세기 독일을 중심으로 발전된 영적 부흥 운동. 신학과 교회 의식보다는 개인적 헌신, 거룩함, 영적 경험을 강조한다.

만 얼마 전부터 마음속 깊은 곳에 신앙에 대한 욕구가 자리하기 시작했다. 그것은 모든 인간에게 자연스러운 것이기도 했지만, 불쾌하고 기묘한 나의 처지가 모두 나의 탓이었으므로 난 더욱 많은 고통을 받았고, 그런 면에서 내면적 동요를 타개할 방편을 종교에서 찾고 싶다는 마음이 점차 생겨났던 것이다.

로잔으로의 지난 여행에서 나는 이 종파의 가장 저명한 신도 중 한 명과 많은 대화를 나눴고, 그 결과 이 종파가 가진 유리한 점들을 밀어내지 않고 받아들이게 되었다. 그에게 나의 내밀한 생각들을 굳이 밝히진 않았으나, 내가 매우 불행하다는 사실만은 숨김없이 털어놓았다. 나는 신도로서가 아니라, 그가 권하는 내적 경험을 지적으로나 정신적으로 시도해볼 의향이 있는 사람으로서 나 자신을 그에게 맡겼다.

의심의 여지가 없는 뛰어난 지성과 오늘날까지도 조금의 의문도 없는 선의를 가진 그는 나의 우유부단한 마음과 내가 처한 까다로운 상황에 딱 맞는 언어를 사용했다. 그는 위험한 시험이라고도 불리는, 교리와 관련된 것은 대화에서 모두 배제했다. 심지어 신이라는 단어조차 입에 올리지 않았다.

그는 이렇게 말했다. "당신 외부에 당신보다 더욱 강력한 힘이 있다는 사실을 부인할 수 없을 겁니다. 이 세상에서 행복할 수 있는 유일한 길은 그것이 무엇이든지 그러한 힘과 조화를 이루는 것입니다. 그렇다면 조화는 어떻게 이룰 수 있을까요? 방법은 단 두 가지입니다. 하나는 기도하는 것이고, 다른 하나는 자신의 의지를 포기하는 것입니다. 믿지도 않는데 어떻게 기도를 하느냐고 반문하시겠지요. 하지만 시도해보면 스스로 깨칠 것이고, 구한다면 얻을 것입니다. 그러나 이미 결정된 것들은 아무리 구해도 이룰 수 없답니다. 무엇을 원해야 할지를 구해야 하지요. 변화는 외부 상황에 달려 있는 것이 아니라, 당신의 마음가짐에 달려 있습니다. 당신이 원하는 바가 이루어지든, 이루어질 일을 당신이 원하든, 무엇이 다를까요? 지금 당신에게 필요한 것은 당신의 의지와 일어날 일을 일치시키는 것이랍니다."

그의 이야기는 내게 커다란 충격을 주었다. 귀용 부인의 저서를 여러 권 읽고 난 뒤에는 평소와 다른 기분 좋은 안도감이 생겨났다. 아직 신념은 없었지만 기도부터 시도해보았다. 나보다 더 높은 곳에 존재하는 알 수 없는 힘의 본질에 대한 생각은 멀리 치워두었다. 나는 오로지 그것의 좋은 점만을 되뇌었다. 그것의 명령에 순응할 수 있는 힘을 달라고 기도했다. 그러자 분명한 안도감이 들었다.

누군가 내게서 저항하고 불평할 권한을 앗아갔다고 생각했을 때는 못 견디게 힘들었지만, 굴복하는 것을 의무로 여기게 되자 대부분의 고통이 눈 녹듯 사라졌다. 오랫동안 나를 괴롭히던 고통을 처음으로 줄여준 이때의 경험은 내게 용기를 주었고, 나는 더욱 멀리 나아갔다. 나는 내 고유 의지를 포기한 대가를 이미 보상받았기 때문에, 포기하는 것이야말로, 운명을 지배하는 힘을 만족시키는 최선의 방법이라고 생각했다. 그리고 그 포기의 강도를 더욱더 높였다. 얼마 못 가서 나는 더는 아무런 계획도 세우지 않게 되었고, 앞으로의 일을 생각하는 것은 신중함의 영역을 넘어서는 것으로, 신중함은 그 자체로 신의 길을 침범하는 것으로 여겼다. 그리고 그날그날 살아가는 것을 원칙으로 삼았다. 이미 일어난 일은 손쓸 도리가 없었기에 아무런 책임도 지지 않았고, 앞으로 일어날 일은 모든 것의 결정자에게 맡겨야 하기에 아무런 신경도 쓰지 않았다.

그날 이후로 나는 처음으로 아무 고통 없이 숨을 쉴 수 있게 되었다. 삶의 무게에서 해방된 것만 같았다. 수년 전부터 내가 괴로웠던 것은 내가 나 자신을 인도하기 위해 부단히 노력했기 때문이었다. 그동안 나는 이러저러한 상황 속에서 한 가지 결정을 내려야 한다고 스스로 되뇌면서, 많은 선택지들을 뜯어보고, 우유부단한 마음으로 불안해하며 얼마나 많은 시간을 보내왔던가! 어떨 때는 여러 부작용들을 제대로 평가하기에 나의 이성 능력이 부족한 것은 아닌지 염려했고, 어떨 때는 이성이 내린 조언을 따를 만한 힘이 부족하다는 서글픈 예감이 들기도 했다. 그러나 나를 집어삼키던 모든 고통과 열병에서 벗어나게 되자, 눈에 보이지 않는 길잡이를 따라 이끌리는 어린아이가 된 기분이었다. 우리가 맞서 싸울 수도, 짐작할 수도 없는 상위의 알 수 없는 존재가 최선의 결정을 내려줄 것이라 확신하면서, 나는 모든 일을 대했고 매 순간 임했다. 나의 기도는 언제나 다음 말로 끝을 맺었다. '저는 저의 능력, 지성, 이성, 판단력을 모두 부인합니다.' 때로는 기도를 하는 도중에 보호받고 있다는 생각, 나의 운명에 스스로 관여할 필요가 없다는 내밀한 신념과 안도감이 나를 감쌌다. 그리하여 곤경이 닥쳤을 때에도 벗어날 수 있다는 기적을 믿으며, 달콤하기만 한 명상에 잠긴 채로 태평하게 지낼 수 있었다.

이러한 변화는 자연스럽게 나의 영혼과 지성까지도 물들였다. 거부했었던 대부분의 교리, 신의 존재, 영혼의 불멸성과 같은 것들은 논리적으로 밝힐 수는 없지만 내적 경험에 의해 증명된 것으로 여겨졌다. 부정확한 추론 방법을 교리에 적용한 적은 없지만, 내게 있어 교리는 진실하고 반박할 수 없는 것처럼 느껴졌다. 나는 교리에서 숭배의 의무를 요구하는지 알아보려 하지도 않았고, 그 의무를 다하지도 않았다. 나는 생각했다. '만약 신이 숭배를 원한다면 내가 그것을 알게 했을 것이다. 내가 원하는 것은 신이 원하는 것이고, 내가 원하지 않는 것은 신이 원하지 않는 것이다.' 나는 나를 굽어살피는 무한한 존재의 비호 속에서 일종의 정신적 수면에 빠져들었다. 말베 부인의 구속에서 벗어나기 위해 했던 나의 노력은 이 방식과 어긋나는 마지막 행위였다. 하지만 내가 원했던 것과 정반대의 결과로 이어지자, 나는 내 운명의 방향을 정하는 모든 행동이나 의도를 단념하게 되었다.

나는 세실과의 약속마저 신의 손에 맡겼다. 신의 의지에 부합하는 것이 무엇인지 알려 달라고 기도했고, 즉흥적인 결심에 따라서는 더는 아무런 행동도 하지 않으리라 다짐했다. 아무런 결실도 맺지 못한 로잔으로의 여행 며칠 전, 나는 세실에게 편지를 보냈었다. 그때는 당장에라도 말베 부인과 이별할 수 있을 거라 생각했기에 세실에게 어느 도시에서 만나자고 청했었다.

그러나 헤어지기는커녕, 세실의 연적과 함께 돌아온 나는 그간 있었던 일의 일부를 편지로 전했다. 편지에 쓰지 않은 일들은 신이 전하길 원치 않은 것이라고 생각했다. 나는 세실에게 말베 부인 곁에서 두 달을 더 머물기로 했다는 사실을 전했고, 그 기간만 지나면 세실이 어디에 있든, 당신 곁으로 가겠다는 제안과 함께 엄숙한 약속을 했다. 내가 그럴 수 있다는 보장은 어디에도 없었다. 나는 고유 의지를 행사하는 것을 모조리 포기했기 때문에, 두 달이 지난 뒤에도 말베 부인의 의지가 나를 지배할 수도 있었다. 하지만 만약 신이 내가 세실과 다시 만나기를 원한다면, 신이 길을 터줄 것이라 생각하며 위안했다.

그날 이후, 나는 말베 부인이 요구하는 그 어떤 것에도 반대하지 않았다. 나는 친척 집을 방문하지도, 앞으로의 계획에 대해 언급하는 일도 없이 부인 집에 잠자코 머물렀다. 예상치 못한 고분고분한 태도에 놀란 부인은 내가 어떤 식으로 반응하는지 보기 위해 미래에 대한 이야기를 꺼내기 시작했다. 나는 입을 꾹 다물거나, 고통스럽고 견디기 힘든 대화는 피하려 애썼다. 그것이 고통스러웠던 이유는 나와 세실을 갈라놓고 있는 장애물이 더욱더 쓸쓸하게 느껴졌기 때문이었고, 견디기 힘들었던 이유는 나 스스로 운명과 삶의 책임을 내려놓았기 때문에 내 미래는 더 이상 나의 것이 아니었고, 그래서 할 말도 없었기 때문이었다.

나는 새로운 종교적 관념이 내게 어떤 영향을 주었는지 부인에게 조금도 숨기지 않았다. 수동적이고 맹목적인 단념의 태도는 부인의 성정과 매우 상충되는 것이었지만, 소모적인 활동과 자기 자신에게서 종종 피로감을 느꼈던 부인은 조금이나마 평안을 찾고자, 나를 따라 해보기도 했다. 하지만 부인의 본성은 수그러질 수 없었다. 부인의 성급하고 반항적인 의지가 다시 솟아났다. 부인의 이성은 고유 의지를 단념하는 것을 맹렬히 거부했다. 종교에 대한 말다툼에서 우리는 다음과 같은 결론을 내렸다. 그것은 시간이 흘러간다는 사실과 일반적 관념에 골몰하면서 우리의 처지에 관한 논쟁은 멈추고, 더는 서로를 물어뜯지 말아야 한다는 것이었다.

한편, 전적으로 나를 믿고 있었던 세실은 가족과 함께 지내며 내가 자유로워지기만을 기다리고 있었지만, 나의 편지를 받고 부인 곁에서 두 달을 더 머무른다는 소식에 적잖은 충격을 받았다. 세실은 내게 답장을 보냈다. '나는 당신의 승낙 없이는 당신의 삶에서 절대 물러나지 않을 거예요. 하지만 부디 자기 자신을 돌아보고 자신이 어떤 사람인지 알기를 바라요. 혹시라도 당신의 의지가 충분히 강하지 않거나, 내게 오로지 의무감만을 가지고 있거나, 후회를 하는 거라면 부디 솔직히 말해주세요. 내게 유일하게 남은 안식처를 떠나게 만들지 마세요. 당신이 내 것이 될 수 없는 거라면, 나를 보호해줄 사람 하나 없고, 생엘름 씨의 눈길을 피할 수도 없는 프랑스라는 나라로 나를 불러들이지 마세요. 차라리 홀로 살겠어요. 하지만 당신을 사랑하는 것을 멈추지는 않을 거예요. 당신이 나와 함께하는 것이 좋고, 그것에 어려움이 없다고 말한다면 나는 오롯이 당신의 것이 될 거예요. 그러나 우유부단함과 추문, 불안과 수치심만은 부디 내게서 멀리 떨어뜨려 주세요.'°

세실의 편지를 읽자, 그녀를 잃을지도 모른다는 두려움이 들었다. 걱정은 세실에 대한 사랑을 더욱 키웠다. 하지만 그에 대한 답변으로, 나는 가능한 한 내게서 가장 가까운 곳까지 와 달라고 간청하면서, 그녀를 절대 포기하지 않겠다 맹세하는 것 외에 다른 시도를 해볼 뜻은 없었다. 그녀를 만나고 싶다는 뜨거운 욕망이 곧 하늘의 뜻이라 여기기로 했다. 그녀와 나의 재결합을 방해하는 말베 부인의 영향력과 나의 나약함에서 비롯된 어려움이 걱정될 때면, 기적이 일어나 그 어려움을 타개해주기를 하늘에 바랄 뿐이었다. 세실은 내가 원하는 대로 하겠다고 약

○ 「아돌프」에서 엘레노르의 고귀한 어투를 연상시킨다고 평가받는 대목.

속했고, 어느 날짜에 프랑스의 어느 국경 도시로 오겠다
고 답했다.

세실이 알려준 시기는 편지가 온 날로부터 여섯 주 정
도 남아 있었다. 마음이 안정되었다. 당시 쓰고 있던 작품°
은 신경을 다른 곳으로 돌릴 수 있는 좋은 방편이 되어주
었다. 중요한 일을 성취하고 나면 사소한 일에는 더없이
부드러웠던 말베 부인은 내 작품에 열렬한 관심을 보였
다. 부인과 나의 심적 합일은 감정적인 상충을 지워버렸
고, 겉으로 보기에 우리의 생활은 다시 평온함과 기쁨을
되찾았다.

때는 가을이 한창 무르익는 계절이었다. 부인은 나와
함께 있으면서도 전원생활에 권태를 느꼈고, 겨울이 되면
더더욱 지루해질 것을 대비해 빈으로 갈 계획을 세우기
시작했다. 세실과의 재결합을 용이하게 만들 부인의 여행
은, 신이 그의 뜻에 순응할 줄 아는 자를 구하러 올 것이
라 믿었던 나의 생각을 더욱 굳건하게 했다. 나는 부인에
게 더욱더 순종적으로 굴었고 종교적 신념으로 삼은, 미
래를 예견할 수 없다는 사실을 더욱더 편하게 받아들이기
로 하며 나 자신을 다독였다. 그것이 실수였을까? 누군가

○ 콩스탕의 운문 비극 『발슈타인(Wallstein)』을 가리킨다.

는 그렇게 생각할는지도 모른다. 하지만 오늘날에도 여전히 나는 우리를 둘러싼 캄캄한 밤 속에서 불확실하고 오만한 인간의 이성에는 결점이 있기에, 전적으로 신을 믿는 것이야말로 인간의 가장 확실한 능력이 아닐까 생각한다.

그것이 맞든 아니든, 지금은 결코 돌이킬 수 없는 과거 속에서 시간은 속수무책으로 흘러갔다. 말베 부인이 빈으로 떠나기까지 한 달이 채 남지 않았고, 마침 세실과 만날 날도 지연이 된 터라 내심 기뻐하고 있었던 바로 그때, 브장송에서 세실이 나를 기다리고 있다는 편지를 보내왔다. 그 소식에 나는 매우 당혹스러웠지만 동시에 격한 감정이 차올랐다. 분명 그녀를 낙담시키고 불안하게 만들었을 상황이었음에도, 연적의 그림자에서 아직도 벗어나지 못한 사내의 곁으로 와준 세실의 순종에 나는 깊은 감사를 느꼈다.

그런 그녀를 낯선 도시의 여인숙에 홀로 내버려둔다는 것은 있을 수 없는 일이었다. 그렇다고 그곳으로 직접 가자니, 그것도 가능하진 않았다. 무슨 핑계로, 그것보다도 무슨 엄두로 그럴 수 있겠는가? 나는 세실에게 편지를 써서 당장 그곳으로 가겠다고 전하면서도, 부득이하게 가족의 일을 처리해야 하니 일주일에서 열흘 정도만 기다려 달라고 했다. 그리고 내 편지와 곧 부쳐질 그녀의 답신이 늦게 도착한 것처럼 보일 수 있게 조치를 취했다. 계절상으로도 날씨가 궂어지면서 우편 전달에도 차질이 빚어졌기 때문에 편지가 늦게 도착하더라도 이상하게 보이지 않을 것이었다. 고립되어 있고 무엇도 예측할 수 없었던 세실은 나를 기다릴 수밖에 없는 처지이기도 했다. 미리 고지했던 한 달이라는 기간은 그녀에게 참기 어렵게 느껴졌을 것이고, 그녀는 그 시간을 잘게 쪼개어 모든 순간을 간절히 소망했겠지만 야속한 시간은 더디게 흘렀다.

　예정되었던 부인의 여행 날짜가 되었고, 나는 부인과 로잔까지 동행했다. 부인과 나는 그곳에서 함께 나흘의 시간을 보내며 서로 작별 인사를 나누었다. 때때로 나를 무겁게 짓누르는 듯했던 부인을 떠나면서, 나는 이미 수차례 경험했던 감정을 다시 느꼈다. 자유에 가까워질수록 예속된 상태가 주는 고통이 줄어들었던 것이다. 얼른 끝내고만 싶었던 불행은 맹렬함을 잃어버렸고, 더는 향유할 길 없는 부인의 매력이 아쉽게 느껴졌다. 다양한 감정이 기묘하게 얽히며, 부인이 나를 떠나는 것이 고맙게 여겨질수록 그것이 너무나도 고통스러웠다. 만약 그녀가 갑자기 변심하여 내 곁에 남겠다고 한다면, 나는 또 어찌할 바를 몰랐을 것이다. 하지만 내가 곧 정신을 차릴 것이라는 점은 분명했고, 나는 일시적이기에 더욱 진실한 애정에 안심하고 몰두했다.

만약 부인과 작별하기 직전의 내 모습을 지켜본 이가 있다면 내가 그 어느 때보다도 더 부인을 사랑하고 있다고 믿었을 것이다. 부인도 그렇게 믿었으리라. 사실 그것은 나의 배려였다. 그렇게 해서 그녀를 속였다고 볼 수도 있겠지만, 나는 그저 내가 느낀 바에 솔직했을 뿐이다. 내게 잘못이 있다면, 그것은 내 감정을 실제보다 부풀려 표현했던 것이 아니라, 지속되지 않을 감정이 지속될 것처럼 믿게 만들었다는 데 있다. 말베 부인은 언제나 그랬듯 자신이 내 운명의 결정자라 여기며, 1807년 12월 4일 나를 떠났고, 나는 홀로 이틀을 보낸 뒤에 브장송으로 향했다.

일곱 번째 시기

1807년 12월 6일-1808년 2월 2일

로잔에서 브장송으로 향하는 길에 내가 느꼈던 깊은 슬픔은 오늘날까지도 기억에 남아 있다. 날씨는 궂었고, 밤은 어두웠다. 땅 위로 빽빽하게 내리는 눈송이는 어둠을 희끄무레하게 밝히며 더욱 음울한 분위기를 자아냈다. 내가 탄 마차 주변으로 윙윙거리는 바람은 금방이라도 마차를 전복시킬 듯 위협하고 있었다. 말들은 자꾸만 길에서 벗어났고, 이따금씩 마치 구덩이에 빠지듯 덜컹거리며 힘겹게 달렸다. 그때마다 마부는 말을 멈추었고, 마차가 갈수록 산에 가까워지고 있으며, 장애물이 많아 길이 위험해진다고 내게 외쳤다.

하지만 바깥의 모든 혼란과 자연의 적의는 내 마음 깊은 곳에서 느껴지는 고통과의 싸움에 비할 바가 못 되었다. 세실은 나를 기다리고 있었고, 말베 부인은 내 곁을 떠났다. 적어도 여섯 달은 넘게 지속될 부인의 부재와 우리를 갈라놓고 있는 천이백 킬로미터의 거리가 세실과의 계획을 실행할 수 있을 만큼의 완전한 자유를 선사하고 있었다. 그것은 십삼 년간 이어져온 관계의 단절을 뜻했다. 내가 나 자신을 주었고, 또 내게 그토록 많은 애정을 주었던 부인을 내 손으로 놓아버리게 되는 것이었다. 부인은 폭군이었지만 동시에 내 인생의 목표였다. 부인과의 수많은 추억이 마음에 어지러이 얽혔다. 내가 부인을 위해 했던 모든 일과 부인에게 보여주었던 헌신이 세상에서 사라지는 것이었다. 인생의 삼 분의 일 가까운 기간 동안 나를 기쁘게 해줄 수 있었던 모든 것들을 내게서 영영 떠나보내는 것이었다.

나는 마차 한구석에 꼼짝 않고 틀어박힌 채, 과거의 모든 망령이 피어나 몸집을 키워 나가는 것을 바라보았다. 험난한 길은 마치 하늘의 경고처럼 느껴졌고, 심지어 지금보다 더 험난해져서 길을 되돌아가야 하는 상황이 오기를 바라기까지 했다. 그러나 세실이 나를 기다리고 있었다. 착하고 부드럽고 천사 같은 세실. 그녀는 너무나도 많은 슬픔을 겪었고, 너무나도 많은 고통을 스스로 감내했으며, 너무나도 우유부단했던 나의 태도로 지쳐 있었다. 그런 그녀를 나는 지켜주겠다고 약속하면서, 낯선 땅으로 끌어들이기까지 했던 것이다.

브장송을 몇 킬로미터 앞두고 마차는 아주 가파른 내리막길을 달리고 있었다. 그때, 마구가 부서지면서 말들을 붙들어 맬 수 없게 되었고, 마차는 말들을 덮칠 듯 빠르게 돌진했다. 마부는 충돌을 피하기 위해 위험하지만 전속력을 다해 말들을 달리게 하는 수밖에 없었다. 말들을 번개처럼 빠르게 달리게 하는 데 성공한 마부는 우리가 곧 두 강Doubs R.으로 곤두박질칠 것이라 소리쳤다. 길의 가장자리 너머 바로 아래에 강이 흐르고 있었다. 나는 우리가 죽을 것이라 믿었고, 동시에 환희를 느꼈다. 삶의 불확실함에서 벗어나기 위해서는 죽음이 필요했고, 영원은 쉬기에 아주 충분한 시간처럼 느껴졌다. 하지만 우리의 길잡이는 나의 내밀한 갈망을 알지 못했고, 길 우측에 깊은 구덩이가 있는 것을 발견해 그 안으로 마차가 빠지도록 했다. 마차는 파손되었지만 말들은 비로소 멈추었다.

우리는 오르낭까지 걸어서 갔다. 오르낭에 도착해서는 세실에게 편지를 보냈다. 그녀를 다시 만나게 될 순간에 대한 열렬한 기쁨을 표현하기 위해 남은 힘을 쥐어짜내었고, 혼란스러운 감정이었으나, 세실이 순수한 기쁨으로 여겨주길 바랐다. 이윽고 마차 수리가 끝났다. 나는 다시 길을 떠났다. 여전히 날씨는 궂었고, 길은 눈으로 막혀 있었다.

브장송에서 사 킬로미터 떨어진 지점에서 눈보라를 뚫고 힘겹게 앞으로 나아가는 두 여인의 모습이 보였다. 그들은 간혹 멈추어가며 근근이 발을 옮기고 있었다. 세실과 세실의 하녀였다. 그 모습은 내게 말로 형용할 수 없는 감정을 불러일으켰다. 나를 만나기 위해 세실이 온갖 애를 쓰는 모습이 감사하게 느껴지기는커녕, 무모하게 날씨에 맞서며 눈보라 속을 걸어가면서, 그 가련한 모습을 지켜보는 농민들의 의아한 눈초리에도 아랑곳하지 않는 행태는 몰상식한 광기로 보였다. 나는 단숨에 마차 밖으로 뛰어내렸다. 내가 한 첫 번째 행동은 세실의 손을 붙잡고 이렇게 말한 것이었다. "머리가 어떻게 된 겁니까? 다른 방법을 택했어야죠." 놀란 세실은 아무 대답 없이 나를 바라보았다. 이윽고 입을 연 세실이 내게 말했다. "계속 가세요. 나는 알아서 가겠어요." 나는 그녀를 마차의 옆자리에 앉히려고도 해봤고, 함께 걸어가겠다고 고집도 부려봤지만 소용없었다. 세실은 나의 거듭된 애원을 거부했다. 나는 여전히 그녀의 무모한 행동에 어처구니가 없었고, 계속된 거부에 어쩌지 못하고 마차에 다시 올라탔다. 그렇게 세실이 길을 걸어오도록 내버려둔 채로 나는 혼자 브장송으로 향했다.

나이가 지긋한 프랑스인이었던 내 하인은 프랑스인 특

유의 친근감으로 웃으며 내게 이렇게 말했다. "하하, 주인님도 참, 말베 부인도 참!" 그 상황에서 튀어나온 부인의 이름, 무례한 사내의 빈정대는 듯한 웃음, 나의 배반 행위에 대한 일종의 동조, 그리고 내가 배반한 여인에게 내가 안겨준 모욕. 이 모든 것이 마음의 고통을 더욱 증가시켰다. 나는 그런 마음으로 브장송에 도착했다. 세실이 도착하기까지는 한 시간가량 남아 있었고, 나는 그 시간 동안, 평생 단 한 번도 전한 적 없었던 가장 격정적인 사랑의 편지를 말베 부인에게 써서 보냈다.

마침내 세실이 도착했다. 눈비에 흠뻑 젖은 세실은 극심한 피로로 인해 방에서 오랫동안 나오지 않았다. 그동안 나는 내가 해야 하는 일에 대해 곰곰이 생각했다. 내가 내린 결론은 내가 세실과의 약속에 묶여 있다는 사실과 그녀가 자유의 몸이라면 혼인을 해야 한다는 것이었다. 세실의 얼굴에서 보았던 슬픔과 내가 그녀를 기이한 방식으로 맞이했다고밖에 볼 수 없는 사실이 후회가 되어 마음을 무겁게 짓눌렀다. 하지만 말베 부인에게 했던, 모든 불평을 부인하며 후회, 사랑, 헌신을 가득 담은 편지는 이미 우편국에 도달해 있을 터였고, 그와 정반대의 결심이 마음속에서 피어올랐을 때는 이미 늦은 뒤였다. 불행을 초래하는 나의 변덕을 사람들이 비난하는 것도 놀라운 일이 아니다.

나는 세실에게로 돌아갔다. 우리는 서로를 껴안았다. 그녀와 혼인하겠다고 결심을 했지만, 나는 여전히 슬펐다. 마음을 굳게 먹을수록 더욱 서글퍼졌다. 한편, 세실은 나와 다시 만났을 때부터 자연스레 나를 의심하고 있었다. 우리는 서로 떨어져 있던 기간 동안 어떤 일이 있었는지 서로 묻고 답했다. 독일에 있던 세실의 친척들은 프랑스에서 혼인을 파기할 것을 조언했다. 프랑스인과의 혼인에 대해 프랑스 법이 선고한 것을 독일 법정에서 인정하지 않을 수 없었기 때문이었다. 세실은 가장 간단하고 조용히 해결할 수 있는 방법을 조율하기 위해 생 엘름 씨와 만났고, 그는 그들이 협의한 방식으로 이혼이 이루어질 수 있게 협조하겠다 약속했다. 이제 세실의 자유는 머잖아 확실해졌다.

세실은 자신의 일들을 내게 보고한 뒤, 내게도 할 말이 있지 않느냐는 듯이 입을 다물고 기다렸다. 그녀가 아직 자유롭지 않았기에, 나는 혼인을 더 뒤로 미루자고 제안했다. 다른 의미는 없었다. 세실의 결혼이 파기되기까지 더 오랜 시간이 걸릴 것이고, 혼인 파기든 이혼이든 성사되고 난 뒤로도 재혼을 하려면 시간이 더 필요할 것이기 때문에 내 제안은 정당했고, 합리적이었으며, 현실적으로 유일하게 가능한 결정이었다. 아마 나와 같은 상황에 처한 그 어떤 사내도 나보다 열정적이고 성급할 수는 없었을 것이다. 하지만 나의 말은 비밀스러운 생각을 내비쳤고, 세실은 나의 본심을 읽어냈다. 세실은 불쑥 말베 부인에 대해 질문했다. 내 마음이 다시 흔들리고 있고, 후회하고 있다는 것을 눈치챘던 것이다. 세실은 극심한 슬픔 속에 빠져들었다. 다섯 달 동안 그토록 소망해왔던 세실과의 만남은 불행의 씨앗이 되고 말았고, 그 원인은 나의 수많은 위선과 술책에 있었다.

세실과 나는 남은 저녁 시간을 침묵 속에서 흘려보냈다. 나는 뜬눈으로 밤을 지냈다. 서로 어긋난 생각들이 폭풍처럼 휘몰아쳤고, 그 사이로 마음을 다잡지 못하고 흔들리던 나는 그간의 내 모순을 떠올리며 죄책감을 느꼈다. 두 여인을 불행하게 만든 나를 자책했다. 그들은 각자 방식대로 나를 진솔하게 사랑해주었다. 나는 피할 수 없는 악행들 가운데 무엇을 선택해야 할지 몰랐고, 신께 나를 인도해 달라고 기도했다. 나는 말베 부인과 헤어지기를 원했고, 세실과 결합하기를 원했다. 하지만 그러한 목표에 도달하기까지 상황은 너무나도 험난했고, 그랬기에 종종 그 목표에서 벗어난 길을 따라 걸어왔다. 목표를 따라 걸어야 했지만 그것을 거슬렀던 나의 의지 때문에 신에게 벌을 받고 있는 것만 같았다.

처음으로 내게 종교적 관념을 심어주었던 사람의 말이 다시 머릿속에 떠올랐다. 내가 새로운 관계를 맺는 것을 염두에 두고 있다는 걸 알지 못했던 그는 부인과 헤어지겠다는 내 계획을 여러 번 의심하며 이렇게 말했었다. "하늘이 정한 인연을 끊을 수 있다고 믿는 건 헛된 일입니다. 거리도, 어떤 장애물도 말베 부인과 당신을 서로에게서 떼어놓을 수 없지요. 당신이 세상의 끝까지 도망간다 해도, 부인의 마음이 당신 영혼의 깊은 곳까지 울려 퍼질 겁니다. 만약 다른 여인과 혼인한다 해도, 그 여인은 당신이 아닌, 자신의 연적과 혼인한 것이나 다름없다는 사실을 깨닫게 될 겁니다. 말베 부인에게는 분명 결점들이 있습니다. 부인과의 관계에는 불행이 도사리고 있지요. 하지만 사람들은 누구나 이 땅에서 십자가를 지니고 살아간답니다. 그리고 당신이 짊어져야 할 십자가는 바로 말베 부인이지요." 내가 느꼈던 모든 고통, 외부에서 난관이 닥쳤을 때 마음속에서 일어났던 혼란, 원인이 외부에 있던 것이 아니었기에 불가해하다고밖에 말할 수 없는 불가능성, 내게 주어진 목표를 향해 한 발자국을 내디뎠을 때 갑작스럽게 닥쳤던 그 불가능성은 마치 그가 예언처럼 내게 말하던 불길한 진실들을 증명해주고 있는 것 같았다.

이 모든 것이 신의 의지였다고 확신하자, 가슴 위로 거대한 돌덩이가 나를 짓누르는 것처럼 느껴졌다. 저항할 힘이 조금도 남아 있지 않았다. 나는 신의 명령에 감히 맞섰던 어리석은 나 자신을 용서해 달라고 빌었다. 그리고 신께 세실을 내세우며 마음속 깊이 그녀를 단념했다. 그렇게 단념함으로써 나는 조금이나마 침착함을 되찾을 수 있었다. 하지만 상황은 더없이 심각했고 난처했다. 세실은 보호자로부터 팔백 킬로미터나 떨어진 여인숙에서 홀로, 불안함과 쓸쓸함, 그리고 슬픔 속에 잠겨 있었다. 그런 그녀를 떠날 순 없었다. 이미 부서질 대로 부서진 그녀의 마음에 내가 그녀를 포기했다는 사실까지 밝히고 난다면, 그때는 어떤 일이 벌어질지 생각해보았고, 그러자 더욱 불안했다. 나는 결정을 내렸다. 세실에게는 여섯 달만 달라고 했다. 말베 부인을 직접 만나, 부끄러운 위선을 벗고 나 자신의 소유권을 되찾기 위해서였다. 세실에게는 스위스로 돌아가 날씨가 풀릴 때까지 기다린 뒤에 독일로 돌아가라고 권유했다. 너무나도 낙담한 세실은 아무런 말도 하지 않았다. 고개를 떨군 채로 입을 다물고 있던 세실은 모두 동의했다. 하지만 멍하니 한곳을 응시하는 세실의 눈, 망연자실한 태도, 표정과 목소리의 변화가 너무도 극심해서 그녀의 건강이나 정신 상태를 걱정하게 만들 정도였다.

우리는 함께 돌Dole로 향했다. 나는 잠시 아버지의 집에 들르고, 세실은 멈추지 않고 계속해서 로잔까지 가기로 했다. 세실은 몇 번이나 사소한 주제로 대화를 시도했고, 나는 대답하려고 노력했다. 우리의 상황은 끔찍하기만 했다. 낯선 것들에 대해 이야기를 나누면서, 서로에게 숨기려 했지만 속절없이 눈물이 흘러내리는 것을 느꼈다. 바로 그 순간, 갑자기 세실이 정신을 잃으며 쓰러졌다. 나는 온 힘을 다해 노력했지만 그녀의 정신을 차리게 만들지 못했다. 아무런 움직임도 없이, 생기가 사라져 생명의 흔적도 보이지 않는 세실을 품에 안고 계속해서 길을 달렸다. 어느 순간에는 그녀의 숨이 여전히 붙어 있는지 의심이 들었다. 우리는 그렇게 돌에 도착했다. 의사를 불렀고, 세실은 몇 시간이 지나자 정신을 다시 차렸다. 위험한 고비는 넘긴 뒤였다.

하지만 다음 날, 세실은 격렬한 위경련을 일으켰다. 그녀가 치료가 불가능한 염증에 걸렸다는 사실을 알게 되었다. 나는 도시에서 의사들을 모조리 불러들였지만, 그들은 모두 희망이 없다고만 말할 뿐이었다. 여러 차례에 걸친 사혈로 위험한 증상은 많이 줄어들었다. 밤이 찾아왔고, 고통과 흘린 피로 기력을 잃은 세실은 또다시 까무러쳤다.

　세실의 위중한 상태는 아침까지 계속됐다. 죽음이 임박했다는 것이 모든 방면에서 드러나고 있었다. 나와 함께 세실의 곁에서 밤을 지새운 의사는 입가의 경련, 흰자위가 거의 보이지 않는 눈, 뻣뻣하게 굳은 사지와 이미 차갑게 식은 말단부에서 죽음의 징후를 짚어주었다. 별안간 세실은 눈을 떴지만 정신을 차리지 못했고, 이후로는 섬망 증상을 보였다. 마치 주위에 친척들이 있다는 듯이 허공에 말을 건넸고, 주위로 죽음의 물건들이 있다고 믿었다. 내 쪽을 보고 있었지만 나를 알아보지는 못했다. 내 목소리만이 그녀의 주의를 끌었고, 그것에 고통을 느끼는 듯 보였다. 섬망은 오랜 시간 지속되었고, 세실은 결국 혼수상태에 빠졌다. 다음 날 저녁이 지나고, 세실은 다시 정신을 차렸지만, 의사들은 그녀가 너무나도 연약해진 상태라 아주 사소한 충격에도 목숨을 잃을 수 있다고 경고했다. 세실은 말 한마디 하지 못했고, 고개를 들지도 못했으며, 가까스로 우유 몇 방울을 삼키는 것이 다였다.°

○ 1807년 12월 13일, 콩스탕은 『일기』에 적어두었다. "그녀는 너무나도 연약해서 한 시간 정도밖에 살지 못한다고 했다. 위험은 그리 크지 않았지만 아직 다 지나간 것은 아니었다. 우유 이외에는 아무것도 넘기지 못했다. 밤이 되면 다시 경련이 시작되었지만 그 정도는 심하지 않았다…" 그리고 이 시점이 그가 『세실』을 중단한 시점으로 추정된다.

뱅자맹 콩스탕 연보

작가 연보는 콩스탕이 소설가이기 전에 프랑스 정치적 격동기의 주요 인물이었던 점을 고려하여 옮긴이가 작성하였다.—편집자

1767년   10월 25일, 스위스 로잔에서 태어남. 11월 10일, 어머니 사망.

1772-1774년   가정교사 손에 맡겨짐.

1774-1775년   아버지와 브뤼셀에 거주. 아버지가 군의관에게 교육을 맡김. 할머니에게 처음으로 편지를 쓰기 시작함.

1776-1777년   가정교사가 거듭 바뀌며 맡겨짐. 로잔, 브뤼셀, 네덜란드를 오가며 생활함.

1779년   다섯 편으로 구성된 영웅 소설 『기사들(Les Chevaliers)』 집필.

1782년   독일 에를랑겐대학 입학.

1783-1785년   영국 에든버러에서 약 2년간 생활함. 에든버러대학 수업을 열성적으로 수강하며, 사교와 학교 모임에도 활발히 활동함.

1785년	처음으로 파리를 방문.
1786년	두 번째 파리 방문. 샤리에르 드 쥐일란(Charrière de Zuylen) 부인과 만남.
1789년	**프랑스 대혁명.** 5월, 빌헬미네 폰 크람(Wilhelmine von Cramm)과 결혼, 7월부터 스위스 로잔에서 생활함.
1792년	아내와의 불화 시작.
1793년	1월, 샤를로트 드 마렌홀츠(Charlotte de Marenholz)와 만남. 결혼 전 이름은 샤를로트 드 하르덴베르크.
1794년	9월, 제르멘 드 스탈(Germaine de Staël) 부인과 첫 만남.
1795년	11월, 아내 미나 폰 크람과 이혼.
1796년	5월, 첫 번째 정치 팸플릿 『프랑스의 현 정부 세력과 그에 가담할 필요성에 대해(De la force du gouvernement actuel de la France et de la nécessité de s'y rallier)』 발표.
1797년	6월 8일, 스탈 부인과의 사이에서 딸 알베르틴 드 스탈(Albertine de Staël) 출생.
1798년	정치 팸플릿 『1660년 영국 반혁명의 결과에 대해(Des suites de la contre-révolution de 1660 en

Angleterre)』 발표. 지역 의원 선거에 출마했지만 낙선. 스위스가 프랑스에 병합되면서 프랑스 시민이 됨.

1799년   **11월 9일, 브뤼에르 쿠데타. 프랑스 혁명이 끝나고 나폴레옹이 군사 쿠데타를 일으켜 집정 정부 수립.** 법제심의원 위원으로 임명됨.

1800년   안나 린지(Anna Lindsay)와 사랑에 빠짐. 법제심의원에서 처음으로 나폴레옹의 독재 반대 성명을 냄. 그로 인해 나폴레옹의 적이 되고, 언론의 공격을 받음.

1802년   법제심의원에서 제명.

1803년   10월, 파리에서 추방령을 받은 스탈 부인과 함께 파리를 떠남.

1806년   10월, 파리로 여행을 와 머물면서 샤를로트 드 테르트르(Charlotte de Tertre)와 연애. 결혼 전 이름은 샤를로트 드 하르덴베르크 백작 부인. 「아돌프」를 쓰기 시작함.

1807년   12월, 스탈 부인과 작별. 로잔을 떠나 샤를로트 하르덴베르크가 있는 브장송으로 향함.

1808년   6월, 브장송에서 샤를로트와 비밀리에 결혼.

1809년   5월, 스탈 부인에게 결혼 사실을 알리기 위해, 스탈 부인과 샤를로트를 만나게 함. 스탈 부인은 자신을 따라 리옹으로 오라고 명령함. 6월, 샤를로트의 음독 시도. 이후 아내를 떠나, 스탈 부인의 곁으로 가서 함께 리옹과 스위스의 코페에서 지냄. 7월, 결혼 사실을 알게 된 콩스탕의 아버지는 로잔에 있는 친척들에게 알림. 12월, 샤를로트와의 결혼이 파리에서 승인됨.

1811년   5월, 스탈 부인과 다시 작별하고, 샤를로트와 함께 독일로 떠남.

1812년   2월 2일, 아버지 사망.

1814년   4월 6일, **나폴레옹 정권이 실각하고, 부르봉 왕가가 복귀함.** 8월, 쥘리에트 레카미에(Juliette Récamier)에게 첫눈에 반해 사랑에 빠짐.

1815년   3월, **나폴레옹이 엘바 섬을 탈출, 다시 정권을 잡음.** 일간지에 나폴레옹을 격렬히 비판하는 글 게재. 4월 14일, 나폴레옹의 초대로 나폴레옹과 만남. 나폴레옹 제국의 헌법을 개정하는 일을 맡게됨. 6월 18일, **워털루 전투에서 나폴레옹이 패배하고 퇴위함.** 7월 19일, 복위한 루이 18세로부터 추방령을 받음.

1816년   1월, 샤를로트와 함께 브뤼셀을 떠나 영국으로 감. 5월, 『아돌프』 출간.

1817년   7월 14일, 스탈 부인 사망.

1819년   3월, 지역 의원으로 선출됨.

1824년	3월, 파리 의원으로 선출됨. 7월, 『그 근원, 형성, 발달로 본 종교에 대해(De la religion considérée dans sa source, ses formes et ses développements)』 1편 출간. 8월, 『아돌프』3판 출간.
1825년	10월, 『그 근원, 형성, 발달로 본 종교에 대해』 2편 출간.
1827년	11월, 『그 근원, 형성, 발달로 본 종교에 대해』 3편 출간.
1830년	7월, **7월 혁명**. 8월 27일, 국무원 의장으로 임명됨. 12월 8일, 콩스탕 사망. 장례는 국장으로 치러졌고, 파리 페르라세즈 묘지에 매장됨.
1907년	1807년 집필된 미완의 자전적 에세이 『빨간 노트(Le Cahier Rouge)』 출간.
1951년	1809년경 집필된 미완의 자전적 소설 『세실(Cécile)』 출간.
1952년	『일기(Journaux intimes)』 전문 출간.

옮긴이의 말

번역 의뢰를 받고 뱅자맹 콩스탕Benjamin Constant을 처음 알게 되었다. 18, 19세기 프랑스의 정치 및 사회 격동기를 겪으며 자유주의 정치 이론가로 더 많이 알려진 콩스탕은 정치 이론에 관한 작품 외에도 일기와 소설 몇 편을 남겼다. 프랑스 정치 및 문학사의 사료로 활용될 수 있을 만큼 방대한 분량의 일기는 그 전문이 1952년에 이르러서야 출간되었고, 그때 비로소 그의 작품도 재조명되었다. 정치가로서의 공적인 삶, 사교계 여성들과의 관계와 우유부단했던 성정으로 파문이 끊이지 않았던 그의 사적인 생활 사이를 아슬아슬하게 오가는 「아돌프Adolphe」와 이 책으로 국내에 처음 소개되는 미완성 작품 「세실Cécile」은 지극히 사적이고 내밀한 콩스탕을 발견할 수 있게 해주는 귀한 작품이다.

번역 작업을 하면서 어색했던 콩스탕이 점차 친근하게 느껴졌다. 두 작품이 모두 자전적 특성을 지닌다는 사실을 알고 나서 그의 이름의 의미를 되새겨보면 더욱 재미있다. 콩스탕Constant은 프랑스어로 '변하지 않는'이라는 뜻을 가진다. 작품 속 주인공의 갈대 같은 마음도 이름처럼 변치 않고 확고했다면 어땠을까? 그랬다면 그의 사랑 이야기는 지금처럼 재미있진 못했을 것 같다. 「아돌프」와 「세실」의 남주인공에게는 흔히 고전 작품 속 주인공에게서 기대할 만한 '죽음도 불사하는 사랑' 같은 고귀함과 위대함이 결여돼 있다. 그는 유약하고 비겁하며, 행동으로는 보여주지 못하면서 말로는 불세출의 사랑꾼이 따로 없다. 하지만 자기 연민과 자기애가 뒤섞인 끊임없는 고뇌는 인간적이며, 때론 서늘해 소름이 끼칠 만큼 솔직하다. 콩스탕이 묘사하는 심리는 200여 년의 세월을 지나 현대의 독자가 읽어도 공감할 수 있을 만큼 현대적이다.

개인적으로 작품 속 여인들의 처지에 자동적으로 이입이 되었지만, 한편으로는 주인공이 이해됐다. 인정하고 싶진 않지만, 그 속에서 우리 내면의 나약함의 파편들을 발견하곤 했던 것이다. 답답함과 씁쓸함, 황당함과 분노라는 감정의 너울을 지나며 이런 작품을 세상에 선보인 콩스탕의 머릿속이 궁금해졌다. 일찍 어머니를 여의고 아버지로부터 사랑과 포용을 느끼지 못한 채, 가정교사들의 손에 맡겨져 여러 나라를 떠돌며 성장한 콩스탕의 삶과 사랑에만 매진할 수 없었던 당시 프랑스와 유럽의 혼란한 사회적 분위기를 생각해본다. 그의 작품은 타인에 대한 사랑보다는 자기애와 자신에 대한 고뇌를 담은 것이 아닐까?

"사람은 누구나 자기 자신을 위해 일기를 쓴다. 다른 사람을 위해 일기를 쓰는 사람은 없다."

콩스탕이 일기 쓰기에 대해 한 말이다. 그래서 그는 일기에 모든 것을 적어놓았다. 떳떳하지 못한 모습까지도 오롯이 적을 수 있었던 건, 콩스탕이 자신이 느끼는 바를 기록하기 위해 글을 썼기 때문이었을 것이다. 「아돌프」 출간 이후 실제 인물과의 연관성이 제기되며 세간의 비난과 논란이 일자 콩스탕은 그것을 무마하기 위해 노력해야 했다. 사후에 일기가 공개되면서 모든 것이 드러날 것을 예상하면서도 자기 자신을 위해 써야만 했을 콩스탕을 생각해본다. 콩스탕의 소설이 독자들에게 한 인간의 내면을 투명하게 들여다보는 기회가 되어준다면 번역자로서 더

없이 좋을 것 같다.

2023년 10월

이수진

편집 후기

　뱅자맹 콩스탕의 새 작품을 선보이고 싶은 마음이 컸
다. 대표작 「아돌프」 외에 다른 작품이 있다는 건 알고 있
었지만, 항상 그렇듯이 이런저런 일에 치이면서 일을 진
척시킬 짬이 없었다. (편집자는 참 쓸데없이 바쁜 직업이
다. 자조하자는 게 아니고 실상이 그렇다.) 그러다 좋은
번역가 선생님을 만나게 되고 드디어 「세실」을 만날 수
있었다.

　"사람들은 느낄 것이다. 「아돌프」보다 「세실」이 더 끔
찍하다." 이번 작업을 하면서 메모장에 써둔 말이다. 도대
체 뱅자맹 콩스탕은 어떤 사람일까? 이런 생각과도 수없
이 만났다. 콩스탕의 일기에는 이들 소설보다(다분히 자
전적인 소설들임을 상기하자) 더욱 솔직하고 계산적이고
적나라한 행적이 담겨 있다고 하는데, 정말 알 수 없는 자
이다. 정치가로서도 굉장히 활약하였던 걸 보면 더욱 알

수 없는 자라는 생각이 든다. 여러 여건이 허락되어서 언제라도 미행에서 콩스탕의 일기를 펴낼 수 있는 기회가 온다면 좋겠다.

편집 후기를 오랜만에 쓰는 것 같다. 실제로는 그리 오랜만에 쓰는 게 아닌데도 이런 기분이 드는 것은 빨리빨리 신간을 내야 살아남을 수 있는 출판 환경 속에서 일을 하고 있기 때문이라는 생각을 해본다.

그럼에도 책 만드는 일을 그리워하는 마음 여전하다. 할 수 있는 일을 하고 있다는 마음가짐. 조금이라도 이 세계에 남겨지는 고민들. 처음으로 원고를 만날 때면 가지게 되는 나만의 것. 말장난 같지만, 할 수 있는 일을 할 수 있는 것도 행복이고 복이고, 그 일을 꾸준히 계속할 수 있는 건 감사한 일이다. 그러기 위해서 우리가 만든 책들이 조금 더 이런 꿈들을 나눠주기를. 꿈에서 멈추지 말고 이상한 광경을 그려내기를.

『아돌프/세실』의 한결같은 우유부단한 주인공을 보면서 프루스트가 많이 떠올랐다. 콩스탕에서 홍상수가 보였고(공감하는 독자가 많으리라 확신한다) 어느 날, 오랜만에 사강의 「슬픔이여, 안녕」을 다시 읽다가 주인공 이름이 세실인 걸 보고 이게 우연일까 혼자 심각해진 날도 있었다. 이런 날들이 지나갔다. 이제 추워진 날이 왔고 사람들 옷차림이 많이 두꺼워졌다.

미행에서 만든 책들

1	소설	마르셀 프루스트	최미경	쾌락과 나날
2	시	조르주 바타유	권지현	아르캉젤리크
3	소설	유리 올레샤	김성일	리옴빠
4	시	윌리스 스티븐스	정하연	하모니엄
5	소설	나카지마 아쓰시	박은정	빛과 바람과 꿈
6	시	요제프 어틸러	진경애	너무 아프다
7	시	플로르벨라 이스팡카	김지은	누구의 것도 아닌 나
8	소설	카트린 퀴세	권지현	데이비드 호크니의 인생
9	르포	스티그 다게르만	이유진	독일의 가을
10	동화	거트루드 스타인	신혜빈	세상은 둥글다
11	산문	미시마 유키오	강방화·손정임	문장독본
12	소설	마르셀 프루스트	최미경	익명의 발신인
13	시	E. E. 커밍스	송혜리	내 심장이 항상 열려 있기를
14	시	E. E. 커밍스	송혜리	세상이 더 푸르러진다면
15	산문	데라야마 슈지	손정임	가출 예찬
16	칼럼	에릭 사티	박윤신	사티 에릭 사티
17	산문	뤽 다르덴	조은미	인간의 일에 대하여
18	르포	존 스타인벡·로버트 카파	허승철	러시아 저널
19	소설	윌리엄 포크너	신혜빈	나이츠 갬빗
20	산문	미시마 유키오	손정임·강방화	소설독본
21	소설	조르주 로덴바흐	임민지	죽음의 도시 브뤼주
22	시	프랑크 오하라	송혜리	점심 시집
23	산문	브론테 자매	김자영·이수진	벨기에 에세이
24	소설	뱅자맹 콩스탕	이수진	아돌프 / 세실
25	산문	안드레이 플라토노프	윤영순	전쟁 산문
26	소설	안토니 포고렐스키 외	김경준	난 지금 잠에서 깼다
27	소설	모리 오가이	전양주	청년
28	소설	알베르틴 사라쟁	이수진	복사뼈
29	산문	페르난두 페소아	김지은	이명의 탄생
30	산문	가타야마 히로코	손정임	등화절
31	산문	고바야시 히데오	유은경·이재창	비평가의 책 읽기

한국 문학

1	시	김성호	로로
2	시	유기환	당신이 꽃 옆에 서기 전에는

뱅자맹 콩스탕(Benjamin Constant, 1767-1830)은 스위스 태생의 프랑스 소설가이자 정치가이다. 태어난 직후 어머니를 여의고 장교 출신의 아버지 밑에서 여러 가정교사의 손에 맡겨져 스위스, 독일, 영국을 오가며 자랐다. 콩스탕은 사교계의 부인들과 수차례 애정 관계를 맺었는데, 그중에서 프랑스 소설가, 평론가인 스탈 부인과의 파란만장한 관계가 잘 알려져 있다. 프랑스 대혁명 이후, 정치적 격동기에 공화주의와 자유주의 사상을 가졌던 콩스탕은 나폴레옹을 비판하면서 법제심의원에서 제명당하고, 나폴레옹과 정치·사상적으로 대립한 스탈 부인의 망명길에 함께 오른다. 콩스탕의 자전적 작품이자 대표작 『아돌프(Adolphe)』는 연상의 여인을 향한 젊은 남성의 사랑을 상세히 분석한 현대 심리학 소설의 선구적 작품이다. 이 소설은 출간과 함께 많은 파문을 일으켰다. 콩스탕은 1819년 지역 의원으로 선출되면서 남은 평생을 정치에 매진한다. 콩스탕의 미완성 작품 『세실(Cécile)』은 아내 샤를로트와 스탈 부인과의 사이에서의 번민을 담은 자전적 소설로 콩스탕 사후 발견되어 소개되었다. 그 외 자신의 생애를 상세히 기록한 『일기(Journaux intimes)』, 미완성 에세이 『빨간 노트(Le Cahier Rouge)』가 있다.

옮긴이 이수진은 성신여자대학교에서 불문학과 영문학을 전공하고 이화여자대학교 통번역대학원 한불번역과를 졸업했다. 옮긴 책으로 『복사뼈』, 『벨기에 에세이』, 『REZA의 포토 저널리즘 강의』, 『누가 나르시시스트일까?』, 『만화로 보는 결정적 세계사』 등이 있다.

아돌프 / 세실
뱅자맹 콩스탕
이수진 옮김

초판 1쇄 발행 2023년 11월 25일
초판 2쇄 발행 2025년 1월 17일

펴낸곳 미행
출판등록 제2020-000047호
전화 070-4045-7249
메일 mihaenghouse@gmail.com
인쇄 제책 영신사

ISBN 979-11-92004-18-1 03860